作者/樋口直哉
湯之國的公主
SUPU NO KUNI
NO
OHIMESAMA
日本小學館正式授權繁體中文

MENU

湯鍋在廚房一隅冒著蒸蒸熱氣的情景，已是落伍的昔日光景。

實際上，湯品已經從餐廳的菜單上消失好長一段時間了。理由在於，販賣庶民湯品無法獲得與所耗工夫相等的金錢報酬，再加上一碗湯搭配麵包帶來的飽足感，會使得顧客無法繼續享用接下來的料理。

總之，如今湯品總是被置於菜單上不顯眼的角落。甚至有些餐廳會委婉地掛上「今日推薦湯」的名稱。所謂的「今日推薦湯」，其實就是用當天所剩餘材料製作而成的。也有廚師只將湯品視為拖延時間的道具。只要在事前製作好後保溫，就能夠立刻端上桌，正好用來做為端出下一道料理之前的緩衝。

因此，湯品可以說是地位相當低的料理。

儘管如此——雖然不清楚這麼說是否恰當——但我只要在菜單上發現湯品的蹤跡，就會忍不住點一碗來品嘗。

然後，就會浮現「果然不對」的想法。

不是那個時候的味道——

序章

我仍然相當鮮明地記得，第一次來到宅邸的那一天。

這棟宅邸位於湘南地區，殘留有往日別墅區舊影的一隅。

前往宅邸途經的沿海坡道，即使在白天也顯得深幽昏暗。這是因為排列在兩側的房屋皆附設氣派的庭院，而種植在其中的群樹枝葉遮蔽了天空而造成的。

沿著斜坡爬了好一會兒後，眼前的天空頓時變得開闊，宅邸也在同時映入眼簾。即使在充斥著老舊洋館的建築物群中，眼前的宅邸也顯得格外引人注目。讓人忍不住好奇起，獨自住在這種地方的夫人會是怎麼樣的人。聽說她曾是某財團的千金，但我無從得知真偽。不管怎麼說，就連我也能明白對方的家境有多麼富裕。

夫人的丈夫是個與政治界有著相當深切關係的企業家。他過去曾經營投資公司，卻在工作中突然心臟病發而亡。夫人繼承了那間公司的經營權。一掃周遭眾人的顧慮與擔憂，擴大事業版圖，累積起巨額財富，在距今約十年前退隱之後，就一直隱居在從前用來作為別墅使用的這棟宅邸裡。

而我就是在宅邸的其中一個房間裡，接受了貴崎所進行的簡單面試。

貴崎早在我來這棟宅邸工作的很久以前，就一直負責夫人生活起居上一切大大小小的事情。他總是穿著一身尼赫魯式立領西裝，搭配細心地磨得光亮的皮鞋，走路無聲無息。

雖然能夠從行為舉止看出他是個經驗老道的管家，但我並不清楚關於他的詳細經歷。

貴崎掃過文件後說了一句「這樣就夠了」，並以食指扶起有著金屬細框的眼鏡。我在日知道，這是他的習慣動作。

「詳細情形就如同我寄給你的契約書中所述」，整個人深深地埋在會客室沙發裡的貴崎，以服務業為生的人特有的清晰且極具穿透力的聲音如此說。「平日只需要準備夫人一人份的晚餐即可。雖然有客人來訪時，準備的份數多少會增加，但絕對不會需要準備到幾十人份之多的餐點。最後，請務必遵守兩個原則。晚餐時間是準時八點整開始，不管是提早或延後一分鐘都不行。」

「我明白了。」

「另外一件事情，就是絕對不能向其他人洩漏你在這裡工作的事情。」

保密義務。這一點並沒有什麼好大驚小怪的。畢竟在許多名流之中，也有不少人非常低調。單就只需要準備一人份食物的簡單工作而言，對方會提出如此高額的報酬，恐怕也包括了封口費在內吧。

我點點頭。貴崎頷首表示明白後，雙手環胸，並嘆了一口氣。

「這裡的工作性質與外面的餐廳不同，一開始多少會感到困惑，但只要習慣後，你就會明白這份工作再簡單不過了。」

「那麼，請問我到底該提供何種料理呢？」

我會有此一問，其實是想瞭解服務對象——夫人的喜好。然而，貴崎的答覆的卻和我的預期有所出入。

「湯品。」

「湯品與……」

「不，你只需要製作湯品即可，」貴崎如此說完後，稍微停頓了一會兒。那是彷彿寫在樂譜上休止符般的優雅間隔。「湯品搭配兩片法式長棍麵包切片，夫人的晚餐菜色長久以來都是如此。夫人只會品嘗湯品，所以你完全不需要準備其他餐點。」

「只要這樣子就夠了嗎？」

他輕輕地點兩下頭後，微微一笑。

只需要煮一碗湯，就是我在這裡被賦予的唯一一項任務。這個工作內容簡單到令我覺得詭異，有一種自己似乎一腳踩進陷阱的感覺。我不禁心生懷疑，這棟氣質高雅的宅邸與光鮮亮麗的氣派廚房，所有的一切該不會都是他演出來的吧。

第一話　法式家常濃湯

1

海邊一帶毫無人跡。防波堤上停佇著幾隻白色的鳥。雖然不清楚確切的方向，但能聽見海鷗的鳴叫聲。這是一幅會令人忍不住心生悲淒之情的景致。

道路沿岸是一片松樹林，我也已經習慣將車停在那片松樹的前方。今天也如同往常般停妥車子後，徒步走到宅邸處。海風輕輕在松樹林之間穿梭，揚起陣陣風沙。而我則是背對著風，走過這一段路程。待風停之際，一睜開眼大海即躍入眼簾。

當我凝望大海時，偶爾會感受到一股小小的情感波浪打向我的心頭。每每如此，我就會假裝自己沒有察覺到這一點，並稍微加快腳步。一旦集中精神走路，就能夠消除騷動不已的心情，再度回歸原本的平靜。

夾在山與海之間的街道，過去曾為沿海的避暑勝地而繁榮一時。然而，時至今日卻變得冷清至極。就連有著三角屋頂的車站建築，其前方那條小小商店街也跟著沒落。近郊雖有一間老舊飯店，但除此之外沒有其他大型建築物。住宅區直到數十年前仍有許多政治家與企業家的別墅櫛比鱗次，如今則是處處空屋，滿目蒼涼。

爬上兩旁有著連綿不斷的宅邸水泥外牆的和緩斜坡後，便能看到宅邸。

我一鑽進後門，即隱約瞥見正在整理庭院花草的夫人身影。她的年齡似乎約在八十歲上下。看到她就會讓我產生一股真實感，這個國家真正富有的人都是上了年紀的老人，還有自己確實做著這份差事。由貴崎負責打理的庭院植木，可以說是氣派非凡。而她飼養的狗——名為巴吉度獵犬的品種——正趴睡在一旁。

來這裡工作已經三個月了，但自己還不曾與夫人面對面交談。

這份工作是前女友介紹的。那一天，我們相約在餐廳用餐。自從上次與她分開以來，我們倆已經時隔數月未見。總覺得與她四目相交很尷尬，因此我的視線只好不斷在店內來回巡梭。木質地板與挑高天花板、餐廳深處有半包廂式座位與酒櫃，以及充滿情調的昏暗燈光。看起來就是相當受女性歡迎的裝潢風格。

我將點來的洋薑濃湯送入口中。

口感滑順的濃湯，表面浮著帶有熾烤過的扇貝與黑松露香氣的奶油，並灑下碾碎的榛果與烤得酥脆可口的麵包粉添加風味。

洋薑是一種具有百合根般的口感，帶有些許牛蒡土味的蔬菜。如此風味恰好大大地襯托出黑松露獨特的香氣。黑松露散發出一股令人不禁回想起，它過去曾埋在土裡某處的醉人味道。扇貝則是完全不妨礙其香氣，以沉穩的味道默默支撐起湯的底味。

但是，還是不對。不是這個。

在我眼前的這道湯品，並不是當時的那道湯品。然而，令人感到焦慮的是，我只知道並不是這個。僅此而已。

我回想起那一日的種種。

外頭是個大晴天，和煦的陽光灑落在座位上。雖是處於室內，四周卻有如在陽臺上般明亮。透過窗戶還能望見大海。裝著水的玻璃杯反射著陽光。穿著有領藍色襯衫搭配短褲的我，用銀色的湯匙舀起一匙湯，送往嘴裡。

湯入口的瞬間，我的表情也不禁變得柔和。

此時此刻是一段令人心滿意足的完美時光。坐在對面椅子上的女性，是我的母親。由於背光的關係，母親的臉龐罩上一層陰影，無法看清。令我印象深刻的是那優雅地伸向酒杯的修長手指。

我只記得這一點，其他無論是時間與地點等都一概不知。記憶靜靜地沉澱在我內心深處，即使拚命回想，卻連輪廓也早已變得模糊不清。想不起來母親做的湯是何種味道。

「喂～」被她這麼一喊，我才猛然回過神來。「你有在聽我說話嗎？」

「當然有。」我答道。聲音聽起來彷彿不是出自於我的嘴巴。「我只是有點走神而已。」

她嘆了一口氣，像是在說又來了。隔壁坐了一群女客人，一會兒抱怨同事的工作態度，一會兒又講起同事的壞話。從廚房傳來洗碗盤餐具的聲響，同時也傳來刀叉碰撞餐盤的鏗鏘聲。這些聲響此起彼落，周遭變得鬧哄哄一片。

餐桌上的燈光映照在她身上。我再度喝了一口湯，暗自驚喜於素材巧妙搭配。使用在這道料理中的食材，在味道上擁有共通調性——那就是輕微的苦味。洋薑的土味、微焦榛果的苦味、烤過的扇貝也帶有微苦。當食材之間擁有共通的味道時，就會彷彿泛音般餘音繞梁，備感美味。

「洋蔥還真是不常見呢。」

「是啊。不過，這個季節偶爾會在市面上看到喔。洋蔥似乎因為有益健康而引起不少人的注意。」

「是喔~」她不太感興趣地說。「你不是討厭那種有健康功效之類的話題嗎？」

「才沒有這回事。」

「不，明明就有。」

「是嗎？」我答道。「經妳這麼一說，好像有這麼一回事。我總覺得為了健康吃某種食物的心態，有點奇怪。雖然我們這些人類為了生存，確實需要攝取食物就是了。」

她露出一臉納悶的表情，並用叉子叉向切成丁的各式蔬菜——有燙熟的，也有生的——以及淋上熱起司醬的料理。

享用完前菜之後，主菜被端上餐桌。以這種坪數大的餐廳而言，味道並不算太差。儘管不至於在我心目中的美味歷史裡留名，卻也能夠令人滿足。

我們兩人一如從前，不著邊際地閒話家常。一想到也許這頓飯是最後一次與她一起用餐，果然還是會令人感到不勝唏噓。

「從你辭掉之前的工作到現在已經幾年了？」

「兩年了……吧。」

我會離開已經待了好長一段時間的廚房，主要是因為我尊敬的主廚過世了。換了新經營團隊，過於計較成本、服務品質下降等種種因素，讓人無法製作出滿意的料理。

辭掉餐廳的工作之後，我偶爾會替雜誌寫一些介紹餐廳的報導，或是幫忙在餐廳擔任顧問的朋友。例如給予經營方面的建議、改善餐點內容等工作。

新工作也沒什麼不好的。但是，無法像之前的工作一樣獲得滿足感。習慣之後，一睜開眼就感到心情陰鬱的日子也逐漸增加。而我自己也一直搞不清楚意志如此消沉的理由，只能任由憂鬱在胸口持續累積。與女友的關係也變得越來越僵，最後便踏上分手一途。

也許在周遭客人眼中，我們兩個看起來就像一對情侶。但是，橫亙在我們之間的氣氛已不似從前那般親暱。我們吃著各自的餐點，品嘗著各自的風味。

「你滿意現在的自己嗎？」

她突然這麼問。這句話是什麼意思？我稍微思考了一下才回答。

「馬馬虎虎吧。」我撒了一個小謊，只為了維護我那微不足道的自尊心。「雖然算不上是最棒的工作……話說回來，妳最近如何？」

「我的事情一點都不重要。」她如此說。「我有點擔心你。」

「擔心我？」

我試著擠出一絲苦笑，卻沒自信能裝得很自然。

「你攤開雙手。」她這麼對我說。

當我將雙手擺在桌巾上後，她立刻以一副品頭論足的視線打量起我的雙手。

「應該還可以吧。」

「還可以什麼？」
「我是說還可以做料理嗎？」
「這是當然。」
我有自信能夠煮出美味的料理。我的廚藝並沒有退化，透過身體熟練的技能早已被烙印在潛意識中。我相信一旦自己站在廚房，就能夠立刻找回那份感覺。
「你有自信能夠煮出美味的料理嗎？」
「廢話，這是理所當然的啊。」我如此回答後，清咳了一聲。「至少，我隨時隨地都能夠煮出會令妳豎起大拇指的美味料理。」
雖然我是抱持著開玩笑的心態這麼說，但她並沒有露出笑容，反而以一副認真至極的表情說。
「我覺得廚房才是你真正的歸屬。因為，現在的你臉上掛著一副猶如行屍走肉的神情。」
「猶如行屍走肉的神情？」
她認真地點點頭。
「然後呀～我正好從認識的人那裡聽到一個好消息。」
「好消息？」
「我希望你能去做某個工作。」
於是，我就這樣開始在這座宅邸中工作。在這個如果改成餐廳的話，似乎會相當有情調的古老洋館裡。現在回想起來，我能在這裡工作實在很不可思議。該怎麼說呢？讓人有一種彷彿來到某個遙遠地方的感覺，簡直就像是不小心誤闖入有著完全不同文化的國度。

我邊想邊心不在焉地眺望宅邸。

「早安。你怎麼了嗎？」

貴崎不知道什麼時候來到了我身旁。

「沒什麼。」我一邊掩飾內心的難為情一邊說。「我只是在想這棟建築物還真是古老。」

「是的。的確如此。這裡原本為英國人所擁有，由於長久以來都無人居住，所以後來被夫人買了下來。剛買下這裡的時候相當殘破不堪。畢竟房子這種東西，一旦無人管理就會迅速老舊頹圮。」

貴崎一邊點頭一邊告訴我這段歷史。

「另外，由於今日會有一位客人來訪，所以請你準備兩人份的晚餐。今晚的客人是夫人相識已久的老朋友。」

我暗自心想，還真是稀奇。至少從我來這裡工作以來，還是第一次碰到訪客。

「需要準備湯品以外的餐點嗎？」

「只要準備湯品就夠了。不過，客人有特別的要求。」

「特別的要求？」

「請你準備古早味的法式家常濃湯，另外附上麵包丁。請盡可能地遵循古法製作。」

「法式家常濃湯嗎？」

「是的，你會做這道湯品吧。」

「當然，要我做當然可以。」

貴崎輕輕低頭一鞠躬後，便立刻離開這裡。

我目送那道離去的背影數秒鐘，接著將手搭在連接廚房的後門門把上。

這座宅邸的廚房，呈現出一幅宛如古老夢境才會出現的景致。

料理道具淨是些年代相當久遠之物，完全沒有任何新添購的用品。

中央是有廚房心臟之稱的瓦斯爐（下方附有瓦斯烤箱），貼著右側壁面擺放的是同時具備冰箱與工作檯功能的工作檯冰箱。被放置於深處的廚房推車上，則是堆疊著各式各樣的銅鍋。從熬煮湯品用的桶型深湯鍋到平底鍋、方便煮醬汁的小型醬汁鍋等，一應俱全。

從窗戶灑落進來的陽光被鍋具反射成焦褐色的光芒，四周的環境也變得朦朧。

廚房裡還排列了其他各式各樣的道具與器具。有大到足以讓人走進去的大型業務用冰箱與方便裝盤的工作檯。工作檯上方垂掛著食物保溫燈。食物保溫燈是為了避免料理在裝盤期間涼掉，而用來保溫的橙色照明燈具。

裝盤工作檯下方是暖盤保溫機。正如同名字所示，這是保溫餐盤用的收納庫，用來收納平常使用的餐具。左手邊是流理臺，旁邊則是由專門清洗撤掉的餐盤的洗碗機坐鎮。每一樣都是在普通家庭中難以見到的物品，一件件業務用的料理器具都像是一個個有著撲克臉的工匠。

宅邸的設備只要稍微用點心，就能立刻搖身一變成為足以招待十八名顧客的餐廳。而這些器具正默默地等待工作上門來。

一踏進廚房後，某個異物般的存在立刻映入眼簾。裝盤用的工作檯上放著一個皮包。因為眼前的東西實在太格格不入，導致我花了一些時間才意會到那是女用皮包。

皮包？

雖然相當在意，但我仍然按耐著性子撥了一通電話給經常往來的合作業者。總之，得先安排所需的材料才行。下完單後，微微嘆了一口氣。

當下決定將皮包送到貴崎那裡。無奈之下拿起皮包，才發現比我預料的沉重。

宅邸一如往常地靜謐。被仔細地上過油的鋪木地板，隨著我每一步的腳步發出哀淒的聲響。總覺得自己就是擾亂這片寧靜的罪魁禍首，心裡不禁泛起些許罪惡感。

我敲了敲貴崎辦公室的門，但他似乎不在房間裡面，也許還在庭院那邊吧。稍微思索了一會兒，我決定待在房間裡等他。

這裡雖然是辦公室，但也只有在深處擺放一張辦公桌，並於前方放置用來討論事情的沙發與矮桌而已，整體陳設相當簡樸。文件被細心地堆疊在角落，整理得相當整齊。隱約可以從這一點看出貴崎的個性。

我將那個皮包放在沙發上。

貴崎一直遲遲未歸。當我猜測起他是否發生什麼事情的時候，門再度被打開來。

我一望過去，便發現踏入房內的並不是貴崎本人，而是一名陌生的女子。她穿著牛仔褲配上簡潔的黑色長版上衣，耳朵則是戴著隨身聽專用的耳機。雖然長長的睫毛給人一股成熟的印象，但應該是就讀高中的年紀。令人印象深刻的是那雙眼睛。瞳孔的顏色漆黑又冰冷，一隻眼睛的瞳孔微微靠向內側。身高不高，但相當纖細修長，不禁讓我有一種彷彿正面對著銳利菜刀的危機感。

她踏進房裡後，環視四周。

然後，她的視線停佇在沙發上的皮包，一時之間一臉不解地偏著頭。一頭長長的黑髮隨之搖曳。

接下來，以隱約帶著些許不悅的動作拿起皮包。

「這是妳的嗎？」

我如此詢問，然而卻沒有得到任何回應。她甚至沒有瞥向我一眼。

從走廊傳來某種東西刮過物體表面的聲音，靠近後停了下來。那是狗的指甲碰到地板的聲音。我朝半掩的門望去，見到夫人所飼養的狗正看向這邊。

那隻狗像是在催促人一般，奮力地抬起下顎。

「請妳等一下。」

即使出聲喊她，我們之間的距離仍然越來越遠，最後她就這樣頭也不回地離開了房間。跟在她身後的狗轉過頭來，以眼神對我示意，彷彿是在告訴我「你別放在心上喔」。

關門的聲音在房間響起。我不禁心想，看來對方相當討厭我。我做了什麼事情惹她不高興了嗎？話說回來，我從來沒有被初次見面的女性刻意無視的經驗。更別說還被狗以眼神安慰，令人感到更加淒涼。

不久之後，貴崎終於回到辦公室來。

「有什麼事嗎？」

「我在廚房發現一個陌生的皮包，就先拿過來這裡了……不過，那個皮包的主人已經來領走了。」

他的眼神瞬間一黯，接著聳了聳肩。

「那個女孩子是誰？」

我才剛問出口，貴崎的眉間立刻浮起一道悲傷的皺紋。

「夫人的孫女。」貴崎相當乾脆地回答。「她預計會在這裡住上一段日子。」

「她似乎很討厭我。」

我是帶著半開玩笑的心態這麼說，然而他卻沒有回以微笑，反而露出一副相當凝重的神情。看到他這副模樣，我的心情變得更加沮喪了。

「不需要準備她的湯嗎？」

「沒有這個必要，你只要準備客人與夫人的餐點即可。」

貴崎以一副相當篤定的語氣說。我則是暗自心想，這樣反正也落得輕鬆。

「有缺紅酒或是利口酒之類的物品嗎?」

「目前還很夠用。」

酒類都是用貴崎拿給我的。宅邸內的酒精性飲料全部都是由身為管家的貴崎負責管理。

「您之前幫我準備的酒,以料理酒而言實在太過昂貴了,害我著實嚇了一大跳。」

「你不需要顧慮價錢的問題。有好酒入菜的料理,風味與香氣會截然不同。完全沒必要在意食的費用,免得留下『早知道當初就多喝些香檳了』的遺憾。」

我聽不懂他這句話的意思。也許是看到我露出一副茫然的表情,只見貴崎輕輕點頭道。

「這是約翰・梅納德・凱因斯嚥下最後一口氣前說過的話。他特別鍾愛香檳。不曉得主張『從長期來看,眾人皆已死』的經濟學者,在面臨死亡關卡時會是何種心情呢?」

貴崎清咳了一聲。

「既然你的職業是做料理,最好還是多吸收一點知識比較好。雖然聽起來像是我這個老頭子在說教,但有時候乍看之下毫無關聯的事物,背地裡其實息息相關。」

他這麼說完後,溫柔地微微一笑。我就這樣帶著滿腦子的問號,離開辦公室。

當我回到廚房擦拭起工作檯時,平日往來的業者——森野從後門出現。一直以來都是由他的店負責運送食材來這裡。由於他只經手優質的食材,因此在附近一帶頗受好評。

「早安。」森野身穿藍色直條紋的領扣襯衫搭配牛仔褲。這樣的他總是彷彿遠紅外線電暖爐般氣色好得不得了,全身上下散發著充沛的活力。「咦?發生什麼事情了嗎?你今天似乎沒什麼精神呢。」

從初次見面的那一天起，森野便對我莫名地熱絡。也許是我們年紀相仿的緣故，或者是他對任何人都是這副調調。

我從放下紙箱的他手上接過送貨單，確認訂單與收到的食材是否一致——進行起例行性的驗貨作業。

「請你多下些訂單吧。之前在這裡工作的人，都經常把剩下的食材帶回家喔。像是蝦子、螃蟹，還有和牛之類的。」

「這麼做是私吞公物吧。」

「這麼說也太難聽了吧。你就不能想成是剩餘材料的回收再利用嗎?比起讓食材在冰箱裡腐壞，這種做法的罪孽小上許多。而且，這種程度的小事情是不會遭到處罰的。對了，我老爸說韭蔥好像有點細，你覺得如何?」

「這種程度沒關係。沒問題的。」

只見他一臉「我們都是在這附近一帶長大的，這附近從以前就住了很多外國人」，並說

「今天的採購量似乎稍微多了一點點?」

「沒有錯，你還真是清楚耶。」

「畢竟我可是做這門生意的，知道這點小事也是理所當然。這裡以前似乎曾舉辦過宴會，那時候的送貨量可不像是今天這樣喔。老實說，我一直很想要送一次那種程度的貨。」

「我敬謝不敏。畢竟，舉辦宴會可是很累人的。」

「你今天要煮什麼料理?」

「法式家常濃湯。」

「那是什麼?」

也許是聽到陌生的外來語，他的頭上浮現出問號。

「用馬鈴薯與韭蔥煮成的湯品，是一道相當經典的料理。雖然平常不會做這麼傳統的料理，但今天情況特殊，是客人特別指定的。」

「傳統的料理啊。」森野說完聳了聳肩。「看來你似乎也相當努力呢。只不過，不知道你能夠撐多久。之前的廚師每天都是煮培根馬鈴薯濃湯喔。他老是煮一模一樣的湯，而且還不怎麼好喝。聽說他以前是個廚藝相當精湛的廚師，想不到最後卻變成這副模樣。」

「不過，我隱約能夠體會他的心情。」

總覺得我似乎能夠理解，上一任廚師每天都端出同一道料理的心情。因為無論他再怎麼費盡心思，也不會得到任何回饋。換句話說，不管他煮出何種湯品，都不會有人抱怨。話說回來，被稱為夫人的宅邸主人，每天都喝湯不會覺得厭倦嗎?

「但是，這裡的薪水很好吧?」森野半戲謔地說。「還真是令人眼紅呀。」

正如同他所說。雖然我曾經擔任過大使館官邸的廚師，也曾經在私宅當過負責每日料理的專屬廚師，但從來沒有一位雇主開出如此高價的酬勞。

最重要的是，工作內容相當輕鬆。我可以悠哉地走進廚房，只要在八點整端出料理就行了。收拾不到一個小時，便能在九點前離開。一般來說，廚房的工作環境是相當嚴苛

——必須從早站到深夜的超長勞動時間，以及算不上充裕的休息時間。由於正常的情形是如此，所以做這麼輕鬆的工作還能夠獲得不少報酬，讓我有一種幹壞事的罪惡感。

「有缺什麼食材嗎？」

「今天還夠用，但我明天打算追加牛奶。還有，我記得鹽似乎也剩不多了。」

「瞭解，我會送跟之前一樣的貨來。牛奶會在上午送到，那就幫你直接冰進冰箱裡喔。先告退了，接下來也要麻煩你多多關照喔。」

森野笑了笑，重新戴好帽子。

「對了，我聽說大小姐來了。」

「大小姐？」

「就是夫人的孫女。」

「啊啊，好像是有這麼一回事。」

「你們見過面了嗎？」

「偶然碰到的。只不過，她似乎完全不把我放在眼裡。」

森野定定地盯著我的臉瞧。接下來，像是明白了什麼似地說「原來如此」。當他踩著輕盈的步伐從後門離開前，在門邊對我說。

「你不需要放在心上。」

「我知道。」

森野搖搖頭，彷彿是在表示我並沒有搞清楚。「那個孩子與我們是不同世界的人。」

「不同世界的人？」

「沒錯。不過，她長得很可愛吧。先這樣，再見嘍。」

於是，他以彷彿兔子衝進巢穴裡的氣勢，一屁股坐進車裡。

我透過窗戶目送著漸駛漸遠的輕型貨車。即使貨車從視野中消失，我仍舊眺望著窗外許久。美麗但令人感到索然無味的景色攤開在我的眼前。

2

每天的工作都是從熬煮高湯開始。所謂的高湯（Stock）是法文稱為Bouillon的味道基底，如字面上的意思，廚房隨時隨地都會備上。

將整隻雞剁塊後川燙一下，再以清水洗淨備用。如果有血塊殘留的話，就會毀了這一鍋湯。一旦做為基底的高湯有一絲絲的雜味，端出去的料理味道就會變差。因此這是一項相當重要的事前準備工作。

將水注入桶型深湯鍋慢慢熬煮。外面有許多餐廳並不會特地採購全雞，而是利用料理時多出來的雞骨或碎肉熬煮高湯。然而，使用一整隻全雞所熬煮出來的高湯風味，濃郁度與一般的高湯截然不同。

我一邊望著從鍋中冒出的蒸蒸熱氣，一邊回憶起往事。

我學到的第一件事，就是熬煮高湯。當時師傅的口頭禪是，即使不懂原理，只要仔細觀察就對了。一旦踏入廚房後，根本不會有人指導你怎麼做。

平心而論，料理的確不是透過頭腦記住的，而是透過自己雙手去學習。師傅曾經因為看見跟我同期的實習生在閱讀書籍，而生氣地大罵「空長知識有何用」。師傅主張「只知道死讀書的人一點用都沒有。在學校學到的理論或知識，搬到現場根本派不上用場」，而且在廚房工作的人大多數都抱持著相同看法。而我原本就不擅長讀書這種事，所以順利地躲過師傅的責罵。

水滾之後將瓦斯火力轉小，調成文火，保持在偶爾會有小泡泡從鍋底湧上來的程度。一邊撈掉浮渣與浮油，煮四十分鐘左右。如果在這個時候將胡蘿蔔與芹菜、洋蔥等調味蔬菜放入鍋中，就會讓高湯變得鮮甜，味道也會更加豐富。最後再加入義大利芹的莖與剁碎的芫荽籽後關火。

利用熬煮高湯的期間，準備法式家常濃湯。

首先將四百公克的馬鈴薯與一百公克的韭蔥，切成薄片與丁備用。在大口徑的湯鍋融化三十公克的奶油後，倒入韭蔥丁。轉動鍋子讓奶油滑過整個鍋面後，蓋上烘焙紙，進行悶蒸。火候則是保持在小火。從韭蔥逼出來的水分會與奶油在紙下混合、冒泡，這時會產生一股相當迷人的甜美香氣。接著，三不五時將火力轉得更小，或是將鍋子從瓦斯爐上移開，調節溫度。一旦過熱便會導致奶油裡的蛋白質焦掉，產生的氣味會蓋過蔬菜的香味。

待食材熟透後，將馬鈴薯放入鍋中輕輕攪拌，與奶油充分混合後倒入高湯。一直到這個時候才能加強火力，以大火煮沸高湯後轉成小火。

沸騰後，轉小火。基本上，料理就是不斷重覆如此作業。

一顆的大泡泡從鍋底冒出後破掉，四周頓時陷入一片寂靜之中。每每被宅邸的靜謐所籠罩時，我就會產生一股奇妙的心情。我並不是沒辦法靜下心來，而是感覺自己的存在彷彿逐漸消失般。

那片寂靜被逐漸接近的腳步聲打亂，而我非常輕易地猜到來人是誰。因為貴崎走路時絕對不會發出腳步聲。

剛才那位女孩子在廚房現身。仍然戴著耳機，聽著音樂。然後，看也不看向我一眼，自顧自地將手上的白色咖啡杯放在距離入口處最近的裝盤工作檯上。長相與森野所謂的「可愛」完全不符，是個五官相當精緻的女孩子。另外，雖然先前沒有察覺到，但她的眼角有顆黑痣，使她看起來冷冰冰的。

當我暗自猜測起她來這裡的目的時，她已打開冰箱自言自語地說「也太空了吧」。至少……在我耳裡聽起來是這麼一回事。這是我第一次聽到她的聲音。

我將視線落在鍋中。老實說，我實在難以決定，到底該如何向她打招呼。

廚房裡響起她關上冰箱門的聲音。

「你有聽到嗎？」

她那美麗秀髮的分邊線正朝向我。

我點頭，思索了幾秒鐘該如何回應後說：「問別人事情的時候，好歹也將耳機摘下來吧。」

一瞬間，她的雙眼瞪得渾圓。嘴角微微揚起，看不出來是在微笑或生氣。我心想，看來她並不習慣遭到別人的口頭警告吧。

她心不甘情不願地摘掉耳機，微微嘆了一口氣。

「我只是想來拿牛奶而已。因為我一直找不到貴崎先生，無可奈何之下只好自己過來。」

「在工作檯冰箱裡面的右邊。」我如此答道。

「工作檯冰箱？」

「就是妳眼前的那個設備。」

「你是指這個工作檯嗎？原來這個裡面是冰箱啊。」

她打開工作檯冰箱的門，取出牛奶盒後，視線落在瓦斯爐上的鍋子裡。

「這是什麼？」

「雞高湯。」

「喔～」

她將冰牛奶倒入咖啡裡，啜飲一口後喃喃地說「都涼掉了」。我心想，這是理所當然的吧。牛奶在加入咖啡前，得先加熱到適當的溫度才行。

她把喝到一半的咖啡放在裝盤工作檯上，伸出一隻手按住頭髮，並環視廚房一圈。

橙色光芒從她背後的窗戶灑落進來，靜靜地搖曳閃耀。短暫的沉默時光悄悄流逝而過。

「話說回來，妳還真是過分耶。」

雖然不知道該說些什麼，但再也按耐不住這股沉默的我，終於擠出這麼一句話。

「你說什麼？」

「我是在說剛才。明明是第一次見面，妳卻完全無視於我的存在，實在是太過分了。更何況，妳怎麼可以把皮包放在用來擺食物的地方。畢竟妳在外面的時候，非常有可能把皮包放在地上吧。」

當我這麼說完，她便一副不耐煩地將雙手擺到背後交握，一邊挺直背脊一邊微露那潔白的牙齒，並說「明明是廚師，卻這麼囉嗦」。雖然我們之間有一大段距離，但四周相當安靜，完全不會妨礙對話。

「你為什麼會來這裡？」她輕聲問。

「什麼為什麼？」

「你明明還這麼年輕。」

我不明白她問這個的目的為何。當我猶豫著該如何回答時，她又接著說「這裡可不是你這種人來的地方」。

不是我這種人來的地方？

「話說回來，其實也沒有什麼好訝異的。畢竟這裡的薪水相當優渥，而且人活在這個世界上就得工作。生活大不易呀。但是，妳為什麼這麼問？」

四周頓時陷入數秒鐘的沉默。

「我只是很好奇為什麼貴崎先生會錄用你。」她語氣平靜地說。「因為我外婆一直以來都只雇用廚藝精湛的廚師。」

我笑了出來。「年輕並不代表廚藝不精吧。」

「我又沒有說是因為你年輕，所以廚藝不精。」她輕聲笑。「我只是覺得你的頭髮太長了。我外婆以前曾經說過，頭髮長的人絕對不是好廚師。」

我下意識地伸手觸碰自己的頭髮——的確，自從前一份工作離職之後，就變得不太注意要定期理髮。不知道為什麼，我頓時不敢看向她的眼睛，便將視線移到窗外。她嘆了一口氣，彷彿會將周遭凍成一片雪白世界般，既老成又冰冷的氣息。

「這個廚房好用嗎？」她問我。

我點頭。

「我外婆曾經說過，雖然這座建築物老舊，但廚房裡都是些高級的設備。」

「我覺得這座建築物很棒。如果改成餐廳的話，一定會生意興隆。因為古老的建築物裝載著滿滿的舊日回憶，想必顧客們也都明白這一點。」

「是這樣子的嗎？」她說。「老舊的事物的確殘留著人們的往日回憶，但並非所有往日回憶都是美好的吧……再說，我並不喜歡這個家。」

她如此說完，望向窗外。太陽比剛才更加西沉。而她的表情也在逆光之中變得晦暗，無法看清楚。

「不，與其說是不喜歡，倒不如說是無法喜歡。反正跟你說這些你也不會懂。」

我聳了聳肩，並搖頭。她將喝完的咖啡杯放進流理臺後，三步併作兩步迅速離開廚房。

廚房又只剩下我一個人。然後，我才猛然察覺到自己錯過問她名字的時機，真是失策。

重新打起精神後，我用濾網過濾煮得軟爛通透的食材。我本身並不喜歡使用食物攪拌機，因為會導致馬鈴薯過度黏稠，味道也會太重。

待過濾作業結束後，把裝湯的大碗放進冰水裡降溫，再加入一大碗鮮奶油。接下來，只需在供餐前倒入鍋中，以牛奶調整濃度，並充分加熱，最後完成時拌入少量奶油即可。

我將所有的食材冰進冰箱、打開暖盤保溫機的電源，收拾她留在流理臺裡的咖啡杯。一邊洗著碗盤一邊心不在焉地想著她。

太陽已經完全沉入地平線，窗外變得漆黑一片。

看時間也差不多，我便加熱了事先備好的湯。然後，加入奶油，用食物攪拌棒充分攪拌一番。攪到湯品表面產生泡泡的好處是，湯比較不容易涼掉，同時也能夠將香氣鎖在湯裡。如果廚房到餐桌尚有一段距離的話，這項作業可以說是相當重要的一道程序。

在另外附的餐盤上鋪好蕾絲紙餐墊，再擺上剛才烤好的麵包丁。在湯盤裡倒入濃湯，灑上剁碎的巴西里——如此一來便大功告成了。

我一按下呼叫鈴，貴崎立刻來到廚房。他的視線落在料理上，微微點頭。

「請問您知道那孩子在哪裡嗎？」我問。

貴崎用事先備好在一旁的餐盤布擦拭盤緣，進行最後的確認。

「那孩子？」

「就是夫人的孫女。」

他抬起頭來，但依然是一張撲克臉。

「應該是在那個房間裡，有什麼事情嗎？」

「沒事沒事，那麼料理就麻煩您了。」

貴崎頷首，以雙手捧起放有濃湯的銀製托盤。我趕在他前往餐廳之前詢問。

「請問那個房間是哪個房間？」

雖然他一臉訝異，卻還是告訴了我房間的所在位置。接著，他用背部推開廚房的門後，端著料理快步離去。

3

貴崎告訴我的房間位於二樓，地點相當好找。我清了清喉嚨後，才伸手敲房門。

房門被打開來，她的臉出現在門縫裡。

「幹麼？」

她的眉頭緊鎖，一臉狐疑。混雜著不信任與猜疑，充滿戒心的視線投射在我身上。夫人飼養的狗則是鑽過她腳下與門縫，來到我的跟前，嗅起我手上的味道。彷彿在判斷我是好人還是壞人。當牠一碰到我的手，掌心立刻感受到一股經過細心打理的毛髮觸感。

「牠叫什麼名字？」

「文森。」

「以狗來說這名字還真是氣派耶。聽起來有點不習慣。」

「是嗎？也有一位很有名的廚師叫做這個名字吧？」

當她看到我露出一臉茫然的表情時，嘆了一口氣。

「文森・德拉夏貝爾——十八世紀前期遠渡英國，服侍倫敦的貴族。以英文撰寫關於法國料理的書籍，在法國料理推廣到全世界方面相當有貢獻的廚師——你不知道嗎？」

我點頭。

「你好遜喔。」她說。「身為廚師卻不知道這種事情，也太丟臉了吧。你都不閱讀嗎？」

我搖了搖頭。自己確實偶爾會被揶揄身為廚師卻不看書。老實說，對方並沒有說錯。

「因為我的師傅主張實戰經驗最重要，被他發現我在看書的話還會被趕出去喔。他說看書就會變成光說不做的人，只知道讀書是無法做出好料理的。廚房裡面有很多這種人。」

真是傷腦筋啊。

「哼嗯～」她說。「……你喜歡狗嗎？」

「喜歡啊。」

她凝視著我的臉好一會兒後，便回到房間裡去了。她在放置於中央的單人沙發上一坐下，側臉正好朝著這邊。

我被動地跟著踏入房間裡。

一踏進房間，我倒抽了一口氣。

裡面簡直就是書海。房間深處有一張書桌與一張床，中央放有沙發，除此之外的地方全部都是書架。地板上堆疊著許多古老的書籍，甚至也有似乎是用來收集資料的剪貼簿。

每一本書皆已斑駁變色，不難看出年代已久。

光是眼前眾多的書籍，就散發出一股將人拒於門外的濃濃氛圍。這還是我生平第一次在圖書館以外的地方被如此眾多的書籍環繞。仔細一瞧的話，房間裡收藏的盡是些料理方面的書籍。一般的工具書當然不在話下，甚至還有歷史人文方面的料理相關書籍，其中不乏外文的書籍。

「你怎麼了？呆站在那裡。」

她說。狗狗文森則趴在一旁。

「好驚人的藏書量。」

「這裡是書庫，有許多書也是理所當然的吧。這些都是我母親留下來的書。從某個時期開始就變成我專屬的了。」

「從哪個時期開始？」

她定定地望著我的眼。

「沒必要告訴你。」她說。「雖然我對食物並不沒有太大的興趣，但也不討厭閱讀料理方面的書籍就是了。」

我試著思索了一下她話中的涵義。

「明明對食物不感興趣，卻喜歡與料理有關的書籍，還真是難懂耶。」

「是嗎？閱讀這種書籍很有意思啊。」

「我每次一讀這方面的書，就會感到飢腸轆轆。」

「純粹只是因為你頭腦簡單而已。」

她冷冷地回答，彷彿只是在陳述某件事實。

「你喜歡料理的哪部分？」

「妳問我哪部分……當然是做料理很愉快嘍。」

「是嗎？」她看向我。長長睫毛下的那雙大眼散發出微微光芒。「料理不就是吃下肚就沒了嗎？不覺得這樣很落寞嗎？」

我不知道該如何回答。因為我也沒辦法堅定地否認。

「料理很有趣啊。該怎麼說呢……因為一切其來有自，所以能讓人覺得安心。」

「安心？」

「是啊，就拿馬鈴薯來說吧。用水煮的方式更能讓酵素發揮作用，煮出來的馬鈴薯會更甜更好吃。如同這個道理，每一種料理都有它美味的理由。因為這個世界上有太多事情都毫無理由。」

「好奇怪的理論喔。」

她笑著說。我心想，原來她也會笑啊。儘管嚴格說來，她是在嘲笑我，但我並不覺得討厭。因為她的笑容如此燦爛耀眼。

「比起料理妳更喜歡看書，在我看來妳反而更奇怪。」

「因為書本跟吃下肚就沒了的料理不同，能夠長久保存下來。當然，誰不喜歡吃美味的料理，只不過我更喜歡那些藏在料理背後的故事。」

「故事?」

「沒錯,就連你今天煮的濃湯背後也有故事。那道湯品放涼之後,就會變成一道名為馬鈴薯冷湯的料理。這可是聞名全世界的美式料理之一。」

聊起食物的她在不知不覺間變得柔和許多,就連說話的語氣也不再像刀子般銳利。

「真的嗎?馬鈴薯冷湯原來是來自於美國啊?」

她露出一副不屑的表情。「你是真的不知道嗎?好歹也該充實一些料理以外的知識吧。」

「妳這麼說也太沒禮貌了吧。雖然,我之前也隱約懷疑過馬鈴薯冷湯不是法國料理,但畢竟有不少法式餐廳會推出這道湯品。當然這些餐廳不會像一般的家庭餐廳就這樣直接端上桌,有些甚至會在湯品上做些變化。例如在下面鋪肉凍或加上海膽、魚子醬之類的再端給客人享用。」

「馬鈴薯冷湯是一位名為路易斯・戴特的廚師,在美國的麗思卡爾頓飯店想出來的料理。這是他心目中的母親的味道。」

「母親的味道?」

「沒錯。據說在他小時候,每當夏季天氣炎熱時,他的母親就會把牛奶加進前一天剩下來的法式家常濃湯裡給他喝。他就是一邊回味著當時的味道一邊做出馬鈴薯冷湯的。所以才會形容是母親的味道。」

嚴格說起來,其實我也有回憶中的味道,只是我想不出來那個味道。

「就是這樣,所有的料理背後都藏著屬於它的故事。我喜歡的就是這背後的小故事。」

談論起料理的她與初次見面時簡直判若兩人。此時此刻的她態度相當自然。令我不禁心想，也許這才是她原本的面貌吧。

「原來如此。」我說。「我確實是喜歡做料理，不過也更喜歡品嘗料理。」

「但是，這裡每天的工作只有煮湯而已吧。你不會覺得無聊嗎？」

我含糊地點了點頭。

「但也不能因為無聊就亂煮一通喔。如果端出罐頭濃湯，可是會被炒魷魚的。畢竟，這個世界上除了安迪・沃荷（註1）以外，根本不可能有人每天喝罐頭濃湯也不會覺得膩。」

我對這個名字有印象，而且隱約記得此人是藝術家。但是，我並不瞭解他是什麼樣的人物，也不清楚他的事蹟。

「安迪・沃荷？」

她一邊點頭一邊豎起食指說：「聽說他會這麼喜歡喝湯，是因為小時候餐桌上每天都會有他母親煮的湯。他會在長大成人之後一連喝二十年的湯，也許是在追求某種精神上的慰藉吧。然而，這也成為他日後孕育出那幅偉大傑作的契機。」

聽到這裡我不禁感到訝異，她的說明完全沒有一絲猶豫。我下意識地受到她的吸引，彷彿自己在聆聽了音樂般。

她似乎是察覺到我的反應，便看向自己的食指。接著，一邊清咳一邊把手藏在身後，並露出一副難為情的表情，將視線從我身上移開。

1 美國普普風大師，《康寶湯罐頭》為其著名代表作品之一。

「話說回來，你特地跑來我的房間是有什麼事情嗎？」

說話完全不帶一絲溫度，她恢復成我們初次見面時給人冷冰冰印象的那個女生。還真是個說變就變，難以捉摸的人呀。

「我只是在想妳的晚餐都如何解決。」

「什麼啊，就為了這種事情。」她嘆了一口氣。「我有隨便吃些東西了，所以不需要吃晚餐。反正，我也有嘗過法式家常濃湯。」

她用纖細的手指輕輕撫摸趴在腳邊的狗狗脖子。隱約可見她的後頸，看起來和那雙手同樣纖細。

「不吃飯有害身體健康。」

「你這個人到底是怎麼一回事啊？也太愛嘮叨了吧！廚房才是你的工作場所，你沒有資格來這裡。」

「不正常吃三餐可不行呀。」

她顰眉說道。「別把我當成小孩子對待。還有，要是膽敢冒犯我的話，我絕對會讓你被炒魷魚。至於解雇你的理由嘛～要多少就有多少。」

就在這個時候，房門傳來敲門聲。

「進來。」她如此回應後，門立刻被打開來。貴崎站在門的另一端。他先望向她後，才看向我這邊。接著，彷彿要重新振作起來般，以食指指尖推了推鏡框。

「抱歉打擾了。」他以似乎並不真心這麼想的語氣說。「你所做的湯品似乎不是客人期盼的料理，味道不對……因此夫人想請你重新製作。」

味道不對？

「要我重做沒有關係，但是得花上一些時間。」

貴崎詢問我大約需要多少時間。我回答約三十到四十分鐘的時間。最少需要這些時間。

「沒關係。」

貴崎點頭表示瞭解後，便折回餐廳去了。狗狗文森則是跟隨著他的腳步離去。

回到廚房後，我立刻著手重新煮湯。

我急急忙忙地以奶油悶蒸韭蔥，就在我開始處理馬鈴薯的時候，才發現她不知道在什麼時候來到廚房，並且站在裝盤工作檯看著我。她的手上拿著一本文庫本，不過外面罩著黑色書衣，沒辦法看到書名。

「妳在這裡做什麼？」我開口詢問她，視線仍然落在手邊的作業。現在正在悶蒸韭蔥與調節溫度的關鍵時刻，無法挪開視線。

「沒幹什麼。」

她攤開手上的文庫本。

「總覺得有一種被人監視的感覺。」

我這麼一說完，她便像是要在裝盤工作檯上拍打節奏般以指尖敲著檯面。

「你的廚藝真的沒問題嗎？」

當我把高湯倒入鍋中，立刻傳來滋滋作響的聲音並冒起熱氣。
「妳是在質疑我的能力嗎？」
「我並沒有這個意思。」她將視線落在文庫本上。「不過，客人是說『味道不對』吧？如果是對你的料理有任何不滿或疑問的話，頂多只會說『不合胃口』。」
「的確有道理。對方說味道不對確實讓人摸不著頭緒。」
「就是說啊。」她說。「我剛才稍微瞄了一眼你煮的湯，外觀看起來確實是法式家常濃湯。到底是哪裡不對呢？」
「實在讓人匪夷所思。」
雖然感到困惑，但我並不覺得有任何不悅。雖然這麼說有點奇怪，但被命令重新製作料理我反而覺得有點有趣。
湯滾了，我轉成小火。
「我思考了一下妳剛才問我的問題。」
「我問了你什麼問題？」
「我來這裡的理由。」位於我與她之間的裝盤工作檯，正好為我們倆提供了適當的對話距離。「大概是因為我想要重新振作起來。」
我將火候調弱。如果要煮蔬菜的話，最好是保持在水面有微微波動的狀態下。
「因為經歷了小小的人生轉捩點，所以我離開了原本在廚房工作的環境。自從辭掉上一份工作之後，我就覺得自己彷彿一直處於前途茫茫的狀態。失去了人生的方向，沒有活在這個世界上的真實感。我必須再一次回到原本屬於我的地方。」

「你露出一副死人般的表情。」已經分手的女友這麼說。不曉得當時的我臉上到底帶著何種表情。但不可否認的是，我確實只有在製作料理時才有活著的真實感。

「你是指廚房？」

「是的。」我沒來由地害臊了起來，假意清咳一聲。「不過，老實說我也不清楚這麼做是否正確。」

「我說你啊～」她帶著一臉訝異的表情說。「你實在不太像廚師耶。」

我苦笑。

「我十六歲就開始接觸料理了。別看我這樣，我可是擁有十年以上的廚師經歷喔。」

「你幾歲？」

「三十一歲。」

「正好十五年啊。」說完，她點了點頭。「聽你這麼一說，你的資歷確實不短。」

「人吶～一旦出社會之後，時間一轉眼就過去了。」

從她的年紀看來，十五年確實不短。

大約二十五分鐘後，湯就重新製作好了。這一次我減少了鹽的用量。因為，根據過去的經驗，每次被客人要求重新製作料理時，理由不外乎是火候控制有瑕疵，要不然就是鹹度上的問題。

既然對方要求的是懷舊的味道，所以我增加了濃度，做成濃稠一些。

過去數十年以來，整體上料理的味道有越來越淡的趨勢，我剛才端上桌的湯品也不例外。但是從前的湯比起用喝的，濃度應該會更接近用吃的。如果從客人的年紀來看，我應該要事先考慮到這一點。

「你有自信嗎？」

「我也不知道。不過，之前端上桌的湯味道應該不差才對。」

「我幫你去前面看看。你不需要感謝我，純粹是好奇心使然。」

她說完之後便離開了廚房。頓時讓我有一種被人拋下的淒涼感。

經過五分鐘後，刺探完情形的她帶著一臉納悶的表情回到廚房。

「好像又不對了。」

「不對？到底是怎麼一回事呀。」

「我也不知道，只是客人的表情顯得有些不高興。」

「對方純粹只是想要找碴而已吧。要不就是想彰顯自己是個對味道很挑剔的人。」

「但是那位客人看起來不像是那種人。我明白你想維護自己立場的心態，但真的不是因為料理不好吃嗎？」

我在小咖啡杯中倒入熱好的湯，拿到她的面前。

「既然妳這麼懷疑，那就親自品嘗看看吧。嘗過以後，就明白我說味道不差的意思了。」

她一瞬間露出猶豫不決的表情，但還是將咖啡杯湊近嘴邊淺嘗一口。然後，她輕輕點頭說了一句「嗯，很正常」。我忍不住心想，這種時候應該要說很好喝吧。

「我覺得味道很正常，對方卻說『味道不對』，實在很奇怪。」

她說得沒錯。更何況，法式家常濃湯這種單純的料理，味道不至於產生太大的誤差。

貴崎撤回空餐盤，回到廚房來。盛裝濃湯的湯盤確實已經一空，看來對方並非不滿意味道。

接著，一名身材瘦小的老人家晚了貴崎幾步，在廚房現身。他身穿深灰色的西裝，搭配有著直挺領子的水藍色襯衫，看起來很有氣質。臉上的皺紋很深，稍長的頭髮摻雜著一絲灰，全身上下散發出一股陰鬱的氣息。

老人家清咳一聲後，針對要求我重新製作料理一事而道歉。

「今天謝謝你的招待。我要求這種年代久遠的料理，想必對你造成困擾了吧。」

「怎麼會……請問有哪裡不合您的口味嗎？」

「這件事還請你多多見諒。我並非不滿意你做的料理。」

「是否可以請您明白地告訴我，我的料理到底哪裡不好嗎？」

「不，並沒有哪裡不好。吃過你的料理後令我興起一股念頭，想要一嘗你所做的全套料理。」

「但您確實有說過『味道不對』吧。」

她介入我們之間的對話，如此詢問老人。

老人搖搖頭說「被妳聽到了啊」並微微一笑。「害你如此費心，真是不好意思。味道真的很棒。我來這裡只是想讓你知道，你的料理並沒有任何問題。」

他向我微微低頭後，再度重申「味道真的很棒」。老人面帶微笑，主動與我握手。他的手摸起來很乾癟，冰冰涼涼的。反握我手的力道實在過於羸弱，頓時令我感到些許動搖。

握完手後，我低下頭向他敬禮。

「其實我也說不上來到底是哪裡不對……」老人如此說。

「您這話是什麼意思？」

「這道料理是我與以前交往過的對象共同的回憶。」

老人輕輕點頭後，開始娓娓道來。

「那是六十多年前二戰後不久的事情。秋天即將結束之際，我與她去上野一間專門以外國人為服務對象，戰後重新開張的老餐廳用餐。當時的我們已經許久沒在餐廳用餐，再加上世界大戰期間人們根本無法悠哉地用餐。」

說到這裡老人嘆了一口氣，定定地凝望著空中某處。

「當時我在那間餐廳向她求了婚。說是求婚，不過那間餐廳的窗外只能看見一片片的田地，並不像這裡的氣氛這麼浪漫。」

「求婚？」我說。

「是的。外面的田地開滿了一整片的黃花，全國上下都沉浸在戰爭結束的喜悅之中。」

他像是要掩飾心中的難為情般，羞赧地笑了笑。那是一抹彷彿少年的青澀笑容。

「總之，我們在那裡吃的料理就是法式家常濃湯，奶油散發出來的迷人香氣令我們忍不住抬起頭來望向彼此。當時主廚對我們解釋說，因為今天進了優質的奶油與韭蔥，所以才能端出美味的料理。主廚人很好，在我們離開之前還特地寫下詳細的食譜，贈送給詢問湯品製作方法的她。」

接著，老人清咳了一聲。

「『總有一天我要親手做給你喝』她這麼告訴我。然而，她並沒有實現這個諾言。因為，在那不久之後她就染上重病過世，而我也一直沒有聽到求婚的回覆。應該是因為大戰後糧食短缺，造成營養不良的關係吧。幾年後，我為了學習繪畫而遠渡巴黎，在異地生活長達十二年的時間。但卻一直找不到那個時候的味道。回到日本後，我擁有良好的生活條件。光陰似箭、歲月如梭，時間一轉眼就過去了。直到某一天我才突然重新審視自己的人生，我真的擁有自己渴望的事物嗎？」

他說完這段話便瞇起眼，望向遠方。

「過去我總在心裡期盼，總有一天我一定會在某個地方喝到同一碗湯。然而，直到如今卻仍然尋覓不著。恐怕是記憶出錯了吧。畢竟人們都說心中的回憶總是最美，而且你所做的濃湯也確實非常美味。」

但是，我的湯還是哪裡不太對。

「人到了我這個年紀，就會莫名其妙地想吃些令人懷念的料理，因此我才會大膽提出要求……就是這麼一回事。」

「也就是說，外觀雖然相似但味道卻不同吧。」

老人的眼神一黯。「不過，有可能是我記錯。畢竟那都是六十多年以前的事情了。更何況我也上了年紀，以前的記憶自然變得相當模糊，味覺也退化不少。」

老人再度笑了笑。每當他一笑，身體就會駝起，眼尾也會悲傷地扭曲。他將視線投向窗外，彷彿能透過黑夜看到什麼似地。我當然不可能知道那是什麼，但我只明白一件事——那就是他並不是刻意找我碴才要求重新製作料理。

「謝謝你的招待。」

老人在貴崎的陪同下打算離開廚房。貴崎優雅的舉止令時間的流逝顯得悠哉從容許多。待我察覺時才發現她正望著我。那眼神彷彿要將我吸進去一般。「料理這種東西一旦吃下肚就沒了」，我的心中突然響起這句話。

「請您稍等一下！」

我情不自禁地出聲喊住正要離去的兩人。於是，貴崎與老人同時回過頭來望向我。

「可以請您再來這裡一趟嗎？」

貴崎以指尖扶起鏡框，老人則是面露不解的神色。

「請再給我一次機會。我想再重新煮一次。」

我又重申了一遍。我好久沒有碰上這種事情，有種說不上來的感覺。也許是我在意氣用事吧。於是，貴崎詢問老人。

「您覺得如何？您願意撥空再來一次嗎？」

老人沉默好一會兒才看向我，並點頭說「當然」。

她看到這個場景後，臉上浮現一抹淺淺的微笑。那是任何人見了都會情不自禁回過頭來的迷人表情。

4

翌日。

這個世界上多了兩件我不明白的事情。其一是為什麼自己會說出那種話，再來就是我該如何煮出令他滿意的味道。

不過就算我想破頭也想不出個所以然。因此，我一大早先到髮廊剪頭髮，再前往宅邸。途中的景色看起來與昨日不同。從我住的大廈到宅邸的車程約需一個小時。我平常會利用小田原厚木道路，也會利用國道一號線的外環道通勤。名為橫濱新道的這條外環道，似乎是住在這附近一帶的達官顯貴嫌道路太過狹窄而打通的。過去的日本是僅憑一人之言就能夠打通一條道路的時代。

我將車子停在位於幹線道路沿路的松樹林前的停車場。

一打開車窗立刻感受到大海的存在。天空晴朗無比，附近一帶閃耀著光輝。從石牆上冒出來的嫩綠色扁柏與櫸樹的葉子，正在接受陽光的洗禮。

如此的景緻令我的胸口不禁感到澎湃不已。風兒輕輕拂過記憶深處某個角落。

我下車後，舉起雙手，伸展身體。一轉動脖子，骨頭便喀喀作響。我踏上前往宅邸的上坡小徑。

風從天空底下吹過，樹枝一陣騷動。

當我從斜坡上抬起頭來時，便看到夫人的孫女站在前方。狗狗文森正忠心耿耿地伴在她身邊。

她穿著一件白色的T恤，脖子圍了一條似乎是用來防晒的薄絲巾。打扮算不上特別，但穿在她身上卻顯得別有韻味。

「早安。」

她發現我的到來，便開口向我打招呼。

「真是不好意思，還讓妳特地出來迎接我。」

「什麼啊，噁心。」她不悅地嘟起嘴。「我只是帶文森出來散步，正好從房間看到你的車子停在停車場才順便走過來而已。不說這個了，今天沒問題吧？」

那位老人今晚會再度大駕光臨。我用手掌輕撫文森的頸項。狗狗發出舒服的咕嚕聲。

「我今天打算要多方嘗試。」

「多方嘗試？該不會是因為毫無頭緒才這麼說吧？」

「我昨天想了一整晚，還是不知道問題的癥結在哪裡。」

「真的嗎？」她緩緩閉上眼睛，然後睜開。「你太莽撞了。如果這次又做不出來，不就害那位老人家期待落空了嗎？」

我只能點頭同意。確實就是這麼一回事。也因為這樣，我無論如何都得想辦法找出「味道不對」的理由。

因為文森在一旁拉扯著遛狗繩，所以一人一狗就這樣走下坡道。

「話說回來……」
我朝越走越遠的她喊出聲。她停下腳步。
「我還不知道妳叫什麼名字，方便告訴我嗎？」
當我一這麼問，她立刻回過頭來。然後，以清脆的聲音回答。
「千和。我叫藤枝千和。」

當我打開廚房的門時，工作檯上什麼都沒有，冰箱裡面也是空無一物。製作料理時，從這種歸零的狀態開始最為理想。
一打開洗碗機的電源後，廚房逐漸暖和起來。
接下來。
我喘口氣後，撥了一通電話給森野，請他幫忙備齊所有能夠找到的馬鈴薯品種。森野回說馬鈴薯在這個時期不多，不過還是會去找他父親商量看看。
於是，我掛掉電話並開始著手準備，就在這個時候貴崎在廚房現身。
「早安，今天很早喔。」
在廚房露臉的貴崎，以隱約帶著一絲愉悅的語氣說。走路從來不會發出一絲聲響、人生歷練豐富的紳士，流露出彷彿惡作劇的稚子般的眼神。
「我打算試作一下料理，有什麼問題嗎？」
「不，沒有任何問題。你可以任意使用廚房。這是因為昨天的那件事情吧？」

「是的，沒有錯。」

「你已經有大概的方向了嗎？」

看到我一搖頭，貴崎便輕輕點了點頭。

「也許是我多管閒事，不過你就當成是年長者的小建議，姑且聽一下吧。通常碰到這種情況，最好從源頭思考起。」

「源頭？」

「換句話說，你可以先徹底瞭解法式家常濃湯到底是什麼，也就是從根源思考。你會發現答案意外簡單。否則的話，就算你準備一大堆食材，也無法煮出客人心目中的味道。」

貴崎豎起食指。這個男人平日裡的一舉一動都隱約透露出一股像是在演戲的氛圍。在我們對話的同時，外面傳來聲響。

「早安。」

門被打開來，森野抱著紙箱走進來。接著，他發現貴崎的存在，便脫下帽子恭敬地向貴崎一鞠躬。對我則僅僅只是輕輕將手搭在帽簷上致意而已。

「總之，我先把能夠調到的品種都拿來了。這些馬鈴薯到底是要用來做什麼的啊？」

「謝謝你，我打算要試作料理。」

「試作？」

「總而言之，我打算盡量多方嘗試。」

只見他一副不是很明白地聳了聳肩膀。我在他遞過來的送貨單上簽名後，交還給他。

也許是接下來還有貨要送的緣故，所以他沒有繼續追問下去。

森野從後門離開。

「好了，我們也都有各自的工作要做，今天也請多多指教嘍。」

貴崎用一副「只要不會妨礙到日常的工作，你想在這裡做什麼都隨便你」的語氣說完後，逕自離開了廚房。

我將馬鈴薯仔細清洗乾淨，排在乾布上晾乾。接著，把宛如月球表面坑坑疤疤、大小不一的馬鈴薯按照品種分好後，擺在托盤上。

儘管用各品種的馬鈴薯試作湯品，但每一道湯的味道都差不多。雖說品種不同，但馬鈴薯就是馬鈴薯。跟地瓜即使經過改良也不會變成松露是一樣的道理。

我嘆了一口氣。然而，神奇的是我並不會覺得心情差。我有一種自己很久沒有像這樣子挑戰料理的感覺。

到底該如何做才能煮出那位老人家心目中的理想濃湯呢？

這是我第二次造訪千和的房間。當我一敲二樓眾房門其中的一扇門，立刻從內側傳來「請進」的回應。

一打開門，便見千和正在沙發上埋首看書。房間裡依舊塞滿了各式書籍。昨天來這裡的時候我就有感受到一股喘不過氣來的窒息感。

千和從正在閱讀的書中抬起頭來，露出一副似乎頗感意外的表情。想必是因為她以為來人是貴崎而不是我吧。

「妳在看什麼書？」

「我看什麼書與你無關吧。有事嗎？」

她以帶刺的冷冰冰語氣說。

「這裡有很多古老的料理相關書籍吧。不曉得妳是否願意借我查一下資料？」

「你想查什麼？」

「從前的法式家常濃湯食譜。」

「為什麼突然想這麼做？你不是說過自己不喜歡看書嗎？」

「因為貴崎先生建議我，如果想解決問題的話『可以先徹底瞭解法式家常濃湯到底是什麼』著手。也許他說得沒有錯。」

應該說，解決問題的線索實在是太少了，所以我才打算急病亂投醫——不，我是說書本。她以冷淡依舊的態度回應。

「隨便你。」

但是，因為房間裡的書籍實在太多了，到底該從何下手、該如何下手，我一點頭緒都沒有。光是要確認每一本書的書名，就讓我提不起勁來。

似乎是看不下去我這副意志消沉的模樣，她輕輕地嘆了一口氣。

「從前……啊」千和喃喃地說。「那要看是多久以前的從前。就算是古老的書籍，也不見得有記載。舉例來說，馬鈴薯雖然是在十六世紀被人發現的，但對曼儂來說根本算不上是蔬菜的一種。」

「曼儂？」

「十八世紀的廚師，儘管出過好幾本書，卻沒有留下任何出生或經歷的資料，是個相當神祕的人……好了，不多說了。不過，馬鈴薯有很長一段時間被認為有毒，再加上長在土裡的緣故，被視為野蠻粗俗的食物，一直不被世人所接受。你應該聽過這段歷史吧？」

我點頭。

「布里亞．薩瓦蘭也曾於《美味禮讚》一書中寫道『馬鈴薯是鬧饑荒時吃的食物』，這就是當時普遍的看法。其後，由於一位名為安東尼．帕蒙蒂埃的人致力於馬鈴薯的推廣與普及，人們才逐漸有了馬鈴薯可食用的觀念。這個人是在英法七年戰爭中被普魯士的軍隊俘虜時邂逅了馬鈴薯，然後才將其推廣到法國。」

「安東尼．帕蒙蒂埃？」我說。「原來使用在馬鈴薯料理上的帕蒙蒂埃是來自於人名呀。」

只見她一瞬間露出一副不屑的神情，但她似乎也習慣了我的無知，便繼續往下說。

「不管怎麼說，馬鈴薯是在十九世紀以後才被大眾視為食材。正如同在十九世紀後半由大仲馬所著的《大仲馬的美食辭典》裡曾記載『馬鈴薯是完美的蔬菜』，隨著時代的演變馬鈴薯的評價也變得截然不同。」

說到這裡，千和像是察覺到什麼事情，以食指抵住自己的太陽穴，表情變得極為陰鬱。

「怎麼了？」

「……什麼都沒有。」

「到底是怎麼一回事啊！」

當我露出一副摸不著頭緒的表情時，千和將視線從我身上移開。

「只是覺得自己太多話了而已。我並非自以為是……不對，也許我的確是一時得意忘形了吧。」

看來她似乎是在與自己內心的難為情天人交戰。一思及此，我情不自禁地笑了出來。

「你在笑什麼？你是在瞧不起我嗎？」

「不，我沒有瞧不起妳，只是覺得很有趣。」我率直地說。「總而言之，法式家常濃湯是在十九世紀才被發明出來的吧。因為會使用到馬鈴薯，所以說這道湯品是在馬鈴薯普及後才被發明出來比較合理。」

「沒錯，但是法式家常濃湯是屬於家庭料理的範疇，因此沒有留下任何正式的食譜記載。」

如此說完的她又恢復成平日冷漠的態度。

「那麼，也就是說沒有任何的線索嘍。」

我無力地垂下肩膀。

「也不能說完全沒有線索。」她說。「那個人不是說『是在以外國人為服務對象，重新開張的老餐廳吃到的……』嗎？當時帝國飯店或新格蘭酒店、精養軒的主廚們，大多都有受到奧古斯特・埃斯科菲耶直接性或間接性的影響。所以，推斷那道湯品是根據他的食譜製作而成的比較合理。」

她站起來，從書櫃中抽出一本彷彿是某種事典的大開本書籍後說「拿去，不過這是英文版的就是了」便遞給我。「奧古斯特・埃斯科菲耶所著的《烹飪指南》裡有記載馬鈴薯濃湯的相關資料。雖然記載的名字是馬鈴薯濃湯或帕蒙蒂埃濃湯，但我認為可以將其視為法式家常濃湯。」

《烹飪指南》是一本相當沉甸甸的書籍。

當我一翻到她告訴我的頁數，立刻看到『658-PUREE DE POMMES DE TERRE, otherwise PARMENTIER』下方就是食譜。雖然是一百年前的記錄，卻與我昨天的製作方法幾乎一模一樣。

「真是神奇，明明是很久以前的食譜，製作程序卻跟現今幾乎毫無兩樣。」

「雖然我聽說過，法國料理的廚師出乎意料之外很少人會認真研讀料理典籍，但我認為你好歹也該閱讀一下這本書吧。畢竟奧古斯特・埃斯科菲耶並非古典料理的擁護者，他可是現代料理之父。」

接著，她又從書櫃中抽出好幾本書籍，接二連三地遞給我。我讀著透過索引找到的法式家常濃湯食譜，發現儘管分量有些微差異，但幾乎都大同小異。材料有馬鈴薯、韭蔥、奶油以及高湯，然後再看是要加入鮮奶油或牛奶。

「每一本的食譜都差不多吧。其實我昨天晚上也大概查了一下，並沒有發現哪一本的食譜會煮出不同風味的濃湯。」

我再度不由自主地笑了出來。

「有什麼好笑的嗎？」
「沒事，我只是想到原來妳也幫我思考過這個問題。」
千和將視線從我身上移開。她似乎在思索該如何反駁我，最後卻一句話也沒說。
「我已經瞭解食譜的記載了，先暫時休息一下吧。我要去泡熱巧克力，妳要喝嗎？」
她稍微沉思一會兒後點頭。「你這個人跟之前在這裡工作的人有些不太一樣，該怎麼說呢……反正是個奇怪的人就是了。」
「是這樣的嗎？」
當我來到走廊上時，文森抖動了一下身體。走在我身後的她指著我的頭說：「咦？你剪頭髮了？」
「妳也太晚發現了吧。」我回道。
我在廚房泡了熱巧克力。熱巧克力的製作方法非常簡單。我現在非常需要靠製作簡單的東西來找回自信心。像巧克力粉這種不常用的食材，一旦快過期就會被森野回收並換成新品。多虧有這個回收的機制，我才能夠隨時都有高品質的食材可用。
我們在廚房的角落擺好椅子後坐下。
「你剛才在試作料理嗎？」
她捧著裝有熱巧克力的杯子喝了起來。
「是啊。」我點頭。「其實我也在懷疑關鍵真的是馬鈴薯嗎？不過，那位老人家不也說過當天進了韭蔥嗎？這麼一來的話，就只剩馬鈴薯這個選項了……話說回來，那個時代已經有韭蔥了嗎？」

「根據文獻記載，韭蔥是在明治初期傳入日本的。雖然產量不多，但應該還是有的。對了，你用各個品種的馬鈴薯試作出來的成果如何？」

「不管是哪一個品種的馬鈴薯，煮出來的味道都大同小異。」

「嗯，這也是理所當然的事情。」她以一副隱約透露著一絲沉穩的眼神看我。「……你為什麼要這麼拚命地尋找那個人回憶中的味道呢？說穿了，這件事情根本與你無關吧。」

的確，我也可以將這件事情視為老人家單純在緬懷過去而已。我含了一口熱巧克力，感覺到有些許分量的甜味覆蓋住我的舌頭。

「也許妳說得對，似乎是我太意氣用事了。」

「意氣用事？」

「嗯，妳不是說過料理做好之後就結束了嗎？妳說得沒有錯，只不過……」我打算接著說下去，但腦袋中卻一片空白。「沒事，什麼事情都沒有。熱巧克力的味道如何？」

「不難喝就是了。」

她看起來似乎很滿意我泡的熱巧克力。不管怎麼說，跟她喝著同樣的熱巧克力，隱約讓我有種稍微跟她親近一些的感覺。也許是因為喝著同樣的熱飲，感受到同樣溫度吧。

為了稍微轉換心情，我們離開廚房，打算呼吸一下外面的空氣。她帶上狗跟了過來。

時間就在毫無任何線索的情況下一分一秒地過去。我們走在宅邸外的斜坡上望著大海。

有幾隻白鳥在防波堤上的天空畫著圓。走在前頭的她腳步相當輕盈，彷彿感覺不到身體的重量。太陽還沒下山。她的裙襬在我眼前搖曳，描繪著優美的弧度。

大海反射著透明的光芒。

「所有能想到的方法，我都嘗試過了。」

我嘆了一口氣。也許那位老人家說得沒有錯，是他美化了腦海中的記憶。現在總是不敵往日的美好。如同好酒需要時間熟成般，待歲月流逝而去，即使是苦澀的回憶也會變成甜美的事物。

「在你腦海中有怎麼樣也喚不醒的回憶嗎？」

她望著前方詢問我。

「有啊。」

浮現在我腦海裡的，依舊是那一天與母親一起品嘗過的那道湯品。對我而言，那是全天下最完美的味道。

「這個世界上所有的事物總有一天都會消失不見。有時候，我都會忍不住這麼想。既然會消失不見的話，不就等同於一開始就不存在嗎？」

她以平靜的語氣說。她的聲音就像是從海上吹來的海風般，冰冰涼涼的。

「回憶到底是什麼東西呢？難不成是為了令人感到痛苦、令人覺得寂寞而存在的？就算回想起來，也不能讓時光倒流啊。」

她稍微沉默了一會兒，以彷彿要救贖我的眼神，溫柔地望著我。

「但是，那位老人家卻不這麼想。」

當我這麼說，她立刻揚起一邊嘴角輕笑。

「是呀……」她微微點頭。「他希望能夠回憶起那段模糊的過去。」

直到此時此刻，我終於明白為什麼我會這麼想讓他品嘗到當時的味道。不，其實我從一開始就知道了。因為我想要證明給她看，這個世界上也有吃下肚卻依然存在的食物。

「那位老人家曾經說過，當時的主廚有告訴他們法式家常濃湯的製作方式吧。」

「是啊，說是把食譜送給了他的女伴。對了！就是這樣子！只要他還留著寫有食譜的那張紙條，問題就能夠輕鬆地迎刃而解。」

「我想確認一下。法式家常濃湯這種料理，只要得到食譜就能夠輕易地製作出來嗎？」

「嗯，應該不成問題。畢竟這道湯品一點都不難，況且妳不也知道這是很普通的家常料理嗎？不過，換作是我的話，應該會在食譜上寫明可用洋蔥代替韭蔥吧。因為日本的洋蔥與法國洋蔥不同，擁有韭蔥般的清甜鮮味，用來煮湯再合適不過了。我師傅也曾經說過以前沒辦法備齊食譜上的所有食材，因此會用各式各樣的東西來代替。舉例來說，如果沒有鵝肝醬的話，就用鮟鱇魚肝取代，藉以襯托出法式醬糜的風味。如果醬汁的材料有紅蔥頭的話，似乎就會用蒜頭混合青蔥來代替。靠這種方式其實可以做出來很接近的味道喔。」

她突然停下腳步。

「妳怎麼了？」

「沒什麼。」千和說。

我們再度向前邁開步伐。她沉默不語，似乎在思索什麼。於是，我只能盡量不去打擾她的思緒。

「不知道從窗戶看出去的農田是在種植何種作物。」

她如此喃喃自語。

「農田？」

「是啊。老人家說的餐廳明明位於上野卻有農田，不覺得有點奇怪嗎？但是，仔細回想起來，世界大戰期間別說是公園，只要有多餘的土地就會被開拓成農田，用來種植解救饑荒的農作物。老人家不也說過窗戶外開滿一整片的黃花嗎？既然是黃色的花朵，應該是屬於油菜花科的植物，但是這類植物的開花季節在春天，所以不可能是油菜花。可是馬鈴薯的花是白色或紫色的，而地瓜的花一般來說並不常見。」

雖然我不是很明白她想說什麼，但還是乖乖點頭。

「你說貴崎先生建議『可以先徹底瞭解法式家常濃湯到底是什麼』，對吧？」

「是啊。」

聽到我的回答，千和再度停下腳步。接著，用指尖抵在嘴邊喃喃自語「原來如此……不過，那個人到底是在打什麼算盤啊？」然後又繼續說。「總而言之，我們先回廚房吧。再不跟森野先生訂購食材的話，會來不及提供餐點給客人。」

「妳有頭緒了嗎？」

「雖然沒辦法百分之百確定。」

千和以一副不怎麼興奮的語氣說道。

5

回到廚房後，我按照她說的食材向森野下訂單。

儘管森野發牢騷地說「那種東西怎麼可能說有就有」，但還是補充說：「我會問問看批發商的朋友或認識的餐廳，想辦法幫你找齊。」

太陽西沉，能夠看到窗外的天色漸漸變暗。雖然一天之中我最喜歡白天與黑夜交替的時段，但我現在沒辦法放鬆心情欣賞窗外的景色。深湯鍋裡正在熬煮高湯，我小心翼翼地撈掉浮渣，注意火候的控制。就算我先前在腦袋裡有許多念頭在打轉，但是高湯有雜味的話，一切就前功盡棄了。

「森野還沒來呀。」

「總覺得我們好像弗朗索瓦・瓦德勒喔。」

「弗朗索瓦・瓦德勒？」

「十七世紀時期的法國廚師。孔代公爵的私人主廚，被任命負責提供大型宴會的餐點，宴會第三天發生了問題。」

「什麼問題？」

「事前訂購的魚沒有送到。不管等了多久，魚仍然沒有送達。最糟糕的是那一天還是星期五。天主教徒在星期五是不吃肉的，因此對他來說那一天沒有魚是相當致命的疏失。結果他仰天長嘆，走回自己的房間，拔出劍刺了自己三刀，自殺身亡。諷刺的是，就在他剛嚥下最後一口氣的同時，預定的魚從別的地方送達廚房，宴會圓滿落幕。據說參加的賓客無一不對宴會的成功津津樂道，卻唯獨漏掉了他的名字。直到許久以後，他的名字才被世人發現。」

「我可不打算就這樣了結生命喔。」聽完我忍不住抗議。「只不過是食物而已，沒必要這樣吧。」

「雖然是小事，但又不能無視。如果能用你的生命解決問題，或許不失為一個好辦法。」

「哪裡是好辦法啊！」我打斷她。「不過，話又說回來，書本裡的知識果然幫不上忙。就算得到解答，手上沒有材料還是沒有辦法製作料理。」

「別把責任推到我身上。」

就在我們倆爭論不休時，食材送達了。

「怎麼了？表情這麼怪。」

森野看著我一臉訝異地說。鬆了一口氣的我，似乎露出一副二愣子的表情。

接下來，我按照她指定的材料製作法式家常濃湯。

在我製作料理的期間，外頭傳來汽車駛近的聲響。我當下立刻明白是老人家按照約定好的時間抵達宅邸。湯品完成後，盛好盤並搖鈴。

貴崎來到廚房，聞了一下濃湯的味道便瞥向我一眼，然後輕輕一點頭。即使在他捧著銀製托盤離開廚房後，我仍然緊張不已。

窗外的天色已完全變暗。空氣中帶著濕氣，景色也變得有些朦朧。大海融入夜色裡，連浪頭都看不見了。經歷了一段令人坐立難安的時光後，貴崎將湯盤收回廚房。當然，湯盤裡空無一物。

「如何？」

當我一開口詢問，貴崎立刻朝我眨眼。由此可知今晚的料理成功了。

經過好一會兒之後來到廚房的老人家，臉上並沒有任何一絲悲傷的情緒。他只是帶著一副沉穩的表情與我握手。老人的手如同昨天般冰冷到彷彿要奪走我的體溫，而且乾巴巴的。我能夠感受到刻劃在他掌心的深深皺紋。

「您還滿意嗎？」

聽到我一這麼說，老人立刻回以微笑。

「謝謝你。我嚇了一大跳，味道跟那個時候一樣，不……比當時更加美味。湯的口感滑順又甘甜，而且帶有一股被秋天微陽溫暖過的土壤氣息……作法跟昨天有什麼不同嗎？」

「食材不同。」我這麼回答。「一般來說，法式家常濃湯會使用馬鈴薯入菜，但實際端給您的湯裡並沒有用到馬鈴薯。」

「沒有用到馬鈴薯？」

「因為我曾經聽您說當時是秋天的尾聲，再加上窗外是一整片的黃花田，才進而推敲出使用的食材是洋薑。」

聽到這個陌生的食材名稱，老人下意識地皺起眉頭。

「洋薑在日本被稱為菊芋，味道像是甜味較低的馬鈴薯，只要火候控制得宜就會產生百合根般微苦以及綿密鬆軟的口感。在法國被稱為『遭人遺忘的蔬菜』。以前雖然有大量栽種，但後來越來越少人使用，最後就消失了。」

我從千和的嘴裡聽到「洋薑」這個蔬菜時，一開始根本不相信。我不認為那麼久以前——尤其是在世界大戰剛結束不久的時代，日本會進口這種西方蔬菜。

帶文森去散步回來以後，我們立刻前往書房。

「雖然你似乎不認為那麼久以前的時代會有洋薑——也就是菊芋，但其實洋薑早在江戶末期就輸入日本了。大正時代有一位名叫富士川游的醫生，在德國發現洋薑後就喜歡上這個蔬菜，等到他回日本後才赫然發現，洋薑早就以番薑的名稱在市面上流通了。」

她從書櫃的一角抽出一本書後，迅速翻頁。她手上的書並不是料理相關的書籍，而是由名為富士川英郎的德國文學學者所寫的《讀書好日》隨筆集。

「這是富士川游的兒子所寫。裡面寫到大正四年時，他曾經在上野不忍池附近的餐廳舉辦過菊芋料理的試吃會。這個人似乎相當致力於推廣菊芋，就像是推廣馬鈴薯的帕蒙蒂耶一樣。」

我拿著被攤開來的書，一臉茫然地看著她。

「怎麼了？」

「沒什麼……我只是在想這本書根本算不上料理書籍吧。」

「你聽清楚了！」千和一臉不以為然地說：「料理是人生的一部分，所以具有參考價值的記述才會分散在各個角落。這個世界上有許多事情是光看食譜也無法看出端倪的。」

這麼說來，我記得貴崎也說過「既然你的職業是做料理，最好還是多吸收一點知識比較好」。或許他說得沒有錯，只是我不知道的事實在是太多了，多到讓人不知該從何下手。

「那位老人家說田裡開滿一整片的黃色花朵吧。洋薑與向日葵很相似，會開出黃色的小花。因為洋薑生長期短，所以在戰時與戰後糧食短缺的時期曾被大量種植。」

「原來如此。」

我點頭。雖然只是純粹的推測，但我認為有嘗試的價值。如果是以洋薑為食材所做出來的湯品，外貌會與馬鈴薯相差無幾。我一邊做料理一邊回憶起那一天與前女友一起吃過的餐點。遭人遺忘的蔬菜，以及遭人遺忘的過往。

老人凝視著上空，眼神彷彿是在眺望遠方。看來他也正在回憶那段被人遺忘的過往。

「當我一喝下湯的瞬間，往日的種種立刻躍上我的心頭。有開心的回憶、難過的回憶、悲傷與寂寞的回憶，一件件浮現……」

他深深地低下頭後再次對我說：「謝謝你，我彷彿又回到了過去。」

一股小小的滿足感盈滿我的胸口。也許是自作多情，但我不在乎。我在別人有需要的時候滿足了對方的心願。沒有比這更能令我感到幸福的事情了。老人最後留下一句「謝謝你的招待」便離開了廚房。雖然我長期接觸料理，但已經很久沒有為特定的人製作了。

6

「辛苦了。」

我刷起瓦斯爐的時候，貴崎來到廚房。

「客人看起來很滿意。」

「這並不是我的功勞。」我說。「您該誇獎的是那個孩子才對……話說回來，您早就知道了嗎？」

千和曾說過「那個人到底是在打什麼算盤啊」。那個人就是指貴崎吧。只見他一臉納悶，不知道是假裝不明白，還是真不懂我的意思。實在令人難以判斷。更別說，要想看出他的情緒原本就非易事。

「果然重新思考法式家常濃湯的起源是正確的。我原先一味地認定是用馬鈴薯與韭蔥製作而成的濃湯，事實上卻不是這麼一回事。這道湯品原本是母親用家裡現成的食材煮出來的料理，並沒有規定只能使用馬鈴薯。」

貴崎在流理臺前仔細地將手清洗乾淨。

「是呀。人們有時候也會混合多種蔬菜煮成法式家常濃湯。這一點特性似乎正好證明了它確實是家常料理……好了，夫人喚你。」

「夫人嗎？」

貴崎點頭。這是夫人第一次召我過去。

我跟在貴崎身後走在廊上，抵達目的地後，他打開房門。那裡似乎是夫人平日辦公、處理事情的房間。她面對著擺在不算寬敞的房間深處的辦公桌寫東西。

當她一察覺我們的存在，便不疾不徐地摘掉老花眼鏡。正前方有一組沙發與矮桌，將房間劃分開來。朝南的牆壁上掛了幾張照片，書櫃裡則是收藏了歷史悠久的皮製書籍。我在貴崎的示意下坐在沙發上。

夫人一站起來，椅腳便發出輕輕擦過地板的聲音。她穿著長袖襯衫，外面披了一件薄毛衣外套，下半身則穿著一件奶油色的棉質長褲。美麗的白髮被整齊地收攏在後，營造出一股自然的高雅氣質。

她也在沙發坐下。看起來是一位保養得宜的美麗老婦人，不知道為什麼我卻從她身上感覺到某種悲傷的情緒。

「今天辛苦你了。」

夫人這麼說，我回說「不，怎麼會」並搖搖頭。

「味道真的沒問題嗎？」

「這個嘛，」夫人語氣溫柔地說。「嚴格說起來應該不太對，不過這種事情並不重要。重要的是，是否能夠打動品嚐者的心。不是嗎？」

「您說得是。」

「料理是由人們代代傳承下來的，食譜會隨著時間的推移，一點一滴地產生變化，或是變得更加美味可口。這個世界上從一開始就不存在著完美的料理，也沒有一定的形式。然而，我們這些人類卻是一路以來不斷延續這些無形的事物，我認為這是一件相當值得尊敬的事情。」

看到我點頭，夫人微微笑彎了嘴角。

「只不過……當時是物資缺乏的年代，恐怕那個時候不是用雞高湯，而是用水來煮湯的吧？」

夫人說得沒有錯。我用得太習慣，一時不察就順手用了高湯。

「以前餐廳在應徵廚師時，會要求廚師只使用清水與蔬菜熬煮湯。因為能夠只用清水與蔬菜就煮出極致的湯品，才是身為一名好廚師的證明。再加上，清水才能煮出發揮蔬菜原本風味的清爽湯頭。」

夫人直視我的雙眼，然後輕輕地點了一下頭。

「我相信你確實是一名廚藝精湛的廚師，但仍然有不足之處。」

「不足之處……是指知識嗎？」

她搖了搖頭說：「這種東西只要勤加用功就能習得……哎呀，真抱歉。我找你來並不是打算要說教的，明明只是想要向你道謝而已。人一旦上了年紀就會變得很嘮叨，還真是要不得呀。」

她如此說完後，微微一笑。

「回憶過往……每個人的一生都會遭遇許多經歷，但如果你試著回想，也許會發現回憶並非都是痛苦的。又或許，美味的食物正擁有能夠令人產生正面思想的神奇力量呢。話就說到這裡，你今天辛苦了。」

夫人站了起來，因此我也跟著從沙發上起身。離開房間之際，她又再度向我致謝「今天真的很謝謝你」。

「那我先告辭了。」

我回過頭去再次微微一鞠躬。我離開房間，輕輕帶上門。關上房門的聲響，靜靜地在走廊上響起。

我走到外頭，打算踏上回家的路。

起風了。雖然吹在身上有些冰涼，但夾帶著一股夏天的氣息。我回過頭來仰望宅邸。

「你在看什麼？」

突然聽到有人出聲，我嚇了一跳。原來是千和與文森。她是帶狗來前院散步的吧。

「原來是妳啊。」

夜風吹拂而過，我深吸一口。嗅到了夜晚的空氣　雜著海水的味道，以及青蘋果般的香氣。那股香氣令我一時之間感到不知所措。

「怎麼了？」

她的聲音傳來，我趕緊佯裝沒事。

「沒事。」我回答。「今天多虧了妳，幫了我一個大忙。謝謝妳。」

「做料理的人是你，所以我姑且也稱讚你一下嘍。」

她微笑道。

「能得到您的稱讚實在是無上的光榮。」

她望著我，那雙瞳孔裡映著我的臉龐。冷不防地，我突然有一種感覺，彷彿她正在凝視過去的我。

「不過，沒能聽到求婚的答案真是可惜。」

「是嗎？」她說。「你知道法式家常濃湯（Potage Bonne Femme）原文中的 Bonne Femme 是什麼意思嗎？」

「是賢慧妻子的意思吧。雖然今天有一大堆我不清楚的事情，不過這點程度的常識我還是有的。」

「她不是有說『總有一天我要親手做給你喝』嗎？我認為這句話就是她的回答。」

我陷入沉默好一會兒。文森則是伸出前腳壓向地面，將背脊拉得老長。我也模仿牠，將雙手伸向空中大大地伸展身體。

「總覺得很神奇，每次看著妳就會令我回憶起往事。」

「這是為什麼？」

「也許是因為妳長得很像我初戀的對象吧。」

她噗滋一聲笑了出來。

「你在胡說什麼啊。說什麼『初戀的對象』……唔哇，你還真敢講耶。我第一次碰到好意思說這種話的人。」

「別嘲笑我了。」

「我並沒有嘲笑你。」雖然她嘴巴這麼說，臉上卻綻放出大大的笑容。接著，她開口問道。「對方是個怎麼樣的人？」

「大我一歲，是個個性相當倔強的人。一頭短髮，偶爾會惡作劇地突然抱住我。現在回想起來，也許她是把我視為不成才的弟弟看待吧。」

「聽說只有男人才會一直念念不忘初戀的對象喔。不知道是哪個國家還流傳著『第一次品嘗到的麵包與湯，以及戀情總是最美好的』這句諺語，這是真的嗎？」

「我哪會知道啊！」

我笑著回答。總覺得千和一露出微笑，四周的景色就彷彿變得不太一樣。

接下來，我揮手與她道別。

我走在通往車子的路上，一邊漫步在萬里無雲的夜空下，一邊心不在焉地想著她。我的腦海隱約浮現出一股念頭——總有一天我會懷念起這一天的種種吧。

第二話　啤酒湯

1

法式家常濃湯的事件落幕後，已經過了三天。

上班前，我沿著海岸散步。路邊綻放著黃色的花朵。海鳥的足跡彷彿樹上落下的枯枝般，四散在岸邊。

轉了一個彎後，大海立刻躍入我的眼簾。沐浴在朝陽下，閃閃發光的大海美不勝收，但這美麗的瞬間卻無法成為永恆。光芒會逐漸褪色。當夜晚來臨時，就會被包圍在一片漆黑之中。今天從一大早就酷熱難耐，等我走到宅邸時，背部已經被汗水浸溼。

一般的廚房環境都會相當悶熱，這裡的廚房卻不盡然。宅邸雖然老舊，空調系統卻意外地完善。

打掃工作結束後，我稍微休息喘口氣。望向窗外時正好瞥見從外面回來的千和，以及前去迎接她的狗狗文森。沐浴在陽光下的她看起來耀眼無比。記得森野曾經說過「她與我們是不同世界的人」，也許他說得並沒有錯。

森野送貨來了。我按照慣例驗好貨之後，在送貨單上簽名。他的衣服也被汗水浸溼，於是我端出冷飲招待。他向我道謝後，將飲料一口氣喝個精光。

「今天的番茄品質非常好，這可是稀有品種喔。話說回來，我覺得做料理的人應該要深入瞭解食材的品種才對。就算訂購單上只有寫番茄兩個字，但風味卻會因種類有所不同。」

我拿起番茄，有一種初夏的氣息。我過去幾乎不曾考慮蔬菜的品種。這棟宅邸的人們讓我學到了許多新知識。不只是森野，就連貴崎、夫人以及千和也都不例外。

千和終於來廚房露面了。

「我回來了。」

如果是平常的話，她向我打完一聲招呼後就會回到自己的房間或書庫後，就鮮少會再碰面。

「哎呀，森野先生您好。」

她向森野打招呼。

「妳好，小店平常承蒙貴府關照了。」

他深深地一鞠躬。這個態度明顯跟面對我的時候截然不同。雖然這麼說似乎有點奇怪，但他看起來有些許膽怯。

森野的視線在我與千和之間來回。

「不好意思，那麼我先告辭了。」

他再度深深一鞠躬，從後門離開。

其實我還不是很瞭解千和的事情。我只有聽貴崎說她會在這裡逗留一陣子。

她是個不可思議的女孩子。因為她懂得很多料理的典故，所以我才能夠在她的幫助下成功製作出老人心目中的濃湯——同時，她也讓我明白，原來我對料理一無所知。
『我相信你確實是一名廚藝精湛的廚師，但仍然有不足之處。』
夫人曾經對我這麼說，而我也在仔細思考過後，才發現原來自己真的是什麼都不懂。
話雖這麼說，但我還是相當好奇為什麼夫人只喝湯。她已年屆高齡，有可能是食量變小，光喝湯就覺得足夠。
不過，我總覺得有些不對勁。我不禁懷疑有其他的理由。
「他是怎麼了？樣子怪怪的。」
「會嗎？」
「他是在害怕我吧？」
千和看向窗外，接著回過頭來。
害怕？她的聲音明明一如往常地清脆，可是不知道為何這個聲音令我感到不安。
「不，這麼說不對。嚴格說起來，他是在害怕我外婆，所以才會極力避免惹我不高興，免得惹上麻煩。」
她輕描淡寫地說。
「對了，你今天來得真晚呀。」
我點頭後回答：「我在附近散了一下步。雖然再過去一點就會熱鬧許多，不過這一帶的海灘非常寧靜，我很喜歡。」
「這一帶的海灘會如此寧靜是有原因的。你知道嗎？」

「因為沙會吸收四周環境的噪音吧。」
「這只是其中一個理由。外婆以前告訴過我，因為那裡是分界線。」
「分界線？」
「人們從以前就流傳著『這片海灘是生與死、夢境與現實，以及活人與死人世界的分界線』的說法。有許多東西會漂流到這片海灘上。因為以前的人們不知道大海的另一端是什麼，所以才會有這種想法。」
自從上次的濃湯事件之後，我們倆之間的氣氛似乎緩和了一些。
但是，直到現在我仍然不知道該如何與她相處。

「早安。」
貴崎出現在廚房，那穿透力十足的聲音響遍整個廚房。廚房裡不管是白天或夜晚，打招呼一律都是說「早安」。貴崎一襲平日的打扮，西裝穿在他身上卻不會令人感到悶熱。
「明天會有一位客人來訪。雖然如此，但你不需要特別準備什麼，跟平常一樣就好了。麻煩你了。」
貴崎以莫名謹慎的語氣說。
「我明白了。」
「還有……今天請提早出湯。先這樣。」
貴崎留下這句話便離開廚房。

「貴崎先生似乎很中意你喔。」千和說。

「是嗎？」

「絕對是。能夠得到他的認同，可是相當不得了的大事。」

「那還真是令人惶恐啊。」我說。「應該是因為我作事很認真的關係吧。雖然在料理的味道上似乎有些問題就是了。」

千和露出一副感到訝異的表情。我們倆之間的對話就這樣停滯了一會兒。

「這句話是什麼意思？」

「夫人曾經對我說『你的料理確實很美味，但是仍有不足之處。』」

千和低下頭，指尖抵著下嘴唇。這是她沉思時的招牌動作。

「不足之處是指什麼呢？」

「算了，這種事情不重要啦。」我自言自語地說。「只希望不是棘手的客人就好了。」

「你說這是什麼話。」她以責備的眼神望著我。「請你好好製作出不會讓客人失望的料理。畢竟一直以來，這裡幾乎不會有訪客上門。」

「妳說的是真的嗎？」

她用力地點了一下頭。「在你來這裡的幾個月前，外婆身體狀況變得相當差。所以，少在那裡胡思亂想。」

原來如此，我暗自心想。想必她是打算趁現在身體狀況允許，多見一些想見的舊識吧。

「話說回來，為什麼特別吩咐我今天要提早上料理呢？」

「因為今天晚上有祭典。」

她說的祭典是附近的神社所舉辦的夏季祭典。夏季祭典這個用詞，不禁令我回想起孩提時期的自己。神社境內連綿不絕的攤販燈火、來往交錯的人們。我從小就不擅長應付那種會讓人感到情緒沸騰的熱鬧氣氛。

「為什麼有祭典就要提早用餐？夫人要去參加祭典嗎？」

「才不是。必須去參加祭典活動的人是貴崎先生，因為他在這附近一帶小有名氣。」

「原來如此。」

「等你工作結束後，我陪你一起去看看吧。」

「不用了，我沒有很想去。」

千和顰眉道：「我都說要陪你一起去了，這可是你的榮幸耶。」

我不太明白她這句話的意思。

千和將視線從我身上移開，一臉難以置信地輕嘆一口氣。「外婆交代要你在七點半以前完成工作。」

「什麼嘛！原來去參加祭典也是工作的一部分啊！」

「怎麼？有意見嗎？你是覺得這種事情不能算在工作裡？」

「我沒有這個意思。」

我矢口否認，但臉上的表情似乎已顯露無遺。

「你說的話跟臉上的表情不一致耶。」她似乎是看穿了我心中的不安，如此說。「如果你是想要錢的話，我可以讓外婆付你一點加班費之類的。」

我嘆了一口氣。

「不需要。總覺得收錢會導致我們之間的關係變質。我的確是受雇於夫人，但我可不是妳的僕人。」

「既然如此，那就這麼說定嘍。」

千和似乎相當心滿意足。

2

我端出料理時，廚房也幾乎收拾完畢。

「你可以先下班了。撤下的餐具由我來收拾就行了。」

從餐廳走回廚房的貴崎這麼對我說。

「可以嗎？」

貴崎緩緩點頭後微微一笑。

「別看我這樣，其實我內心感到很訝異。」

「訝異什麼？」

「訝異於大小姐的改變。」貴崎說。「應該是受到你的影響吧。她以前幾乎不會跟來到這棟宅邸的人交談。」

「她應該是抱持著在看某種稀有動物的心態吧？」

我半開玩笑地這麼說，貴崎卻一臉認真地點頭同意。

「是的，想必就是了。」他完全沒有否定，真讓人感傷。「我可以問你一件私事嗎？」

「請問。」

「你為什麼會辭掉之前的工作？」貴崎這麼問。「你的廚藝也不差，工作態度也沒有問題，卻離開了廚房。你是遇上什麼麻煩嗎？」

「其實也沒有什麼大不了的。只是在主廚過世之後，我對氣氛變得烏煙瘴氣的餐廳感到厭倦而已。」

貴崎皺起眉頭。我不禁心想，自己是否說了什麼奇怪的話。

「有什麼奇怪的嗎？」

「不。」他搖了搖頭。「既然如此，你只要換間新餐廳就可以了吧。只要有相關經歷並附上介紹信，你要在哪裡工作應該都不成問題。」

他說得沒有錯。

「其實也沒有什麼特別的理由。」我像是在澄清什麼似地回答。「雖然我這麼說似乎有點自以為是，但我在工作方面的表現確實很不錯，離職也不是為了施展理想或抱負，只是一想到自己這輩子就要這樣一直工作下去就……」

一想到這裡就……接下來呢？我頓時語塞，不知道該說什麼。總而言之，浮現這個念頭的我只覺得不知所措。不知不覺之間，我竟然變得無法從工作中獲得一絲絲的成就感。

「你覺得害怕嗎？」貴崎說。害怕？也許是吧。我心想。備好料之後，客人紛紛上門，端出料，然後收拾廚房。隔天又重複一模一樣的作業流程。我對自己被同化為那個一成不變的一部分，抱持著幾近恐懼的心情。我沒辦法就這樣日復一日地虛度下去。

「料理方面的工作的確很辛苦，有不少廚師會沉迷於賭博，或一味地以酒精或女人逃避現實，為此搞得身敗名裂的大有人在。也許不能說這種現象與工作性質完全無關吧。」

我點頭。

「但是，你最終還是回到廚房來了。」

「我也不明白這是為什麼。」我笑了笑。「明明沒有才華。」

「現在就論斷自己沒有才華，你不覺得言之過早嗎？」

他這麼說完後，靜靜地微笑。不是平日那種有些誇張的機械式笑容，而是再自然不過的笑容。他似乎認同我是同一個業界的人了，我暗自心想。

「對了，我有一件事情想要麻煩你。」

「事情？」

「是的，純粹是我個人私下提出的請求……請你成為千和小姐的朋友。」

朋友。我沉著氣發出抗議。

「這麼說也太奇怪了吧。朋友這種東西又不是拜託來的。」

貴崎瞇起眼，以指尖描繪著挺直的鼻梁。那副表情彷彿是在說「這種事情端看你怎麼想」。接著，他在流理臺洗起手來。他一天會徹徹底底地清潔手好幾次，洗手對他而言似乎是相當重要的事情。

等間隔的街燈照亮了沒有規劃行人步道的單線車道。也許是空氣中充滿濕度的關係，視線顯得有些模糊。白天的悶熱彷彿騙人似地，四周變得涼爽宜人。

在千和的帶領下，我們倆走在通往神社的路上。狗狗文森率先一步走在前頭。現在到底是什麼情形？我實在不明白她到底在想什麼。不過，能夠跟漂亮女生一起漫步在夜晚的路上，一點都不會令人感到不愉快。

爬上距離宅邸一小段路的山上，就是我們的目的地——神社。通往參拜道的臺階上排排站著一道道的鳥居，而她的秀髮就在我的眼前搖曳生姿。

千和忍不住發牢騷地說：「這條路很暗吧。所以，外婆在知道我要自己一個人去祭典後，臉色才會變得那麼難看。你不覺得是她太愛瞎操心嗎？」

「想必她非常在乎妳吧。」

「也許不是。」她說。「應該是義務感使然吧。」

義務感？她應該是在指監護人的義務吧。但是，從她說話的語氣中，隱約能夠聽出不是這個意思。那是某種自暴自棄的口吻。

走在身旁的她，散發出一股淡淡的清香。

「這是蘋果的味道嗎？」

她點頭說：「賓果！好厲害，你的鼻子跟狗一樣靈敏耶。我喜歡蘋果的香味。不過，聽說我媽媽也喜歡，所以讓我有點排斥就是了。」

「為什麼會感到排斥？」
「因為，這麼一來不就好像我有戀母情結嗎？」
千和這麼說完後，突然低下頭。
「妳父母怎麼了嗎？」我問。
她搖搖頭。「在我還小的時候就過世了。」
「是嗎……」我回想起先前與她在書房裡的對話。雖然我一時之間忘了這件事，但她當時曾說那些是她母親留下來的書籍。「抱歉，我不該問的。」
「不，才沒有這種事。你並沒有說錯話，所以不需要向我道歉。更何況，其實我一點也不難過。」
「這話怎麼說？」
千和以一副彷彿正遙望遠方的視線看向我。每每被她凝視，我的腦袋就會變得一片空白。而她僅僅只是對我微笑，並沒有告訴我詳細的情形。
「你還記得自己小學時的事情嗎？」
她冷不防地問。
「這個嘛～」我回答。「記得一些，但幾乎都忘光光了。記得我小時候每次閱讀小說都會忍不住好奇，為什麼寫這本小說的人，會記得這麼清楚從前的事情。」
「但是，你還是有記得些什麼吧？」
「多多少少還記得一些片段，但不記得整件事的來龍去脈。」

她沉默片刻。

「我完全想不起來任何關於我父母親的回憶。我這樣果然是不正常的吧？」

千和細細地瞇起眼，眼眶泛著淚光。流露出彷彿是在責備自己的眼神。

「不，我並不這麼認為。妳一定是遭逢雙親過世，打擊太大了。人的記憶確實是會因為過度的打擊而被抹殺掉。我也想不起我母親的長相，所以我很能理解妳的情形。」

聽完千和的話，我才終於明白為什麼自己對她抱持莫名的親切感。想必是由於我們彼此都欠缺了幼時記憶的緣故。人類的記憶力並不好。如同放在廚櫃裡的方糖會在不知不覺間坍塌、失去原本的面貌，不管是多麼捨不得遺忘的珍貴回憶，到將來某一天回顧時，總會摻雜著那麼一絲絲的不確定。

「……真的嗎？」

「我母親在我很小的時候就離開家裡了。那是我最後一次見到她。我甚至不清楚她是否還活著。我應該有去找過她，但現在卻幾乎記不得了。」

千和看著我的臉。然而，我卻看不出隱藏在這背後的是何種情緒。

當我們再度邁開步伐，四周逐漸熱鬧喧囂了起來。前往參拜道的人也變多了。附近一帶的居民湊起來，竟然也顯得如此熱鬧。終於抵達的簡樸神社前，正燃起篝火，搖曳不已的火光照亮四周。

我在活動專用的帳篷下，發現貴崎正與當地的人們談笑風生。

到來的人們無不先向他低頭致意，再要求握手。他的周圍飄散著一種宛如早期紀錄片般的親密氣氛，令我不敢隨意上前搭訕。

「我實在沒辦法應付那種被人團團包圍起來的場合。」千和一邊撩起瀏海一邊這麼說。「你也是吧？」

我點點頭。「但是，妳跟我不一樣。好歹妳也是住在那座宅邸裡的人。」

「才不是。我們倆都是局外人。」

「我們倆？」

「沒錯，就是你跟我。」她一副輕描淡寫地說。「你這個人還真是什麼都不懂耶。」

我恍神地眺望著在篝火火光映照下的千和側臉。吸進肺裡的空氣也變得沉重起來。籠罩在她四周的氣氛與往常不同。

一道無形的火焰正溫柔地照亮周遭。當我望著被那道光芒所照射的千和側臉時，突然有一股胸口彷彿遭人緊緊揪住的感覺。由於這份感覺實在太過奇妙，令我不禁產生動搖。

橘色的火光在她臉上留下詭譎的陰影，此時此刻的她看起來簡直判若兩人。不對，判若兩人的說法並不恰當。因為在我眼前的她，彷彿在一瞬間變成一名成熟的女人。

她似乎是察覺到了什麼，將臉轉向另一邊。於是，我才終於回過神來。

「貴崎先生是這一帶的居民嗎？」為了掩飾自己的失態，我這麼問。

「是啊。」

千和視線的前方是一名年約四十好幾的婦人。身穿一襲黑色連身洋裝，外搭質地輕薄的小外套。身材相當纖細，化著淡妝，眼角有著迷人的皺紋。雖然失去了「年輕」這個有利因素，但她確實相當美麗。

那名女性與貴崎交談了幾句。她露出微笑，輕輕碰觸他的肩膀與手臂。當我的心神被眼前的美景給奪走時，千和在我耳邊輕聲說：「那個人是貴崎先生的前妻喔。」

「真的嗎？可是妳看……」

我搓了搓自己空無一物的左手無名指。貴崎左手無名指總是戴著一枚戒指。有些從事服務業的人會為了避免碰撞餐盤，而刻意摘掉戒指，但他沒有這麼做。

「聽說他很久以前就離婚了，只是一直把戒指戴在手上而已。就算有人問他為什麼不摘掉戒指，他也只說是為了保護自己，圖方便才戴著。」

「圖方便啊……」

確實很像貴崎會說得話。

「他還對前妻念念不忘吧。」

「應該不是。既然他都那麼說，應該就是那樣吧。」我說。「畢竟這個業界無奇不有。尤其有不少人會與客人交往。在我的朋友之中，也有那種喜歡到處拈花惹草的男人。不過，神奇的是那種人通常實力都很強。」

「哼嗯～」她的眉毛微微上揚。「那你呢？」

「無可奉告。」

「不過，從你給人的印象來看，也不像是那種類型的人。而且，你還辭掉之前在餐廳的工作，可見得你的實力不強。」

我是那種反應比較遲鈍的人，所以花了幾秒鐘思考她話中的意思。文森則在一用鼻子噴氣。

「這是什麼意思？」

「我只是在戲弄你而已。誰叫你的反應這麼有趣。」只見她一臉不以為意地說。「不過，我大概明白你的意思。貴崎先生真的很厲害，不管是拿盤子、玻璃杯，或只是很平常地握住門把，他的手指都優雅得不得了。他這一點實在相當有魅力。」

「這樣子啊。」

我只覺得難以理解。

「我問你，你現在是單身嗎？」

我點頭，並說「幾個月前剛分手」。

「為什麼跟交往的對象分手？」

「這種情形似乎很常見就是了，她有了新對象。雖然我們同居六年了，但分手卻不過在一眨眼之間。變心就像湯冷掉一樣，快得令人措手不及。」

「哼嗯～」她說。「那你也該尋找下一段戀情了吧？雖然男人會一直念念不忘舊情人，但女人可不會喔。不過，我隱約能夠理解你前女友的心情。」

「說這什麼話啊。」

我不禁笑了出來。我怎麼會跟一個年紀相差這麼多的小女生聊這種事情。

「有什麼好笑的嗎？」

「不，沒什麼。」我搖搖頭。「只是覺得很不可思議。雖然這麼說好像我很沒出息，但妳有時候看起來比我還成熟。」

她露出一副納悶的表情，微微偏著頭。「聽不懂你在說什麼。不說這個了，你要不要去跟她打個招呼？她就是明天的客人。」

「是這樣嗎？」

貴崎並沒有告訴我這件事情。也許對他而言，這件事情令人難以啟齒吧。

「不過，如果你不願意的話，也不需要勉強自己過去打招呼。我也口渴了，我們去喝些冷飲解解渴吧。」

「贊成。」

她指尖所指的前方是祭典活動用的帳篷，下方有里民大會的人在販賣飲品。品項有數種軟性飲料與啤酒，還有日本酒與冰鎮過的甜酒釀。

「我要烏龍茶。」

她一邊這麼說一邊催促我。貴崎察覺到邁開步伐向前走的我，朝我微微低頭。我則是稍稍緩了緩表情，輕輕點頭致意。

我一抬起頭來，便看到站在他身旁的前妻望著我，帶著令臉上的皺紋變得更深的燦爛笑容。我買了烏龍茶與薑汁汽水。當我雙手各持紙杯打算走回千和身邊時，她突然喊出我的名字。我嚇了一大跳，回過頭去。

「你是最近剛來宅邸工作的新人吧？」

對方有著與外貌截然不同的沙啞嗓音。她說自己叫做百合。

「你比我想得還年輕許多。」

「很多人都這麼說。」

近看之下，她臉部的輪廓線條圓圓的。也許是因為這樣，使得她看起來也很年輕。

「其實廚師真的很容易區別。你知道為什麼嗎？」

我毫無頭緒。於是，百合小姐優雅地一笑後，指向我的左手。由於我的手端著紙杯的關係，別人正好能夠稍微窺見我手指的外側。

「有在做料理的人，左手食指與中指一定會留下被菜刀切到的傷痕。」

我望向自己的左手。在第一關節附近的確留有傷疤。

「真的耶。」

我為了掩飾心中的難為情，害羞一笑。

「那裡已經好久沒有年輕人來了，似乎對他造成不小的刺激，不曉得一切是否沒事。沒問題吧？跟他相處得還順利嗎？」

「托您的福，一切順利。」

「沒事就好。大家私下都在討論，擔心他跟年輕人處不來。因為他是個落伍的人，直到如今還把守護管家的傳統視為自己一生的使命。而且，你也聽說過那個家的女主人個性蠻橫的事情吧。」

女主人個性蠻橫？我實在不知道該做何反應。雖然我認為這個人似乎知道些什麼，但也不好詢問。也許是我一臉的困惑，只見她以彷彿要拯救我的溫柔眼神看向我。

「不好意思，我並不是想造成你的困擾。對了，貴崎相當欣賞你喔。他說你年紀輕輕，卻很真材實料……不過，你為什麼會在那裡工作呢？」

人們總愛問我這個問題。這件事情說來話長，一時之間實在難以回答。

「我喜歡跟不上時代的老舊事物。」

我稍微思索一下後，如此回答。

百合小姐聽完，忍不住輕笑。「雖然他是個有點難相處的人，但還是請你多多指教喔。」因為她向我點頭致意，我也只好在雙手各持紙杯的狀態下，動作狼狽地低下頭。

夾帶著海潮味的風拂過她的頭髮。她趕緊用雙手將頭髮按在耳邊，瞇起眼。她的指甲塗有透明的指甲油。右手與左手指甲的長短不一致，有一種不協調的感覺。

到底該為眼前的人端出何種料理，我一點頭緒也沒有。如果是在餐廳用餐的話，可以在菜單的輔助下提供一定程度的選項，避掉由廚師決定菜色的難題。但是，這個方式在宅邸行不通。在完全沒有任何線索的情形下，實在很難端出料理。

「不好意思，可以請教您一個問題嗎？」

當我這麼一開口，她立刻點頭答應。

「有什麼食物是您不敢吃的嗎？還有您喜歡吃什麼？我只是想問一下，您是否有想吃的料理。」

「我並沒有特別討厭的食物……對了，我可以趁這個機會拜託你嗎？」

我點頭。

「我一直很想品嘗看看以前曾經在書上讀到的湯品。」

「在書上讀到的？」

「是的。有一道湯品叫做『啤酒湯』吧。可以麻煩你煮這道湯品嗎？因為這道料理並不會出現在餐廳的菜單上，大概也只有在這種特別的場合才有可能吃到。」

「我明白了。」

「不好意思，這麼麻煩你。」

「請別這麼說，您直接說出要求反而幫了我一個大忙。因為思考要製作何種料理實在不是一件容易的事，其實我正為此傷透了腦筋。」

「是嗎？這樣的話，我就放心了。你每天都得思考要製作哪種湯品，還真是辛苦。」她這麼說。「那個人還是一樣除了湯以外，不會吃其他的東西吧。」

百合小姐這麼說完後，一邊嘴角微微上揚。那是一抹悲傷的笑容。我則是委婉地點頭。

「突然叫住你真不好意思，讓公主殿下久等了。雖然很辛苦，不過你要加油喔。」

百合小姐向我輕輕一行禮後，走回貴崎身邊。

我注視著那道離去的背影好一會兒。她說夫人個性蠻橫的事情，讓我非常在意。因為這個形容詞實在與夫人給我的印象差距太大了。而且，她剛才稱呼夫人為「那個人」，說完還露出悲傷的笑容。

我重新打起精神來，回到千和身邊。

「你們剛才聊了什麼？」

一將紙杯遞過去，千和立刻小聲地詢問我。

「沒聊什麼。」我說。

「你有問到她想喝什麼湯嗎？」

「嗯，我有聽到她的要求了。」

「是嗎？幸好今天有帶你一起來。畢竟在不知道對方如何的情況下，很難決定要端出何種料理吧？」

「是啊。」

千和喝起紙杯裡的飲料。纖細的喉嚨咕嚕咕嚕地動著。也許她是用自己的方式在擔心我吧。一想到這裡，我的胸口頓時一陣騷動。

「你們還有聊什麼嗎？」千和問。

「也沒有什麼特別的事情，只是稍微寒暄一下而已。」

「哼嗯～」千和露出一副不甚在意的表情。「好了，既然正事也辦完了，我們回去吧。」

由於神社位處高地，所以能看到遠方連綿的海岸線飄浮於黑暗之中。那是會令人想直接取來剪刀一把剪下，裱框起來做為裝飾的美麗夜景。

「話說回來，那個人稱呼妳為『公主殿下』耶。」

話一說出口，她立刻露出一副咬牙切齒的模樣。

「我最討厭別人這麼叫我了。那個人就是這一點惹人厭。」

在我邊走邊喝的期間，薑汁汽水已經變得一點都不冰涼。但身處在夾帶著夏季氣息的空氣中，卻也讓人煩躁不起來。

送她回宅邸的途中，走到斜坡前，她就對我說「你可以回去了，送我到這裡就行了」。於是，我的任務到此也算是達成了。

「那就晚安嘍。」

我對千和這麼說完後，便撫摸起狗狗文森的頭。整齊的毛髮碰觸到我的掌心，摸起來相當舒服。

千和一臉不可思議地望著我，眼睛眨呀眨的。然後，放聲大笑起來。

「有什麼好笑的嗎？」

「沒事。」她說。「你也晚安。」

於是，我們向彼此道別。

3

今天是個晴朗的好日子。我一踏入廚房，就看到身穿窄管牛仔褲搭配馬靴的千和，不知道為什麼還在外面套上一件廚師服。那件制服尺寸有點大，她的手幾乎都藏在袖子下。

「妳是從哪裡弄來這件制服的？」

「我昨天晚上在倉庫裡找到的。清洗乾淨後就拿去烘乾機烘乾了。怎麼？很奇怪嗎？我覺得還滿合適的說。」

「尺寸有點大吧？」

「廚師服的袖子好長，衣服也都好大件喔。」

「這是由於廚師必須站在瓦斯爐前做料理的緣故。袖子做得比較長，好像也是為了防止被不小心噴濺起來熱油燙傷。雖然我很少看到廚師會用袖子來避免燙傷。」

「喔～聽你這麼說似乎也有道理……啊，我知道了。搞不好並不是現代的瓦斯爐或電爐，而是從前使用炭火做料理留下來的習慣。這麼一來，有可能是為了防高溫而不是防噴濺起來的熱油。」

的確有道理。長時間站在製作燒烤類食物的作業區，偶爾會不小心造成低溫燙傷。話說回來，我今天才知道人們在改用瓦斯或電力做料理之前，經歷過一段使用炭火的時期。如今仔細一想，瓦斯與電力確實也是直到最近才普及的。

「不過，袖子太長反而會妨礙工作，所以大家平常都會捲起袖子……話說回來，妳為什麼穿成這樣？」

「不為什麼，我打算來幫忙。」

她一邊這麼說一邊捲起袖口，露出一截白皙的手臂與手腕。

「幫忙？」我一時之間無法理解她到底在說什麼。「幫忙什麼？」

「當然是幫忙你工作啊。」她偏著頭說。「我想請你教我做料理。」

「我才不要。」我邊笑邊搖頭。「我從以前就偏愛單獨作業。」

「單獨作業？那貴崎先生怎麼說？」

「他負責的是服務生的範疇。他不會踏入我的工作領域，我也不會走進他的工作空間。更何況，夫人也不會允許妳這麼做吧。」

「才沒有這回事。」千和將頭髮綁在後面。「外婆說『如果只是洗洗碗盤的話還可以』。」

「也就是說，夫人同意了？」

「是的，她還說要請你多多關照我。」

因此，我只好認命了。畢竟站在我的立場，可沒道理不近人情地拒絕雇主的要求。

「我明白了。但是我這裡也沒有什麼需要妳幫忙的事情。」

「真是這樣的話也不用勉強。而且，光是站在旁邊看你做料理也很有意思，只要你邊做邊講解給我聽就行了。」

出於無奈之下，我只好動腦想想，卻完全想不到可以派什麼工作給她。於是，我重新打起精神來，決定先製作高湯。準備好食材，將已過熱水的雞放入湯鍋中，置於流理臺上。

「水要加到快淹過雞的高度。我會趁熬煮高湯的空檔準備調味蔬菜。」

她露出一副感到作噁的表情探向鍋中，喃喃地說「水到底是要加多少才夠？雖然我常在食譜上看到『快淹過食材』的說法……」

「等一下！」我趕緊制止千和的動作。「這是妳有生以來第一次做料理嗎？」

千和一臉無辜地點頭。

我忍不住感到錯愕。「妳明明懂得這麼多料理方面的知識？」

她陷入短暫的沉默之後，不悅地嘟起嘴。

「不行嗎？」

「也不是……」

雖然令人難以置信，但我不禁回想起初次見到千和的情景。來到廚房的她望向裝有高湯的深鍋後，問我這是什麼。仔細一想，她這個問題實在很神奇。然而，此刻我終於明白了，她完全不懂實際做料理是怎麼一回事。更何況，她也沒必要親自動手做料理。就像森野說的——「她是不同世界的人」。

「所謂的『快淹過食材』就是指水加到食材稍微露出水面的高度，也有人會說『稍微蓋過食材』。假如是說『加入大量的水』，那就要更多的水。」

「所以水量並不固定嘍。」

「因為水量多寡會隨著鍋子的種類和口徑大小而不同。」

我轉開瓦斯開始加熱加完水的鍋子。

「今天幾乎沒有事情可以讓妳幫忙，因為客人點的湯品製作方法相當簡單。如果是在平常的話，可能還會需要妳幫忙削皮或做其他瑣碎的雜事。」

「今天的客人點了哪一道湯品？」

「『啤酒湯』。」

啤酒湯……千和喃喃地說，並沉思起來。想必就連博學多聞的她也不知道這道料理的存在吧。一想到這裡，我頓時微微得意了起來。百合小姐一定也是為了測試我，才會點這麼稀奇的湯品。

「很陌生吧。不過，我知道這道湯品的製作方法喔。前輩曾經教過我。食材也已經全部備齊了。食材有正在爐子上熬煮的高湯，另外還有洋蔥、奶油，以及貴崎先生幫我留下來的隔夜麵包。最後只需要加入鮮奶油，以及身為主角的啤酒就可以了。」

我從冰箱拿出食材後，擺在工作檯上。

「酒精在煮的過程中會揮發掉，所以妳也可以喝湯。」我如此說明。「我的前輩曾經說過啤酒品牌是關鍵，最好使用可倫堡的比爾森啤酒。雖然我也不明白為什麼不能用別種啤酒，但不管怎麼說，這一點非常重要就是了。」

她雙手環胸，沉思一會兒後喃喃地說：「也就是說，這個是亞爾薩斯風的食譜嘍。你說的前輩曾經在亞爾薩斯地區的餐廳當學徒嗎？」

亞爾薩斯地區位於法國東北部，與德國、瑞士毗鄰。有名的料理是酸菜（Sauerkraut）與白酒燉肉鍋（Baeckeoffe），有帶星的餐廳也不少。她說得沒有錯，教我這道料理的前輩似乎曾經在那裡生活過幾年的樣子。

「應該是吧。不過……妳是怎麼知道的？」

「可倫堡是亞爾薩斯地區的啤酒。人們不是常說，想做出好吃的在地料理就要使用在地的食材製作嗎？」

「的確有這種說法，妳真聰明耶。」我不禁感嘆地說。「妳好厲害，說得好像所有與料理有關的事情都知道似的。」

我明明是由衷地感到欽佩，千和卻明顯露出一副不高興的神情。

「請別這麼說好嗎！我既不聰明，也不是什麼都知道。」

「我並不是在諷刺妳喔。我是真心這麼認為。」我像是在替自己辯解地說。「好吧，我明白了。既然妳不喜歡的話，我不會再這麼說了。」

「那就請你要說到做到。」

我將約一顆洋蔥分量的洋蔥絲放入大口徑的湯鍋中，加入有鹽奶油慢炒。翻炒一會兒，蓋上料理紙悶蒸，讓洋蔥的甜味完全釋放出來。接著，再倒入約一公升的雞高湯與小瓶啤酒。

啤酒特有的微苦香氣在廚房中擴散開來。

然後，再加入乾燥的法式長棍麵包碎丁，煮十分鐘到入味後，將鍋中食材倒入食物處理機。充分攪拌後倒回鍋裡，加入鮮奶油再煮一會兒後，我試了一下味道。

因為碎麵包丁的關係，湯的口感變得相當濃稠滑順，同時也帶出一股麵包的芳香。那股芳香與雞高湯濃郁的味道完全混合後，在舌尖上擴散開來。而殘留在口中的微苦餘味，則替舌頭帶來一絲絲的清新氣息。味道雖然樸實，卻能夠溫暖心靈。

千和也試喝一口，發表了「原來湯的起源就是這種味道啊。雖然有點苦，但並不難喝」的感想。

「湯的起源？」

她點頭。「把麵包放入鍋中烹煮，就是湯的起源。湯其實就是指，用牛奶、酒或水所

『浸泡過的麵包』。啤酒的誕生也與麵包有關聯。啤酒最早的紀錄出現在西元前三千年前，美索不達米亞的蘇美人寫在黏土上的文獻。根據當時的內容描述，啤酒是將全麥麵包搗碎後，放入水裡進行發酵而來。」

「也就是說，湯是啤酒的起源啊。」

「沒錯。不管怎麼說，啤酒和湯在過去被稱為『喝的麵包』。這兩者皆是人們生活中不可或缺的『食物』。」

「的確，現代人也不是說『喝湯』而是說『吃湯』（註2）。」

「是啊。有些修道院直到現在還會釀造啤酒，也是認為啤酒乃液體麵包，而麵包在基督教中又代表肉，所以……」

她說到這裡，突然沉默下來。

「怎麼了？」

「……聽我說這種事情很無聊吧。雖然不希望讓你有所誤會，但除了你以外，我從來不曾跟別人說過這方面的事情。」

「放心。」我搖搖頭，並說「一點也不會無聊」。

她露出一抹複雜的神情，喃喃地說「那就好」。

總覺得聽千和說起這些典故，似乎有一種「不足之處」得以填補的感覺。最重要的是，當她說起隱藏在料理背後的故事典籍時，語氣聽起來是那麼地愉悅。僅僅只是看到她這樣

2　喝湯在日文多用「食べる」（吃）的動詞。

子，就讓人覺得很幸福。

「時間也差不多了，趕緊來進行最後的裝盤吧。」

最後灑上焙炒過的生火腿與烤蕪菁。貴崎一如往常地來到廚房，擦拭盤緣後，便將料理端走了。

「話說回來，你平常的晚餐都怎麼解決？」

廚房變安靜後，她突然這麼問。

「我有吃早餐，來這裡之前也會再吃一頓，接下來就只喝水而已。有時候會在工作結束後吃一點輕食。畢竟吃太飽的話，會導致味覺變得遲鈍。再加上，以前在餐廳工作的時候，我只會吃早餐還有五點時提供的員工餐，後來就漸漸養成習慣了。」

「什麼嘛！叫別人要正常吃三餐，結果自己卻隨便來。你不覺得這樣子很過分嗎？」

聽到她反駁，我頓時語塞。她的確沒有說錯。

「妳說得也對，好吧。我會正常吃三餐的。」

「很好。既然如此，我們就一起吃吧。沒問題吧！」

千和露出一副彷彿自己想出什麼絕妙好主意的態度說道。

我做了一道燙鮮蔬。淋上橄欖油、灑上帕瑪森起司粉與黑胡椒就完成的輕食料理。這只是以前員工餐經常做的簡單料理——就只是把胡蘿蔔、馬鈴薯、高麗菜、櫛瓜和櫻桃蘿蔔放進鍋中悶蒸而已。

我在工作檯的一角鋪上白色餐桌巾。只用切片的麵包、湯與燙蔬菜，湊合起來也是頗豐盛的一餐。另外，冰箱裡有森野特地為我準備的蘋果汁，我也一併拿了出來。

然而，千和卻指著那瓶蘋果汁說：「把這個拿走」。

「咦？妳不是喜歡蘋果嗎？」我不禁感到納悶。

「我只喜歡蘋果的味道而已。」

「不可以這麼挑食喔。」

話才剛說出口，千和立刻露出一副不耐煩的表情回道。

「我才不是挑食。我不能吃蘋果。外婆也鄭重地叮嚀過，我會對蘋果過敏，所以絕對吃不得。」

原來如此，我明白地點頭。把蘋果汁冰回冰箱裡，暗自心想食物過敏可是攸關人命的大事，絕對不能掉以輕心。畢竟如今與從前不同，顧客群變得相當廣泛，因此廚房有不少必須多加注意的食材。

「為什麼你的盤子裡沒有放胡蘿蔔？」

被人戳到痛處，我趕緊掩飾自己的狼狽。

「……我不太喜歡胡蘿蔔的味道。」

「真受不了你耶。剛才還敢教訓別人不可以挑食。不過，你平常不是都會加在料理中嗎？」

「因為我知道味道會很好，所以才會加在料理中。況且，我也已經不是小孩子了，勉強一下還是敢吃的，只不過沒辦法像兔子一樣這麼愛吃胡蘿蔔。」

「即使有討厭的食物也能夠當廚師嗎？」

「這問題真是難倒我了。」我稍微思考了一下。「有星的主廚中有不少人的酒量極差，當然也有很多挑食的人。食物美味與否的定義會超越個人口味上的喜好，所以沒有太大的關聯性……雖然有點像是在狡辯，但至少我自己是這麼認為。」

千和「嗯」了一聲並點頭。

我們倆就這樣面對面用餐，頓時令我產生彷彿自己已經認識她許久的感覺。真是不可思議的錯覺。這股錯覺令我覺得心情飄飄然的。明明只是坐下來一起用餐，便覺得似乎在我們之間形成了某種無形的羈絆。

「你今天的工作到這裡就結束了啊。」

千和說。

「妳一定覺得這份工作很輕鬆吧。」

「不，恰好相反。花這麼大的工夫就為了製作兩碗湯。如果是在餐廳的話，還得做更多道料理，一想到就覺得很辛苦。」

「是啊。話雖這麼說，但是我在廚房打雜的經歷比一般人短，進廚房沒多久就准我拿菜刀，又在幾個月後被升到顧爐子。」

「這種情形很少見嗎？」

「很少見。」我說。「雖然現在不太一樣，但光是為了讓主廚記住自己的名字，至少就需要一年的時間。而且也有不少主廚會動手教訓學徒，嚴厲得很。不過，我被揍的機會不多。我很幸運，上面的人從頭到尾教會我一整套製作醬汁的程序，還讓我負責擺盤。」

話說到這裡，我不禁嘆了一口氣。

「起初真的好快樂。但是，日子一久就不再那麼愉快了。每天永無止盡地重複相同的作業，是一種相當大的精神折磨。一直以來很照顧我的主廚就是在那個時候過世的。所以，我才會辭掉餐廳的工作。」

「因為你越來越不快樂嗎？」

我模稜兩可地點頭。

「大概吧。不過，我當時覺得自己似乎沒辦法當一輩子的廚師。該怎麼說呢～我感覺到自己正在做的事情根本毫無價值。雖然料理是人類生存的必需品，但也不代表能夠為人們帶來救贖。」

她輕咬著指甲陷入沉思好一會兒。「真是這樣子嗎？」

我一口喝光杯中的水，含在嘴裡才察覺到自己口渴得不得了。也許是因為與千和面對面坐下來共進晚餐，下意識感到緊張的關係吧。

「雖然我又回到了廚房，不過，或許還是辭掉這份工作比較好。」

「為什麼？」

「我的料理沒有吸引力。夫人說『有不足之處』，其實我自己心裡也很明白這一點。儘管我做的料理外觀漂亮，味道也不錯，但也就僅止於此。有才華的廚師製作出來的料理，蘊藏著比味道更深層的事物。夫人的話不可思議地撼動了我的心。」

其實我也清楚自己說明得不夠完整。然而，製作料理就像是作畫以及演奏音樂，只要付出一定程度的努力就能夠達到某種境界，但唯有受到上帝眷顧的人才能夠更上一層樓。

「任何事情一旦扯上才華就會失焦。」她這麼說。「不過，假如真的有不足之處，想辦法用別的東西填補不就行了嗎？我認為這才是外婆說這句話的用意。」

貴崎回到廚房，要我過去一趟。他說「客人在玄關等你」，讓我去跟客人打個招呼。

「妳可以先離開了。」

我一說完，千和立刻笑容可掬地一笑。

「明天見。」

「今天辛苦了。」

我忍不住偷偷觀察貴崎的臉色。他露出一副神色自若的表情。但我不認為千和在廚房現身，與他毫無關係。算了，我放棄繼續深究，反正自己本來就不擅長思考。

我一來到玄關，便看到百合小姐——貴崎的前妻站在門前。

我低頭一鞠躬。

「湯很美味。」她說。「這就是——你的『啤酒湯』啊。」

「這道湯品是前輩教我的，所以實在稱不上是我的料理。」

「但確實是你製作的吧。既然如此就不該說這種沒自信的話，我很清楚你是名廚藝精湛的廚師。」她說到這裡，輕輕一笑。「不過，還太嫩了。湯品雖然美味……卻讓人有點失望。」

失望？貴崎不疾不徐地點頭。我心裡感到很不舒服。

貴崎打開玄關大門。我們目送她離去，低頭鞠躬直到她的身影消失在玄關前方。我依舊悶悶不樂的。

貴崎將餐具撤回廚房，接著，把餐具放入流理臺中，沒發任何一絲聲響。

「真是了不起。」

我忍不住佩服。

「什麼？」

「我是說聲音。在餐廳工作的人不是常說，碰觸餐盤切忌發出噪音嗎？以前還在當學徒時，老是被耳提面命不能碰出聲音來，聽到我的耳朵都要長繭了。」

「的確，如果只是單純提高警覺，還是有敲破餐盤的可能性。不過，如果是在完全沒有發出任何碰撞聲的情形下，絕對不可能敲破餐盤。道理就是這麼簡單。」

「您果然是專家，哪像我實在稱不上是專家。」

貴崎的表情微微一緩，笑了笑。不是他平常那副自律自持的表情。

「不好意思，我似乎不小心說得太嚴厲了。」

「您不需要道歉。其實在您心裡也認為我有些問題吧。還是說我的食譜有哪裡搞錯了。」

如果是夫人的話，只要品嘗一下就能夠知道製作過程有什麼瑕疵吧。貴崎聽完，既不肯定也不否定。

「這個世界上沒有完美無缺的人。」貴崎說。「我剛開始當學徒的時候，也是常常被警告擦拭玻璃杯與拿取餐盤的方式不對。當時我總想不明白，為什麼自己老是挨罵，甚至還覺得計較這種枝微末節一點用處也沒有。」

一蓋上洗碗機後，一股潮濕的空氣瞬間充斥整個廚房。

「直到如今回想起來，我才終於明白為什麼要計較枝微末節。因為服務與料理都是不會留下任何痕跡的事物，光是如此就有必要做到盡善盡美。」

我嘆了一口氣道：「您願意告訴我，我到底欠缺什麼嗎？」

「以我的立場，並沒有資格給予你任何的指導。」

貴崎這麼說完後，微微一笑。

4

沿海的道路瀰漫著塵埃與熱氣。從車上眺望到的山林與房子的輪廓、水平線皆顯得模糊不清。即使經過一天，我的心情仍然悶悶不樂的。

夫人說我有不足之處，而我煮了一道令貴崎的前妻「感到失望」的料理。真是夠了，事情發展到這個地步，連我也不得不承認自己確實有問題。

我比平常早到宅邸，將食材擺在工作檯上。平常的作業都是從製作高湯開始，唯獨今日不同。

我準備了五百公克的麵粉、六公克的海鹽與等量的砂糖、一包乾燥酵母粉以及三百公升的水。

「早安。」

千和來到廚房後，將頭髮紮在後面、洗乾淨手。我把麵粉置於擦拭乾淨的工作檯面上，堆成小山狀，以指尖在麵粉堆的中央畫圈，撥出一個凹洞。接著，把除了水以外的材料全部倒入麵粉凹洞中。

「你在做什麼？」

「做麵包。」

「麵包？不是有買現成的嗎？」

「妳從來沒有動手做過任何料理吧。麵包很適合剛接觸料理的初學者，不需要想得太複雜。即使揉麵團的時間不夠，導致成形不完美，還是能烤出一定水準的麵包。」

我一邊在凹洞處加水一邊用叉子撥塌麵粉堆。水與麵粉逐漸混合，東沾西黏的，最後終於順利地融合成一團。

「在麵粉裡加砂糖，麵包不會變甜嗎？」

「這些砂糖會被酵母菌吃掉，所以做出來的麵包並不會甜。舉例來說，就跟妳早上一起床就會吃早餐一樣，只要把酵母粉加進溫水就能喚醒酵母菌，再給予營養就能夠讓它們開始活動了。」

等到麵團變成團狀後，即可開始進入揉麵團的程序。

「用手揉麵團的話，一開始會很容易黏手。不過，妳不需要擔心，過一會兒就不黏了。我大約得花五分鐘，而妳大概得揉個十分鐘左右。」

千和戰戰兢兢地朝麵團伸出手。用右手的掌心壓向檯面，麵團朝四面八方延展、扁掉，接著被揉回原位。在我告訴她要用左手按住麵團用右手延展後，原本歪七扭八的麵團便慢慢地團結一致起來，表面逐漸變得光滑。

對她而言，揉麵團似乎是一件相當費力的工作。只見她不吭一聲地默默動著手。最後終於忍不住地說出心聲。「用機器不是比較輕鬆嗎？」。

「是啊，用攪拌器的確比較輕鬆，但是用手揉才能感覺麵團的狀況。而且，妳不覺得揉麵團能夠讓心靈感到平靜嗎？」

我跟她交換位置，繼續作業。我很喜歡揉麵團，彷彿自己回到孩提時光的感覺。麵團就這樣逐漸產生光澤，變得不再黏手。

「麵團揉到這個程度就可以了。接下來是第一次發酵，將麵團放在灑上麵粉的檯面上，再用大盆子蓋住靜置。一般的麵包店會有專用的發酵箱，所以能夠在一樣的時間與狀態下進烤箱。我們大概要發四十分鐘左右。做麵包其實不需要食譜，就算酵母有點不夠也不會有問題，只要多等幾分鐘就好了。這樣子烤出來的麵包反而會比較美味喔。」

「稍微休息一下。」

千和從廚房一隅拖出小椅子並坐下。我則趁這個空檔準備高湯。

「對了，昨天不是有聊到啤酒的事情嗎？在沒有酵母粉的時代，美索不達米亞的人是如何烤麵包的？」

她一邊說一邊重新捲起廚師服的袖子。

「只要使用大自然裡的酵母菌，再混入水與麵粉就能夠不斷繁衍酵母。在路易・巴斯德揭開發酵的原理之前，世人一直不明白為什麼麵包會彷彿活生生的生物般膨脹變大，百思不得其解。不過，即使不清楚原因，一直以來人們還是有烤麵包的習慣。」

哼嗯～我瞭解地點頭。對古時候的人而言，麵包會膨脹絕對是一件相當神奇的事情。身處在那種時代的人們，想必也會相信神明的存在吧。

我在等待麵包發酵的期間，製作了夏季鮮蔬湯。我請千和幫忙切菜，對於第一次切菜的人來說，算是勉強合格。讓她拿菜刀後，我才發現她是左撇子。即使彼此已經相處過一段時間，有些事情沒有實際共事是不會知道的。

麵包充分地膨脹變大。

看到這幅情景的千和，跟古時候的人一樣吃驚不已。而我則意外發現，當自己看到她雙眼瞪得渾圓的模樣時，心情也變得愉快起來。

用手輕輕碰觸，能夠感覺到盆子溫溫的。這就是麵團活著的證明。製作麵包教會我一個道理——這個世界上有肉眼看不到卻確實存在的事物。這個經驗相當寶貴，因為人們容易忽略那些肉眼看不見的事物。

「接下來用拳頭壓麵團擠出空氣。這道程序會讓麵包的紋理變得細緻，然後就可以塑形了。我們今天就用這個正方形的烤盤烤出整塊的麵包吧。塑好形之後，再發酵一次。第二次發酵會在麵團內部產生空氣，這道程序會賦予麵包蓬鬆的口感。」

我用桿麵棍桿平麵團，塑成正方形後，鋪在灑上麵粉的烤盤上。接著，捏碎迷迭香灑在麵團表面。

「話說回來，你今天為什麼會想烤麵包？」

「每次我心情不好的時候就會烤麵包。因為這一道又一道的麵包製作過程，都會得到即時的回饋，可以幫助我恢復自信心。」

雖然是半開玩笑地說，但我的心情確實很沮喪。

「那個人昨晚對你說了什麼？」

千和口中的那個人就是指貴崎的前妻。

「她說對我的料理感到失望。似乎是覺得不滿意吧。」

麵團再度膨脹必須等三十分鐘。製作麵包是完全急不得的。

「所以你才會這麼煩惱？」

我原本打算否定，話到了嘴邊卻說不出口。這就是所謂的煩惱吧。

「到底是哪部分讓她感到失望呢？」

「也許是食譜不對，或跟上次一樣，犯下把洋薑錯放成馬鈴薯之類的錯誤。」

「嗯～」千和雙手環胸。「我能明白你為什麼會這麼想，但總覺得不是這麼一回事。而且，我原本就很好奇，那個人為什麼會點『啤酒湯』呢？」

我腦海裡不禁回想起貴崎曾經說過的「答案在客人心中」這句話。

「她說是以前曾經在書上看到，那時就暗自心想總有一天一定要品嘗看看。」

「是嗎？」她皺起眉頭，似乎察覺到了什麼。「在書上看過啊。僅憑這一點確實很難有頭緒……對了，你平常聽音樂嗎？」

我模稜兩可地搖了搖頭。「聽是會聽，但沒有深入研究。」

「果然是這麼一回事。原來如此啊～」

「等一下，湯的事情跟聽不聽音樂有關聯嗎？」

「……啊，麵團好像發得差不多了？」

我在她的催促之下看向麵團，確實膨脹得恰到好處。我在有著和緩弧度的麵團上，淋上橄欖油與鹽巴後，送入烤箱。一入烤箱不久，烤麵包的陣陣香氣便撲鼻而來。不禁令我回想起童年的回憶。這股香氣有著喚醒舊日回憶的魔力。

「不過，我現在似乎能夠理解，你心情不好的時候會想烤麵包的理由。」千和替我澄清似地說：「有一種溫暖的感覺。」

「我說得沒錯吧。雖然麵包店製作的麵包比較美味，但是自己親手烤麵包的這個過程，卻有著更深層的意義。言歸正傳，『啤酒湯』和音樂到底有什麼關聯？」

千和用詭異的眼神看著我，並不自然地壓低嗓音說「誰知道～」。雖然我不清楚箇中緣故，但她似乎不願意透露詳情。

「妳跟我說也沒有關係吧！拜託啦。」

「我才不會再度上當。你又打算用這一招，讓我滔滔不絕地說個不停吧。」

千和帶著責備的眼神看向我，我卻完全摸不著頭緒。這個人的個性確實很難搞。這種事情也一樣，不實際相處看看是不會知道的。

「要不然這樣如何？」我試著提出有建設性的建議。「我會教妳如何製作料理，而妳則得告訴我料理的相關知識。吶，這樣很公平吧。之前一起去祭典的時候我也有說過，我希望我們兩個之間的關係是對等。」

「對等的？」

「沒錯。更何況，我很喜歡聽妳說料理方面的知識，不僅可以從中學習，還可以像上次一樣幫了我很大的忙。現在的我非常需要聽妳說故事，請妳告訴我吧。」

她將食指抵在嘴邊，像是想到什麼好主意地說：

「我答應你。不過，有個條件。」

5

貴崎似乎是被香味吸引來的。當他一踏進廚房視線便在我與千和之間來回穿梭，然後露出一臉和煦的微笑。

「這是烤麵包的味道吧。」

貴崎喃喃地說。

麵包烤十五分鐘就可以出爐了。表面平均地散布著金黃色的烤痕，烤得恰到好處。烤麵包最忌麵包表面白白的，麵包美味的關鍵就在烤得透徹。我取出剛出爐的麵包，置於烤網上稍微放涼。即使是煞風景的廚房景致，也因為烤麵包的存在而變得溫馨許多。

「好香。」她一臉愉悅地說。「我可以試吃一口嗎？」

我點頭後，切開麵包。麵包刀一落下，外皮立刻傳來酥脆的碎裂聲，竄出一股帶著迷人香味的熱氣。她迫不及待地將我剛切好的麵包切片送入口中。一般來說，剛出爐的麵包並不是最好吃的，但是暖呼呼的麵包完全不需要加任何調味就很美味。

千和試吃之後，露出一抹微笑。

「時有偶爾，會覺得吾之心彷彿剛烤好的麵包般。」

「這是什麼啊？」

「石川啄木的短歌。」貴崎替她解釋道。「烤麵包的香味的確被人們視為一種幸福的象徵。」

「我本來認為把自己的心情形容成麵包很奇怪，不過現在似乎能夠理解了。」

「對了，今天的晚餐是夏季鮮蔬湯，可以附上這個麵包嗎？」

聽到我如此詢問貴崎，千和立刻在一旁輕輕點頭附和。她提出的交換條件就是「希望也能夠讓外婆品嘗到這個麵包」。其實我覺得這麼做不妥，但也只能依她。

「當然。」貴崎再度微笑。「能夠吃到千和小姐親手做的麵包，夫人一定會很開心。」

用完餐後，我們一同前往千和的房間。因為她說邊看書邊講解比較快。

千和走在沒有開燈的走廊上，我跟在她身後。窗外的太陽已經完全沒入地平線，天空正掛著細長的明月。夏季的夜色有點朦朧，月光變成顆粒狀飄散在整個空間之中。

打開房門，再打開電燈，房內一如往常地被書籍塞得滿滿的。

「好了，快告訴我到底是哪裡出錯吧？」

「等一下，別催我啦。」

她的聲音在房間裡響起，聽起來有些奇妙。應該是因為被四周的書本環繞，才會導致聲音產生迴音的效果吧。置身其中，就會有一種彷彿迷失在某人記憶裡的錯覺。

「因為我實在不擅於表達。而且，你可別小看這些故事喔。光是要將思緒整理清楚也得花上不少時間。」

「是嗎？」

「妳慢慢來別著急。還有，我覺得妳很會講解啊。」

千和從書櫃中抽出一本書，迅速地翻頁。

「你在祭典那一晚，看到那個人的時候有任何的想法嗎？？」

「什麼想法……就覺得她很漂亮。」

於是，千和露出一副不屑的表情，提高音量說：「什麼啊。貴崎先生面對初次見面的對象，都會觀察對方的手之類的。他說，手會顯示那個人的人生際遇，就連情緒也會表現在手上。像是生氣或高興，還有竭盡心力等的情緒，都顯露無遺。」

我回想起祭典那一夜的情景。她從我左手有刀傷與燙傷猜出我的職業，當時有風吹過，她伸出手按住頭髮。那個時候，她的右手與左手，讓我感覺到一股不協調。

「手指……對了，右手與左手的指甲長短不一致！」

千和點了點頭。

「是嗎？你果然還是有看到嘛。」

「從這一點又能夠知道些什麼？」

「左手指甲剪得極端地短，是有在接觸弦樂器的特徵。她曾經是小提琴家，這就是第一條線索。」

她說得沒有錯，我確實有看到，只是渾然無所而已。

「『曾經是？』」

我發現她使用的是過去式。

「似乎停止演奏活動好一陣子了。聽說是由於一邊耳朵失聰，但是一直找不出原因。她甚至也積極地接受過治療，卻還是找不出原因，所以才會來到這裡。」

「原來如此。音樂家似乎也得承受一堆有的沒有的壓力呢……話說回來，她曾經是小提琴家跟料理之間有什麼關聯嗎？」

「另一條線索就是書。她告訴過你，在讀到『啤酒湯』的敘述後，就一直很想品嘗看看吧？」

她一腳踩進層層堆疊的書籍深處，從書櫃中抽出一本書。

「音樂家與料理的組合可是相當令人玩味的主題。過去也有貝多芬大展廚藝招待客人，結果導致食物中毒的有趣傳聞，以及蕭邦就是靠喬治・桑所做的料理，從肺結核的折磨中振作起來的佳話。其中，與料理關係緊密的音樂家，最有名的應該可以說是……喬奇諾・安東尼奧・羅西尼了吧。」

「我知道這個人，他是羅西尼風料理起源的美食家。」

「不過，他跟『啤酒湯』沒有任何關聯，和『啤酒湯』有關的音樂家應該是這一位。」

她這麼說完，便將一本文庫本遞過來。書封寫著《巴哈的回憶》，作者是安娜・瑪德蓮娜・巴哈。

6

貴崎端著餐具回到廚房，我出聲詢問。

「我有點擔心自己是否太多事了。」

我一邊將餐盤排進洗碗機一邊對貴崎說。

「你是指麵包？一點也不會。夫人非常高興喔。重視的人親手做的料理，有著比味道更深層的事物。我們的工作在這方面果然完全比不上。」

「或許是吧……對了，我有一件事情想要拜託您。」

「是關於借用廚房的事情嗎？」

我點頭，看來已經完全被他看穿了。這也是理所當然的事，畢竟這個男人正在考驗我。

一拉下洗碗機的蓋子，廚房立刻響起機械運轉的聲響。

「我明白了。你要使用廚房，當然沒有問題。不過，時間來得及嗎？」

「那道湯只需要一下子的功夫就能夠做好。還有，我想麻煩您幫我打電話聯絡百合小姐。」

「真是拿你沒辦法。」貴崎口是心非地說。「別看我這樣，我也是會有感到心情沮喪的時候呀。」

「心情沮喪？這是為什麼？」

「因為分開之後的她看起來神采奕奕的。」貴崎說。「我隱約感覺得到，她因為跟我離婚而獲得了某種事物。不過，我也不知道到底是什麼東西，讓她不惜與我離婚也要得到……一想到這裡，我的心情就會變得五味雜陳。」

貴崎以指尖扶起鏡框，隔著布拿起還冒著熱氣的餐具，拭去水蒸氣。由於我們倆正好背對彼此，所以我無從得知貴崎臉上的表情。

「我懂你的心情。」

「是嗎？」

能夠看到他私底下的一面，不禁令我感到一陣安心。他果然也是有感情的。

「我可以問您一件事嗎？」我問。「百合小姐曾經說夫人是個蠻橫的人，這是怎麼一回事？還有，我也隱約察覺到森野先生似乎有點畏懼千和。但是，我並不覺得她們蠻橫啊。」

貴崎陷入短暫的沉默。

「蠻橫呀。」貴崎喃喃地說。「想必直到如今仍然抱持這種想法的人應該不少吧。自從老爺過世後，就由夫人獨自一人撐起這個家與公司。夫人相當聰明能幹，而且天不怕地不怕。聰明的頭腦加上無懼之心，這兩點是掌好舵的必要資質。」

說到這裡，貴崎停頓了一會兒，接著轉頭看向我。

「卻也因為這樣，人們總在背後說她個性高傲。夫人是個相當堅強的人……直到十年前發生了那件事故。」

貴崎用指尖碰觸眼鏡。他確實有調整鏡框位置的習慣，但此時此刻的動作顯得與平常不太一樣。

「自從十年前，夫人在不幸的意外事故中失去女兒與女婿之後，她整個人就變了。因為比起不確實的生，死亡是絕對無法撼動的事實。當人們遇到悲傷的事情，心靈的天秤就會失衡。人心這種東西，乍看之下相當堅固、穩定，事實上卻不如外表般堅固。」

我點頭。

「夫人也是在那次的事件後，開始只喝湯的。並且，隱居在這座宅邸中足不出戶。她把自己鎖在她一手打造出來的王國裡。這裡的一切都是以夫人為中心運轉的——無論是森野先生的生意、你的工作，當然也包括我的工作，沒有夫人一切就無法成立。」

我腦海中浮現許多事物，但無法順利地連結在一起。一股奇妙的沉默橫亙在我與貴崎之間。貴崎擦拭完餐具後，將手仔細清洗乾淨。不知道夫人女兒與女婿的死，和她現在只喝湯有何關聯。

煮好湯之後，我便驅車前往百合小姐家。

她家距離宅邸約十分鐘左右的車程。我在與海呈相反方向的蜿蜒山路上前進。雖然有鋪上柏油路，但是街燈寥寥無幾，只能依賴車頭燈行駛。

汽車終於來到一處開闊的地方，一棟小木屋在群樹的圍繞之下。車子才剛停在小木屋前的空間，玄關的門立刻被打開來，出現百合小姐的身影。

一走下車，我的身體頓時被一股暖流包圍。這股暖意與小木屋周遭的風不同，帶有森林綠意，是一股聞起來令人感到安心的味道。我拿著裝有剛才在宅邸煮好的湯品的容器。

「晚安。」百合小姐說。「想不到這個時間還會有客人上門拜訪。剛才接到貴崎的電話時，我嚇了一大跳呢。」

「真是不好意思。」

我道歉地說。

「啊，是我不對。我並沒有抱怨你的意思喔。只是嚇了一跳而已。好了，外面很熱趕快進來屋子裡吧。」

她這麼說完後，邀請我入內。

屋子內部相當清爽乾淨。餐桌上蓋著一本攤開來的文庫本。她似乎已經用完餐，正在閱讀書籍。

「你一定很納悶，怎麼會有人獨自一人住在這麼偏僻的地方吧？」

我搖搖頭，她則是自顧自地接著說下去。

「因為我喜歡寂靜的聲音。」

「寂靜的聲音？」

「你試著豎起耳朵聽窗外的動靜。」

我一閉上雙眼，耳邊立刻傳來遠處小河的流水聲，以孤獨卻溫柔的音色，靜靜地演奏著樂曲。

「說也奇怪，我在大都市裡每每想到要去安靜的地方時，都只能去聽音樂演奏會。所以，我才會喜歡這裡。」

她說完後，燦爛一笑。額頭浮現自然的皺紋。

「我帶了東西想讓您品嘗，不曉得您現在還吃得下嗎？就算一口也好，只要您願意嘗一下，我就滿足了。」

「沒問題。我平常晚餐都會刻意少吃，所以肚子空間還很多。」她說。「只不過有點可惜了。如果是在餐前的話，享用起來會更加美味吧。」

「不，這道湯品也滿適合在餐後享用的。」

「你的意思是？」

我把湯倒入自備的杯子裡，並遞給她。我也另外帶了湯匙和餐巾紙。貴崎幫我準備好了一整套的餐具。

「請用。」

她用湯匙舀了一匙湯，送入口中。順帶一提，她帶著滿臉笑意。

「巴哈是一切音樂的基本。既可以說是音樂盡頭，也可以說是音樂的起點。」千和告訴了我巴哈的事情。他在德國的薩克森——也就是現今的圖林根州一帶度過晚年，還有他是個體型肥胖的大胃王。接著，她又從書櫃抽出另一本書。「『啤酒湯』是那個時代相當常見的湯品，算是一道尋常料理。」

她遞過來一本由一位名為菲力浦・吉列的人所寫的書。書名寫著《Par mets et pat vins》，下面則標有《Voyages et gastronomic en Europe(16e-18e siecles)》。

「這本是十六世紀到十八世紀的歐洲旅行見聞與食物史的書。裡面有當時啤酒湯的記載。」

「這不是法文嗎？我外文很菜耶。」

「真的嗎？我說你啊，既然走料理這一行，應該要學一下法文比較好吧？雖然這本書有出譯文不怎麼樣的日文版就是了。我記得是放在這附近……有了！」

她把那本書的日文版借給我。書名叫做《旅人們的餐桌》。一翻開來，就立刻看到關於啤酒湯的敘述。文中似乎是引用了一六七二年，亞爾伯特・朱凡・德・羅什福爾所著的《Le voyageur d'Europe——歐洲旅行家》一書。

「使用沒有啤酒花的啤酒加入砂糖與肉桂、奶油製作成的湯品。將其倒進鍋中加熱後飲用。」——在英國似乎是被用來當成生病時的補品。另外，書中也有寫到「可透過加入奶油並加熱的描述，得知這道湯品極具中世紀的色彩」。

「好了，你現在知道自己犯下什麼錯誤了吧？」
「我犯下什麼錯誤？」
我並沒有立刻意會到她所說的錯誤是指什麼。在我理解到，重點是在「沒有啤酒花」上時，已經是數十秒之後的事情了。
「味道又甜又有些許辛辣。雖然有點像香料酒（註3），但口感比溫熱的紅酒更圓潤，而且香氣醇厚。可以說，帶給人一種成人專屬甜點的印象。」
百合小姐微微點頭。
「啤酒則是使用位於薩克森，名為克斯特里茨小鎮所釀造的克斯特里茨黑啤酒。據說也是大文豪歌德鍾愛的一款酒。」
薩克森是巴哈幾乎一輩子都生活在那裡的土地。湯品本身的做法相當簡單。將黑啤酒與肉桂、丁香、肉豆蔻、蜂蜜放入鍋中加熱，徹底逼出香氣。接下來，倒入事先拌入蛋黃的牛奶並迅速攪拌，一邊用木勺從鍋底往上翻攪的同時，也得一邊小心地調整火候，增加濃稠度。
「而我昨天使用的是拉格啤酒，所以苦味比較明顯。問題就是出在這裡吧。巴哈的時代，啤酒並不會使用那麼多啤酒花，而且當時是以烘烤過的麥所製作的黑啤酒為主流。」

3　以紅或白葡萄酒與香辛料為原料的熱飲。在德國和法國等歐洲國家，暖呼呼的香料酒是聖誕節等的冬季必備飲品。

「沒錯。你在挑選材料的階段應該更謹慎一些。德國的黑啤酒從外表看起來會讓人誤以為帶有苦味，但味道其實很甘甜，因此加入湯裡煮只會更加襯托出甜味。話說回來，你煮的湯品顏色原本就不對了。」

百合小姐說到這裡，大大地點了一下頭。截至目前為止，我都只是在製作我會的料理，其實最重要的是，必須考慮到品嘗料理的對象。

「你加入蜂蜜而不是砂糖，是為了盡可能地還原當時味道所下的工夫吧。」

我點頭。「因為德國黑啤酒的甜味相當強烈，所以我才決定乾脆做成徹底活用黑啤酒甜味的餐後甜點。」

「原來如此。」她輕輕地點頭。「其實我也有在反省自己是不是太多嘴了。雖然你煮的那道湯品也很美味，但終究不是我期望的料理。」

她這麼說完後，站起身來。

「我去泡咖啡，你也喝一杯吧。家裡沒有其他東西可以招待，真是不好意思。」

我下意識地望著百合小姐站在廚房裡沖泡咖啡的身影。她用細口壺煮沸熱水，趁這個空檔準備好咖啡濾紙。慢條斯理地手沖咖啡的動作，顯得相當輕盈，讓我不禁聯想到貴崎。

她看向我說「你再稍等一下喔」。語氣聽起來非常放鬆。拿壺的纖細手指很美，散發出一股致命的吸引力。

「您已經放棄音樂了嗎？」我問。

百合小姐一邊面帶微笑，一邊將事先注入杯中的熱水倒在流理臺裡。

「看來你已經聽說了吧。其實我來到這裡以後，耳朵就幾乎痊癒了。只是我一直提不起勁重拾音樂。」

「為什麼？」

「因為我已經沒辦法拉好小提琴了。只因為這種程度的挫折就放棄音樂，可見得我根本沒有任何天賦。」

她沖泡的咖啡味道宛如夜晚深沉，非常香醇好喝。

「貴崎也太壞心眼了吧。如果一開始告訴你不就沒事了嗎？對了，你是如何得知我想喝的是巴哈時期的啤酒湯？」

我們隔著餐桌而坐。百合小姐啜飲了一口咖啡。

「老實說，這個答案不是我想出來的。」雖然千和要我保密，但我還是照實說出。「是那個孩子告訴我的。」

「千和嗎？」

百合小姐以一副感到眩目的眼神，瞇眼望著我。

「她也勸我最好要懂一些音樂方面的知識。」

「的確。」百合小姐認同地說。「我以前在餐廳用餐時，曾經有過莫名不愉快的用餐經驗。我當時立刻察覺問題就出在，從天花板的音響流洩出來的音樂。雖然是任何人都知道的古典樂，但並不適合在氣氛愉快的用餐場合播放。」
「您是說音樂也必須因應時間與地點做調整嗎？」
「是的。巴洛克時期甚至有名為餐桌音樂，適合用餐場合的音樂類型喔。你身為廚師也得瞭解一下音樂才行。」
我點頭。
「我們讀樂譜是為了掌握作曲家想表達何種想法，而寫下如此的樂曲。料理也不例外吧？瞭解食譜是因為何種想法、何種經緯而誕生的，應該非常重要吧。」
她說到這裡喝了一口咖啡，停頓一下。
「料理與音樂有兩個共通點。其一就是有人來品嘗，料理才有了意義。跟音樂一樣，有人聆聽才形成所謂的音樂。另外一點就是，無論是料理或音樂都會消失，所以為了留下壽命如此短暫的記憶，才會有樂譜、才會有食譜。」
說到這裡，我們倆陷入一片沉默之中。被風吹拂的樹葉在窗外發出彷彿漣漪擴散開來的聲音。
「我可以請問您一件奇怪的事情嗎？」
她笑了笑說：「奇怪的事情？」
「我只是很好奇，您與貴崎先生離婚的原因。」
「也沒有什麼特別的原因。加上我們也沒有生小孩，彼此溝通之後就決定離婚。比起勉強維持下去，倒不如在關係還不錯的時候分手。」

「請問有什麼契機嗎？」

「契機……」她盯著餐桌上某一點許久後，才開口。「現在回過頭細想的話，的確是有那麼一個契機。我們飼養的狗死掉了。雖然是自然衰老，卻讓人有一種死於非命的悲傷之情。在那之後，我就一直感覺內心似乎有個缺口。」

她的聲音充滿哀戚。那股情緒擦過我的心頭，然後消失在空氣中。

「我就是在那個時候產生『啊啊～我實在沒辦法和這個人共度餘生』的念頭，所以我才會選擇獨自一人生活。死亡與離別一點都沒有合理，其中的情感更是既複雜且無法透過邏輯解釋。我也是從那個時候開始，連聽音樂都感到排斥。現在仔細想想，也許我當初是想死吧。莫札特的音樂太過開朗反而會令我心生悲傷。加布里埃爾・佛瑞與安東・韋伯恩也是讓我感到鬱鬱寡歡。當時的我只能聽得了巴哈的音樂。」

我喝完咖啡，把杯子放回咖啡盤上。她撥了撥頭髮。

「我也不記得自己實際上到底聽了些什麼，但我很明白清楚，我是在聽音樂的時候才找回自我的。巴哈的音樂有一種井然有序的感覺。即使是看起來有多麼不合理的世界，也還是有美好的事物存在。這就是他的音樂。巴哈就是這麼一位承先啟後的音樂家。如果要開啟一段新篇章，就必須要先有所結束才行。」

她短暫地停頓了一會兒。

「我聽說『啤酒湯』是巴哈平日食用的料理，所以相當好奇創造出這麼偉大音樂的人，平常吃的料理會是什麼模樣。」

她笑著說。

「能夠品嘗到這道料理真是太好了。在如此寧靜的夜晚，這道湯品可以說是再適合不過了。總覺得實際品嘗過後，我似乎能夠更理解他的音樂了。謝謝你，都是托你的福。」

「老實說，我並沒有自信這個食譜是否正確。雖然有查到資料，但無法百分之百確定。」

「你並沒有用錯食譜喔。」百合小姐搖搖頭。「你讀到的那本《巴哈的回憶》的作者是安娜・瑪德蓮娜・巴哈。她是巴哈的第二任妻子。不過，這是騙人的。內容其實是由一位名為艾斯特・梅內爾的作家，集結了巴哈數本傳記，並透過第二任妻子的視角所寫成的小說。一開始是以英文撰寫而成，但在翻譯成德文的期間，不知道是否是人為或一時疏失，竟然不見作者的名字。因此，日文版也就這樣陰錯陽差地標示著容易招致誤會的作者名。」

千和並沒有告訴我這些事情。

「這本書裡應該含有虛構的情節。不過，那又如何呢？又有誰能夠一口咬定虛構比不上現實？重要的是，作者想表達的事物是否確實地傳達到讀者的心中。不是嗎？」

或許她說得沒有錯。我暗自心想。

「我剛才也說過料理與音樂很相似。兩者都難以留下具體的事物，但會永恆地烙印在心中。英國的文學家沃爾特・佩特曾經說過『所有藝術都嚮往連綿不絕的音樂』，其實往往只有無形的事物才能夠碰觸到心靈更深處喔。」

她瞥了一眼時鐘。時針指向超過十點的位置。

「不好意思，在這裡打擾您這麼久。」

我站起身。

「我才該對你說一聲抱歉，是我硬要留你。今晚的湯很美味，謝謝你。」

「不會，謝謝您特地撥空給我。知道您喜歡這道湯品，我就心滿意足了。」

我站起來，離開這座小木屋。她在玄關前目送我離去。一來到戶外，天空已經灑滿整片的繁星。

打開車門，將身體深深地埋入駕駛座，閉上雙眼。小河在遠處流動的流水聲傳入我的耳裡。我就在這個時候聽到了音樂聲。

我坐起身，隔著車窗確認音樂的來源。豎起耳朵聆聽，這是小提琴的音色，從小木屋的某處傳來。演奏者只有可能是百合小姐。

如此美妙的音色，彷彿一道光芒射入黑夜深幽之處，深深地撼動了我的心靈。

輕柔的弦音與河流的聲音混合為一。我一邊豎耳傾聽這優美的音樂，一邊思索起夫人與千和的事情。我思索著該為她們製作何種料理才好。聽著夜晚的音樂，我的腦海不禁浮現河水最後流入大海的光景。大海既是一切的終點，也是一切的起點。

第三話　羅特列克的湯

1

我以前曾經在廚房位於地下室的餐廳工作。在沒有陽光灑落的廚房裡工作，總覺得身體逐漸遭到疲倦感侵蝕殆盡，精神也日益消沉。

有了那一次的經驗後，我只會選擇在有陽光灑落的廚房工作。有些優質餐廳的廚房位置甚至比客人的用餐區更好。而宅邸的廚房在這方面完全無可挑剔。開了大大的窗戶，引進滿室的陽光。千和就待在那灑落柔和陽光的窗邊，靜靜地閱讀文庫本。

她捲起身上有些大的廚師服，露出一副百般無聊的表情。然而，光是千和的存在，廚房的光景便染上一絲超現實的色彩。

自從千和要求我教她料理後，我們一起待在廚房的時間增加了許多。雖然如此，我仍然有許多事情百思不解。話說回來，她學做料理的動機到底是什麼？

有些時候，我都會忍不住懷疑她望著爐子上的湯鍋，其實思緒早就飄到遠處去了。雖然我覺得直接問她應該沒關係，但又遲遲問不出口。

我將目光投向窗外的庭院，聚焦於不遠處的樹木，小心翼翼地在不被她察覺的情況下嘆氣。

「請你成為千和小姐的朋友。」

貴崎對我這麼說。

我們當不成朋友的。我暗自心想。

我與千和的年齡差距過大。我甚至完全想像不出來，她的內心到底在想些什麼。我們倆身處的世界也完全不同。能夠像這樣子在稍遠的距離外遙望她，就已經是最大極限了。

鍋子裡正在熬煮高湯。當我將視線從樹上轉移到上空，便看到無邊無際的灰的另一端正飄著烏雲。蔥蔥鬱鬱的綠葉輪廓，也因為濕度變高而顯得朦朧。

「看來是要下雷陣雨了。」

我如此自言自語地說完後，打開冰箱門。裡面冰了裝有麥茶的方形深鍋。這是我讓千和煮的員工專用飲料。煮料理給夫人是另外一回事，但千和也已經習慣用火，所以我能夠安心地將簡單的作業交辦給她。

我用湯勺舀起麥茶，倒入自己的杯中，並詢問千和「妳要嗎？」。千和從文庫本抬起頭來，說她不要。

「對了，最近的天氣這麼悶熱，你怎麼不做些冷湯？」

我搖頭。「畢竟是夫人要吃的，這種時候喝一些溫熱的湯品反而有益身體。」

喝下麥茶的瞬間，我立刻對這股不協調感到困惑。我摀住嘴巴，緩緩地吞下去。我花了一些時間才消化這個味道——「麥茶是甜的」。

我再喝了一口。這股甜味是來自於蜂蜜吧。也許是這次有做好心理準備的關係，因此能夠靜下心來品嘗。

味道並不差，反而應該說很好喝。身為庶民飲品的麥茶，竟然在加入蜂蜜後就搖身一變。帶有微微甜味與花香的蜂蜜餘味，令人脣齒留香。

「雖然很好喝，不過我小小地嚇了一跳。妳在裡面放了蜂蜜，這是迷迭香……不，是薰衣草花蜜的蜂蜜吧。」

「答對了。」千和說。「我想起以前貴崎先生曾經做給我喝過。」

「總覺得喝下去之後，活力都來了。這個飲料很適合在廚房工作的人耶。」

「你真的這麼想？奧古斯特・埃斯科菲耶推薦的廚房飲品該不會類似這個吧。」

奧古斯特・埃斯科菲耶？我憶起在這座宅邸裡製作法式家常濃湯時的情形。當時製作這道湯品時參考的資料，就是奧古斯特・埃斯科菲耶的食譜。

「我曾經閱讀過一些他的著作，不過，這杯飲料跟他有什麼關係？」

千和稍微沉思一會兒後，輕輕點頭。

「奧古斯特・埃斯科菲耶寫的《烹飪指南》這本書，建立起法國料理的體制，除此之外還有其他了不起的功績——那就是他改變了廚房的結構。他將泰勒制度（註4）導入料理的世界。從此之後，廚師開始採取分工合作的制度，各自負責各自的作業。你在之前的餐廳是擔任副主廚一職吧。」

「嗯。」

4　弗雷德里克・温斯洛・泰勒——科学管理之父，著有《科学管理原理》一書。

幾乎所有的副主廚也會同時擔任醬汁廚師一職。

「導入魚案廚師、烤煮廚師與冷盤廚師等各種職務的人，就是奧古斯特・埃斯科菲耶。因為有他，才能夠提升餐廳廚房的作業效率。」

「……哼嗯～原來如此啊。」

我含糊地點了點頭。

「同時，他也相當致力於改善勞動環境。我之前似乎有稍微提到過，從前是用焦炭烹煮料理，所以廚房環境異常悶熱。於是，他聽從學者針對避免廚師在廚房中暑所提出的建議，而準備給廚房員工飲用的，就是用大麥製成的飲品。」

「大麥……聽起來就是麥茶嘛。」

「沒錯。雖然嚴格說起來，當時的大麥並沒有經過烘烤的程序，不完全一樣，但是材料相同。雖然純屬我個人的推測，但英國有大麥風味的花茶——用大麥與蜂蜜，還有柑橘煮出來的飲品——所以奧古斯特・埃斯科菲耶準備給廚房員工喝的，應該就是這類的飲品。一般人覺得麥茶與法式料理之間毫無關係，但事實上也許意外地有關聯喔。」

「原來如此。」

聊著料理的千和，語氣如同往常般沉穩。我的耳朵感受到一種彷彿正在聆聽美妙音樂的極致享受。

「有時候會讓人覺得妳真的無所不知耶。」

我忍不住讚嘆。千和卻露出一副尷尬的表情微笑道。

「我之前應該也有說過，我並非無所不知，只是比你多讀了幾本書而已。」

「是這樣的嗎？」

「現實中的事情，我倒是什麼都不知道。」她以一副落寞的語氣說。

就在這個時候，後門傳來有人敲門的聲音。是平時合作的業者——森野來了。

「早安。」

森野抓著帽簷向我致意。一身晒成古銅色的肌膚，使得他的身材看起來更加精壯。喉嚨一帶還滲出些許汗珠。

他向千和敬禮之後，一邊放下紙箱一邊對我說「這是你訂的貨」。接著又說「今天是確認冰箱與倉庫存貨的日子，那我就自己來嘍」，便逕自打開倉庫的門。然後，確認起調味料、乾貨等儲備食材的有效期限，開始進行汰舊換新。而我則在一旁確認收到的食材，並在送貨單上簽名。

「好了，接下來～」俐落地完成工作的森野說。「我今天帶了伴手禮喔。」

「伴手禮？」

他打開後門，一邊說「就是這個」一邊指著腳下。他所指的方向有個柵欄，那是用來小動物的籠子。有一隻小動物正蜷曲在其中——那是一隻兔子。牠似乎是在睡覺，只見那被白色羽毛覆蓋的背部偶爾會上下起伏，鼻尖處一開一闔。

「有人送我食用穴兔，但是我們那裡沒辦法處理。」

「我曾經處理過，應該不會有問題。」

「太好了。那麼我就放在這邊，麻煩你了。」

雖然野兔要等到冬季才肥美，但養殖肉兔是夏季常見的佳餚。兔子因為肉質像極了清爽版的雞肉，而受到許多人的歡迎。

「你們說的處理是什麼意思？」

轉過頭去，便看到千和站在我身後。她的表情顯得相當僵硬。

「這種事情妳應該知道吧。就是指放血、肢解啊。我想想，該在哪裡進行……」

「你在說什麼啊？」

話雖這麼說，但掐死兔子後放血的程序，我也只有進行過幾次而已。一般說來，商業用途的兔子有諸多限制，因此通常會由獵人或領有執照的業者進行。而我們這些廚師頂多就是拿到業者處理好的兔子後進行剝皮。如果是鳥禽類的食用動物，就是拔羽毛。由於衛生署明文禁止在廚房進行這道程序，所以只能在室外進行。更別說這類的野味最佳品嘗時期是秋冬兩季，因此處理這類的食材可以說是學徒們的一大挑戰。

「跟鳥類比起來，兔子可以連毛皮一起剝下來，處理起來輕鬆多了。拔除鳥類的羽毛可是相當吃力的大工程，手還會奇癢無比……」

「絕對不行！如果你敢做出這種事情，你就別想再踏進我們家門，還有我也會讓你沒辦法繼續在這裡工作！」

千和一臉憤慨地說。

「那不然，妳告訴我該怎麼處理這個肉啊。」

「牠才不是肉！牠是兔子！」

「妳說得沒錯，現在還不能算是肉。」我訂正自己的話。「不過，馬上就要變成肉了。畢竟牠是被當成家畜養大的，不這樣處理反而是不尊重牠。」

「我完全聽不懂你到底在說什麼！」

這下子棘手了，我忍不住暗自心想。

站在稍遠處看著我們爭論的森野，則是抓著帽簷說完「那麼，我先告辭了」便一行禮，迅速地坐進車裡。

「森野，你等一下！」

不知道他是真的沒聽見，還是假裝沒聽見，只見他開著輕型貨車一溜煙地遠離宅邸。一副腳底抹油快溜的賊樣，只留下我與千和……還有一隻兔子。兔子似乎是沒察覺人們之間的紛紛擾擾，依舊沉穩地酣睡著。覆蓋著白毛的下腹部看起來柔軟極了。

「接下來，該怎麼辦？」

「不怎麼辦。外面好熱，先把牠移去涼爽一點的地方。兔子很怕熱吧？」

我嘆了一口氣後回應。

「先移進屋子裡也好，否則會真的沒辦法拿來食用。」

她聽到我這麼說，卻一句話也不吭，只是一臉嚴肅地望著我。我只好認命地拿起籠子。兔子似乎因為這股力道而清醒過來，但只是稍微動了一下就不動了。

我暫時先把籠子放在宅邸玄關一隅。

「這裡涼爽多了。好了，現在該怎麼辦？」

「嗯，看來只能由你負責飼養牠了。」

「由妳來飼養不是更合適？」

「我住在這裡的期間要負責照顧文森。而且，那是人家送給你的，再加上你總是一副閒閒沒事做的樣子，由你來養再適合不過了。看來只能儘快找到願意好好待牠的飼主了。」

事情變得更加棘手了。我忍不住又嘆了一口氣。

因為高湯一直在爐上煮著，所以我也不敢在外面逗留太久，便趕緊回到廚房。

千和從廚房一隅拉出椅子，坐了下來。接著，如同往常般翻起文庫本，卻在翻了幾頁後望著窗外發起呆來。也許是沒心情看書吧。

今天的菜色是加入庫斯庫斯（註5）的雞肉蔬菜湯，因此我動手切起蔬菜。而她既沒有對我說「需要幫忙嗎？」也沒有問我「今天要煮什麼？」。算了，反正不重要。

千和的想法相當孩子氣，我身為大人卻不知道該採取何種態度回應她。我們就是靠著奪走生命才能存活下來。雖然這個說法被重覆利用過無數次，已經是陳腔濫調，卻是不爭的事實。

「仔細想想，妳不覺得很奇怪嗎？」我姑且試著與她溝通看看。「妳應該很清楚吃兔子

5　Couscous，又稱北非小米，是一種源自西北非．馬格裡布柏柏爾人的食物。由粗麵粉製造，外型與顏色酷似小米。

並沒有什麼稀奇的吧？甚至還有歌詞描述到『追逐兔子的那座山』（註6）童謠。雞可以拿來煮湯，卻不可以吃兔子，這種想法實在太矛盾了吧。」

「我說不一樣就是不一樣！你看到那孩子，不會覺得牠很可愛嗎？」

她以乾啞的嗓音說。

「妳別誤會。我只是告訴妳一般的常理是這樣子。」

即使跟她爭辯也於事無補。碰上這種情況，言語是行不通，只能盡力模糊焦點而已。

2

外頭突然下起雨來了。彷彿要將天空下的萬物沖刷殆盡的傾盆大雨，豆大的雨珠激動地拍打著窗戶。遠方山巒一帶雷光閃閃，接著，雷聲慢了幾拍撼動著四周。

我用大口徑的湯鍋拌炒時蔬後，注入高湯。

她一句話也沒說。這時候勉強開口只會帶來反效果，所以我也不敢隨意搭話。

唯獨窗外下個不停的雨聲在廚房迴盪。

「湯已經準備得差不多了，只剩下最後的收尾而已。我要休息一下，妳想喝些什麼嗎？不管是冷飲還是熱飲，妳想喝什麼盡管說。」

6　出自《故鄉》，高野辰之作詞，岡野貞一作曲。歌詞裡沒有明確提及，但有「追逐兔子」是要抓來吃的說法。

我熱情地問，千和卻不發一語地看著我。我暗自猜測，她還在生悶氣，然而她的表情卻顯得相當陰鬱。

「妳怎麼了？」

「什麼事情都沒有。我想喝咖啡。」

「遵命！」

沖好咖啡後，拿到她所在的位置。天空仍然閃光不停，雷聲轟隆作響。

我在千和身旁坐下，喝起咖啡。

我從小就喜歡眺望窗外的雨景。看著雨滴不斷集中在窗上並滑落而去，真是讓人百看不厭。

天空再度閃過一道銀白色的閃光。

似乎是落在附近不遠處，一道格外轟動的雷聲響遍了室內。千和嚇了一跳，用右手緊緊拉住我廚師服的袖子。我這時才恍然大悟她臉色陰鬱的原因。為什麼這世界上就是有人會害怕打雷呢？

「妳會怕打雷？」

「怎麼可能。」她語氣微微上揚地說。「我只是因為雷聲太大，有一點點嚇到而已。」

雷聲越來越遠，雨勢也已經完全停住。千和依然抓著我廚師服的袖子不放。接著，她像是終於察覺到這一點，急忙地鬆開手。

千和挪開視線，轉過身背對我。陽光從雲縫間灑落，四周被雨淋濕的樹木綠葉頓時變得閃閃發光。我站起來，從窗下伸長脖子向外探去。

「你在看什麼?」

「沒看什麼。」

我搖搖頭。這種天氣很容易有彩虹，但是我堂堂一個大男人怎麼可能說自己在找彩虹。

「雖然這種情況只會持續到找到新的飼主為止，但是要養兔子就得準備飼料才行。夫人那邊就由妳負責說明吧。要我說明這種事情，我辦不到。」

她輕輕地點頭答應。

用高湯煮熟庫斯庫斯，使其吸水膨脹後，盛入以雞肉與蔬菜煮好的高湯，這道湯品即完成了。雖然自己這麼說有點厚臉皮，但這道湯的完成度很高。儘管不是那種奢侈的風味，但一放入嘴中，便會覺得味道濃郁、口齒留香。

料理被端出去好一陣子之後，貴崎回到廚房來，要我過去餐廳一趟。我納悶地想，料理應該不會有問題呀。

「我過去一下，馬上回來。」

「慢走。不知道會是什麼事?」

我打開連接餐廳的門時，夫人剛用完餐。只見她完全沒有製造出一絲雜音地將湯匙放在湯盤上，然後以餐巾擦拭嘴角。她並非刻意裝腔作勢，然而動作卻顯得相當優雅。

用橡樹製作而成的原木餐桌上，除了必要的餐具以外沒有其他多餘的裝飾。既沒有蠟燭，也沒有鮮花。夫人示意我在餐桌對面的椅子坐下。我輕輕點頭一鞠躬後，乖乖坐在椅子上。貴崎則從餐桌上撤走餐盤、餐具與放麵包的竹籠。

夫人的臉色不太好。我聽貴崎說過，她的身體在這個時節很容易出狀況。

「我要來一杯花茶，你要嗎？」

我搖了搖頭。貴崎來到餐桌旁，放下裝有花茶的杯子。

「這是種在我們庭院的香草喔。」夫人聞著花茶說。「我以前很喜歡喝咖啡，但是最近一沾咖啡晚上就會睡不好，實在很傷腦筋。你討厭花茶嗎？」

我搖了搖頭，表示並不討厭，然後啜飲了一口杯中的花茶。有鼠尾草和洋甘菊、薰衣草的香氣，比例調配得相當均衡。

「貴崎很瞭解這方面的知識。舉例來說，晚上喝一杯迷迭香花茶的話，就能夠睡得又香又甜。如果發燒的話，就可以在百里香或松葉的新芽泡出來的茶裡，加一點橘子花蜜等……對了，我有話要對你說。」

夫人說到這裡停頓了一下。

「這麼突然，真是不好意思。我想麻煩你跟貴崎後天出門一趟。」

「請問是要去哪裡？」

「與我相識十年的老朋友家中。對方家裡的廚房有一整套完整的設備，所以你不需要擔心廚具不夠完善。晚上七點開始用餐，必須在六點半前準備完成。其他的詳情就請貴崎告訴你吧。」

外燴服務——到府餐飲服務——不同於平常的用餐場合，在程序上的要求相當嚴格。不過，面對每天都只做湯品的日子，我確實也很渴望變化。

「我明白了。」

「我那天晚上正好有聚餐，所以你不需要操心我。」

好的。我點頭表示明白。

夫人伸長手指拿起茶杯，喝了一口後，以雙手捧著杯子繼續說：

「對了。我還沒有對千和跑去廚房打擾你工作的事情向你道歉。還有，我也想向你說一聲謝謝。」

夫人的表情變得相當放鬆。不曉得是花茶的效果，還是因為聊到孫女的緣故。我猜應該是後者。

「我打算針對你花時間陪伴千和的事情調漲相對的報酬」，她說。但我表示自己的薪水已經很高了，而且現在也不缺錢，實在不好意思再收取更高的薪資。

「不過，正所謂親兄弟明算帳，這種事情還是算清楚一點比較好吧」，夫人再次表示要調漲薪資的意願，我則是搖了搖頭。

「我並不是在說客套話，我只是不希望自己跟那孩子之間有金錢瓜葛。如果我真的需要錢會另外找您商量的。不過，在事情發展到那個地步之前，請您讓我們維持現狀吧。」

「我明白了。千和很信任你。自從你來這裡工作之後，那孩子變了不少。」

夫人直視著我的臉，語氣平靜地說：

「當然，我是指好的變化。我似乎很久沒看到那孩子微笑了。所以，我真的非常感謝你，甚至到無法用言語表達的地步。」

在這之後，我跟貴崎開了會。好久沒有踏進他的辦公室了。辦公桌上疊著成堆的文件，除了照顧夫人的生活起居之外，他也得處理會計事宜與製作文件等，工作內容相當繁雜且瑣碎。

我們面對面坐在沙發上。貴崎已經將主要事項整理在報告中，甚至也有預定要借用的廚房照片。單從照片看起來，廚房有足夠的空間。這麼一來我就安心了。

無論是運送料理的容器或料理保溫箱等設備，這座宅邸應有盡有。所謂的到府餐飲服務不光是提供料理而已，從用來供應料理的折疊桌，到為了避免弄髒房間而鋪設的塑膠墊等，所有的器材都得由我們載過去，是一份相當麻煩的工作。

餐會的主辦人是一位名為澤村的大學教授，似乎是美術評論界小有名氣的知名人士。被貴崎問到是否知道這個人時，我老實地回答不知道。因為我真的沒聽說過這個人的名字。這次的服務對象有四位。身為主人的澤村夫妻，與兩名友人。兩位賓客都是男性，似乎是出版業界人士和攝影師。

「您這次終於願意告訴我了。」

當我這麼一說，貴崎立刻露出一臉納悶的表情。

「告訴你什麼?」

「客人的職業。」

貴崎微笑，並以食指重新調整好鏡框。

「之前忘記告訴你，真是抱歉。」

他露出一副真心感到抱歉的模樣。即使明白他在演戲，卻仍然在我胸口引起一陣波瀾。

「可以明天一早就提供菜單嗎?因為還得印製菜單與挑酒，無論如何我都希望能夠在那個時候拿到菜單。」

「我明白了。」

我一邊點頭一邊暗自心想，這次絕對不能失敗呀。

「先這樣吧。」貴崎說完，便將身體深深埋入沙發中。「和你共事非常愉快。侍者與料理可以說就像一個人的雙腿，必須完美地互補，交互向前踏步才能夠前進。但是，一旦人們意識到自己在走路的話，動作就會變得不協調。實在不是一件容易的事情。」

每每跟他對話，我的心情就會變得沉穩許多。我直到現在才明白箇中緣由。因為他說話的音量總是恰到好處。如果說話很大聲，對方接收到過大的音量，心情就會沒來由地煩躁起來。如果輕聲細語，對方接收到之後，心情就會沉穩下來。

「我會盡量避免造成您的困擾。」

我邊說邊站起來。

貴崎點了點頭。

「啊，對了。關於那隻兔子，我也會尋找看看是否有合適的飼主願意接手。雖然最簡單的作法就是我帶回家養，不過我也有苦衷，實在沒辦法這麼做。」貴崎說。

「不好意思，那就麻煩您了。不過，我到底該怎麼辦才好？現在那孩子看到我，就好像看到惡魔一樣。」

貴崎露出苦笑。「她會這樣也無可厚非。」

看來他心裡也沒有標準答案。我只好黯然地離開房間。

「外婆找你過去有什麼事情？」千和問。

收拾完廚房之後，我們隔著工作檯面對面而站。

「夫人要我負責一場外燴的工作。」

「你是說在這裡製作好所有的料理後，開車送餐的到府餐飲服務？」

「沒錯，完成全部的料理之後再載過去。妳有什麼打算？要一起去嗎？」

她露出一副不高興的表情。我說了什麼不該說的話嗎？

「不了。雖然有興趣，不過我還是留下來看家吧。」

我原本以為她會一起去，所以有點意外。既然她都這麼說了，那就這樣吧。雖然我很希望有人能夠幫忙裝盤與收拾，不過反正我也習慣自己一手包辦。

「好吧，我明白了。我們要去的是澤村教授家，妳知道這個人嗎？」

「啊啊～那個怪教授啊。那個人也非常懂美食，你這次可要謹慎一點喔。」

「就是這麼一回事！」我說。「我可不想像之前一樣失敗連連。」

3

接下來，安然無事地度過了一天。

「你去看過那孩子了嗎？」

我搖頭。她所說的「那孩子」想必就是指那隻兔子吧。

「牠吃飼料的模樣可愛得不得了。只要看到那副模樣，你一定也會不忍心將牠吃下肚的。」

「是嗎？總之，開始著手前置作業吧。」

我已經把跟千和討論出來的菜單交給貴崎了。訂完食材後，開始進行前置作業。主菜是以晒乾的鱈魚煮成的馬賽魚湯，以及烤小牛排。

到府餐飲服務的作業方式很特別。得將料理裝入袋中抽成真空，或把裝有熱騰騰料理的袋子進行急速冷卻等，瑣碎的雜事很多。說穿了，事前的準備就是外燴的一切。有人能夠幫忙前置作業實在令人感激。

「雖然廚房的歷史相當攸久，但是有真空包裝機真的幫助很大。有沒有這臺機器的工作量差很多。」

熱食基本上都要封到真空包裝袋中，盡可能地減少鍋具的使用。連同袋子一起隔水加熱的話，拆封後可以直接裝盤，不需要洗鍋子，而且能夠事先按照人數分裝好，裝盤起來也輕鬆許多。

把材料與餐具、鍋子堆到車子上的作業，相當耗費精力。而我不可能讓她搬重物，所以裝料理的沉甸甸容器都得自己來。

千和只能站在一旁看我搬東西。

「我以前曾經碰過堆在車子裡的容器翻覆，導致料理全數報銷的經驗。」

「後來怎麼辦？」

「有真空包裝的料理還好，但是除此以外的料理都沒辦法食用，只能緊急跑去附近的超市購買食材，從頭開始製作。當時的情況慘到我完全不記得自己到底做了什麼料理。」

然而，非常不可思議的是，發生問題的時候所製作出來的料理，往往更受好評。

「我只希望今天千萬別發生料理翻覆的意外。」我說。

「負責開車的是貴崎先生，絕對不會出差錯。你要端出美味的料理，讓主人有面子喔。」

「我知道啦。」

「時間差不多了，出門小心。」

千和揮了揮手。有人對我說出門小心，聽起來有種異樣的感覺。我點了一下頭，坐進車裡。

當我們抵達海邊附近的澤村教授家時，太陽已經逐漸西沉。這個家的庭院樹木比起宅邸多了一點，氣氛則是更有湘南曾經是海邊別墅區的昔日影子。

夏季的綠葉像是要遮住這個家般恣意地生長，在夕陽餘暉的微風吹拂下緩緩搖曳。這棟房子的腹地被高高的水泥牆團團包圍起來。當我們一穿過有屋簷的懷舊造型大門時，一名年輕男子立刻出來迎接我們的到來。對方是個擁有清新笑容的短髮男子，聲音聽起來有點尖銳。

在他說完請跟我來之後，便一邊帶路一邊自我介紹。「敝姓涉谷」他報上自己的名字。「我是澤村教授的助理。今天勞煩兩位了。如果不嫌棄外行人礙事的話，要我搬東西或做任何事都請儘管吩咐。」

貴崎與我紛紛低頭致意。貴崎以極為客氣的語氣表示，雖然很感謝對方的好意，不過不需要他的幫忙。如果外行人一個不小心翻倒料理，或摔破餐盤之類的，那就不妙了。

「另外，我得先向兩位道歉一件事。原本請您製作四人份的餐點，但今天變成只有三位用餐。」

貴崎點頭。「我明白了。那麼我們會端上三人份的餐點。」

看來是其中一位客人臨時有事無法前來吧。

「好的，麻煩兩位了。」涉谷低下頭致歉。「其實今天的聚餐可以說是為了慶祝出版新書才辦的。這次出版的新書比起以往的學術著作更貼近一般書籍，所以歷經了千辛萬苦。不過，平常有在接觸料理的人讀起來應該會覺得很有趣。而且，教授為了寫進書裡，還在巴黎的餐廳請人根據羅特列克（註7）留下的食譜，重現所有的料理。」

7　羅特列克，法國貴族、後印象派畫家。喜愛美食，曾出版過一本食譜書。

「喔～還真是一項創舉。」
貴崎大大地點頭。
「這可是超級豪華的企劃呢。」
涉谷一臉驕傲地說。我們在他的帶領下來到主屋後，便看到一名上了年紀的老紳士等在玄關前。一頭灰白交雜的頭髮梳理得很整齊，長相看起來就很有氣質。高高的額頭，鼻梁相當挺直。沒有沉重的威嚴感，但感覺很穩重。
「我是澤村，謝謝你們特地前來。」
「好久不見，別來無恙。」貴崎向他一鞠躬。
「貴崎先生，你的氣色似乎也很不錯喔。」
澤村教授一邊看向我一邊以沉穩的語氣說。貴崎將我介紹給他認識。看來他們兩位似乎是舊識。
這個家的庭院很寬敞。突然傳來鳥叫聲，我下意識地循著聲音來源望去。看到庭院一隅有間鐵皮搭的鳥屋，一名身材瘦長的男孩正一手拿著水桶，幫鳥換水。他的皮膚蒼白，有著一對小眼睛。似乎有用髮蠟固定的瀏海直挺挺的。
「好一陣子沒有見面了，他長大了不少呢。小孩子的成長真的是完全不等人，真是令人吃驚。」
貴崎極為感嘆地說。男孩似乎察覺到我們的出現，但只是瞥了一眼就走回鳥屋裡。年齡大約是在國小五、六年級左右吧。

「伸一，還不快打招呼！」

澤村教授提高了音量，但男孩還是沒有出來。

「真是汗顏呀。這孩子最近越來越不聽話了。」

「他也到這個年紀了。這就是小孩子長大的證明。」

貴崎先生的嘴角微微上揚。

澤村教授則是難為情地用手抵著後腦杓。

「在下先帶您前往廚房吧。」涉谷說。

我點了點頭。澤村教授與貴崎則是走進正面的玄關，消失在屋子中。

涉谷帶我前往的廚房就位於後門入口處一進去的地方。被收拾得相當乾淨、寬敞，看來能夠毫不費力地擺放裝盤用的工作檯。

「需要清洗的碗盤餐具，請您放著就可以了。」涉谷說。「家裡的幫傭會負責收拾乾淨。」

「那麼，我就先搬東西進來吧。」

涉谷點頭，留下一句「有什麼需要幫忙的地方，請隨時告訴我」，便離開廚房回到主人身旁。

我陸陸續續地把東西搬進廚房。在我往返於廚房與車子的途中，發現剛才的男孩子正探向車裡。

「今天打擾了。」

我對那位名為伸一的小男孩說。他不發一語地，視線在我與東西之間來回穿梭。

「那些鳥都是你養的嗎?」

我開口詢問,卻沒有得到任何的回應。畢竟我只是隨口找個話題而已,所以也沒有繼續追問下去。看到他就讓我回想起自己小時候。我以前也有過這麼一段時期。當時的我不知道該如何拿捏自己與這個世界之間的距離,因此感到非常迷惘。

他微微地偏了偏頭後,小跑步地從我眼前消失。

廚房的工作與我在宅邸時一樣。一般來說,到府餐飲服務是負責外場的服務人員比較辛苦。不過,我一點都不擔心貴崎。只見他以輕盈靈巧的動作端走餐盤、提供飲品。

我選擇了最安全的拼盤做為前菜。鴨肝醬、雞蛋慕斯與香菇鹹塔、法式鑲洋蔥,以及盛裝在小杯子裡的法式豌豆酸模冷湯——使用豌豆以及名為酸模、帶有酸味的香草製成的湯品。

主菜的魚類料理則是用鱈魚干煮成的馬賽魚湯。我個人認為這道料理做得非常完美。鱈魚干的魚肉呈現漂亮的雪白色,肉質充滿彈性並飽含水分,鱈魚彷彿在湯裡重新甦醒過來。搭配湯汁一放入嘴裡,魚肉立刻化開,伴隨而來的是一股令人聯想到太陽的番紅花香氣在口中擴散。

肉類料理為燒烤小牛排。甜點則是為了迎合夏季,準備了清爽的巧克力蛋糕與淋上煉乳的冰淇淋。等到花草茶端上桌後,貴崎來到廚房示意我去餐廳打招呼。

我穿過小小的走廊,打開餐廳的門。

餐廳牆上掛了許多畫作，每一幅都是極簡主義的現代繪畫。前方有個長方形餐桌，主人與客人圍坐在桌前。再過去一點之處則擺了沙發與小矮桌。

當澤村夫妻與中年男客人察覺到我的出現，立刻點頭致意。澤村教授的妻子看起來異常地年輕，她有著一頭長長的秀髮。白色襯衫搭配低調但似乎頗昂貴的手鐲。纖細手腕的肌肉看起來很緊實，或許她平日相當勤奮地上健身房對抗老化吧。

客人輕輕拍手後，表示「哎呀，這頓晚餐實在是太美味了」。眼前的男性穿著似乎會登上男性雜誌封面的西裝。剪裁合身的西裝搭配有質感的領帶與西裝口袋巾、有雙層袖口的白襯衫，手錶當然也是高級貨。從他身上散發出來的氛圍，不難看出他擁有一定的社會地位。從這身打扮研判起來，他應該是出版界的人。因為攝影師不會這麼穿。

「是啊，真是令人讚嘆的一餐。」澤村教授說。「今日菜單的靈感是來自於莫內吧。」

「是的。」

我點頭。以莫內為靈感製作料理的主意是千和提議的。擔任助理的涉谷剛才曾說，澤村教授寫這本書的期間，在巴黎請人重現羅特列克的所有料理。從這一點看來，選擇莫內果然是正確的決定。

「我年輕時，曾在開高健的隨筆中讀到羅特列克對於料理知之甚詳。莫內也喜歡美食嗎？」

男性客人這麼問，澤村教授則是點了點頭。

「莫內和羅特列克一樣，都留下了不少食譜。如果這次的新書評價不錯的話，也許接下來可以寫關於莫內的著作。」

「好主意。」男性客人點頭附和。「畢竟莫內在日本也非常受歡迎。說到食物的話，其實我個人很喜歡那幅名為《靜物・牛肉》的畫作。」

「只不過，我認為莫內那個時代的料理沒有這麼美味。」澤村教授對我說。「對嗎？」

「是的。莫內確實留下許多食譜，但幾乎不會使用高湯或濃汁來提升味道。我有稍微調整了一下細節，但大致上的作法都是根據莫內留下來的食譜製作的。」

由於莫內所做的都是家常料理，不適合端上桌招待客人，所以今天的馬賽魚湯除了鱈魚干之外，還加入鯛魚頭提升鮮味。

「原來如此。」澤村教授清咳了幾聲。「不過，你剛才說是莫內留下來的食譜，可是馬賽魚湯應該是保羅・塞尚所留下來的食譜。因為比起自創食譜，莫內似乎更熱衷於完美重現別人的食譜。」

「是這樣子的嗎？聽您這席話真是獲益良多。」

雖然我聽千和說過這件事，不過還是點頭。

然後，那位男性客人驚呼一聲。

「哎呀！我都不知道原來塞尚也有留下食譜呀？當時的畫家也都很擅長做料理嗎？」

「與其說是當時，倒不如說是印象派之後的畫家都具備這個特質。不過，崇尚自然的他們對來自於大自然恩惠的料理懷抱興趣，或許一點都不奇怪。」

澤村教授的講座持續了好一會兒。

我看準時機回到了廚房，收拾善後。我把使用過的鍋子與撤回來的餐盤全數塞進箱子裡，搬到停車的地方。

一踏出後門，便見外頭的天色已經完全暗下來了。在我來回後門與汽車的途中，再度碰上剛才的男孩子──伸一。他帶著室內犬在庭院方便。

狗跑到我的腳邊，嗅起我的鞋子。伸一立刻跑過來抱起那隻狗。

「你叫做伸一吧？」

我笑容可掬地問，但他依舊面無表情地看著我。

「對了，你吃過晚餐了嗎？」

他輕輕點頭，看來是已經用過餐的意思。他似乎並非刻意不與人溝通，只是不善於表達而已。

「是這樣子的啊。我今天準備了四人份的料理。機會難得，如果大家能夠一起用餐就好了。你應該知道有一位客人臨時沒辦法前來吧？」

伸一既不否定也不肯定，他應該能夠明白我在說什麼。看來我似乎是說錯話了。或許在這個家裡的小孩子，不可能在父母親的應酬聚會上露面。

在我沉默下來之後，伸一才小聲地詢問我：「……你經常被派出來做這種事情嗎？」

「哪種事情？」

「搬料理、在別人家煮飯之類的事情。」

「啊～你是指到府餐飲服務啊。偶爾啦。」

「好辛苦喔。你為什麼會做這種工作？」

為什麼？我同時在心裡問自己。接著，他似乎是察覺到什麼，對我輕輕點頭後，立刻旋過腳跟回到屋子裡。

「真是不好意思，那孩子實在很不討人喜愛。」

一道聲音從後面傳來。我轉過頭去，看到澤村教授站在那裡。

「我完全搞不懂那孩子心裡到底在想什麼。他只對動物感興趣而已。我只知道他似乎很擅長飼養動物，其他的事情就……」

澤村教授相當傷腦筋地說。雖然我不清楚理由，不過伸一似乎是刻意避開他的父親──澤村教授的。

「但是，我一點都不擅長飼養動物就是了。對了……這個是要給你的。」

澤村教授遞來一個牛皮紙袋。

「這是我的新書，算是用這個代替名片吧。畢竟你也有在接觸料理，希望你能夠抽空看看。老實說，請專業人士過目讓人有點忐忑不安呢。」

「謝謝您，那麼我就收下了。」

我一邊收下裝在牛皮紙袋裡的書，一邊暗自思考不曉得千和是否會有興趣。想不到我竟然會平白無故想起她，連我自己也嚇了一大跳。也許是剛才被我問起晚餐的伸一，態度和初次見面時的千和很相似的緣故吧。

「發生過什麼事情嗎？」

我問。

「你的意思是？」

「啊，沒什麼。我只是好奇您與伸一之間是否發生過什麼事情。」

應該是父子之間常見的吵架，我心想。澤村教授以指頭描繪起鼻梁。

「並沒有發生什麼特別的事情。唉，我只能說小孩子實在很令人頭疼。那孩子根本不願意和我同桌用餐。雖然說出去會笑掉別人大牙，但畢竟我是老來得子，所以我太太老怪說是我太寵孩子了。」

他笑著說，眼裡卻毫無笑意。

4

「晚餐還順利嗎？」

我回到宅邸，收拾著從這裡帶去的鍋碗瓢盆。我把餐具放進洗碗機裡後，動手刷起鍋子。千和倚著窗邊的工作檯。她沒有紮起頭髮，看來沒有幫忙的打算。

「很順利啊，只不過……」

我蓋上洗碗機後，輕輕嘆氣。

「怎麼了？發生什麼事？」

於是，我將今天遇到伸一的事情一五一十地告訴她。千和手指抵在嘴邊聽我描述。

「的確讓人有點在意。」

「就是說啊！我覺得如果是妳的話，搞不好知道些什麼也不一定。」

「為什麼我會知道？」

「因為妳跟伸一年齡相仿啊。」

我打開洗碗機的蓋子，看向千和。四周充滿水蒸氣。

「什麼叫做年齡相仿？你是想說因為我們都是小孩子？哼，說什麼對等、互相，結果你心裡卻是這麼想的。」

她的雙眼瞪得渾圓，看起來有些惱怒。

「我並沒有這個意思。」

「哼！既然如此，剛好趁這個機會，我想問清楚你到底把我當成什麼？」

千和用有些挑釁的態度質問我。當成什麼？如果多嘴說出不必要的話，誤踩地雷惹她不愉快，只會把事情搞得更加棘手，但又不能隨便打哈哈糊弄過去。

「朋友……吧……」

考慮過後好不容易擠出來的句子相當簡短。我一邊這麼說，腦海裡一邊閃過貴崎曾經拜託我與千和做朋友的那句話。

「朋・友・吧？」她一個字一個字地重複。「你是什麼意思？」

「就是字面上的意思。雖然年齡差距很大，生活環境也完全不同，但我總覺得我們兩個之間似乎有些共通點，也可以互相聊很多方面的事情。所以，我把妳當成朋友。」

「朋友不是指平常會玩在一起的人嗎？」

「才沒有這種事。一個人也能夠自得其樂，更何況這個世界上有很多能夠用錢買到的樂趣。其實人們是在難過的時候最需要朋友。心情難過的時候，再怎麼有錢也無濟於事。總有一天妳一定也會面臨到這種情形。到時候如果妳願意的話，可以找我訴苦。雖然我沒辦法提供任何實質上的幫助，但至少可以聽妳吐苦水。光是這樣子，就能夠讓原本沉重的心情輕鬆許多喔。」

「哼～」千和無法理解地微微偏著頭，然後像是要描繪耳朵的輪廓，將頭髮勾在耳後。

「是這樣嗎？」

「就是這樣。所以，我很感謝妳喔。能夠有個稱得上朋友的人，是一件很美好的事情。」

我一邊說一邊用布擦拭餐具。

「那就姑且算是吧。」雖然千和一副不太認同的樣子，但總算願意放過我了。她接著說。

「不過，只有這些線索實在很難弄清楚那孩子的想法」。

我將擦好的餐具收進櫥櫃裡，關掉洗碗機的電源，把水排乾淨並打掃廚房。今天的工作到此告一段落。

「對了。」我想起澤村教授送的那本書。「有人送我書喔。」

「書？」

「是啊，最新發行的喔。」

我用毛巾擦乾手後，把事先放在廚房一角的牛皮紙袋交給她。她喜歡看書，想必會有興趣吧。

「這本書好像是在寫羅特列克的事蹟。聽說會舉辦展覽，這本書就是配合辦展的時機出版的。那位教授似乎還特地遠赴法國，請人重現畫家羅特列克留下來的所有食譜，並且一一親自品嘗過喔。」

即使說到這個地步，千和也只是盯著書本封面一動也不動。她似乎在想什麼事情。通常碰上這種情況，最明智的做法就是別打擾她。

最後，她終於動手翻書。

「那孩子飼養的是什麼動物？」

「動物？像是鳥啊，還有狗之類的，不是什麼稀奇的動物。」

千和似乎對我的回答感到很失望，只見她垂下肩膀。

「沒辦法，只能再去一趟了。」

「再去哪裡一趟？」

「還用問嗎？當然是澤村教授家啊。」

5

翌日，我把車停在老地方——松樹林旁邊的空地。

不知不覺間，蟬叫聲已經在柏油路上四處迴盪。時鐘的指針剛指向超過十一點之處。

我靠向駕駛座的椅背，心不在焉地眺望起大海。

就在這個時候，有人敲了敲副駕駛座的車窗。轉頭望過去，便看到千和。我從駕駛座伸長手，拉開副駕駛座的車門。

「讓你久等了。」

待千和將身子滑進副駕駛座，繫好安全帶後，我立刻發動車子。

車子剛上路不久，我就感覺到她的樣子跟平常有些不同。表情相當僵硬，幾乎不發一語。就算主動搭話，她也只會簡短地回應「嗯」或「是嗎」而已。除此之外，她完全不會主動說話。沉默的氣氛顯得相當凝重。

「我昨晚就這麼覺得了。」我說。「如果妳昨天願意跟我一起去的話，根本不需要再跑這一趟。」

「嗯……是啊。」

即使我找她說話，她也依舊沉默不語。只是把手肘靠在車窗邊，心不在焉地望著車窗外流逝而過的景色。從勾住頭髮的耳朵一路向下延伸至後頸，形成一道相當美麗的線條。

車子在十字路口碰上紅燈停下。我放棄找她說話的念頭，轉而打開廣播電臺。正好在播最近常聽的歌曲，我用幾乎聽不到的音量輕哼。最後，車子終於抵達澤村教授家。我停好車，熄火。當音樂聲停止，蟬叫聲立刻傳來。

她打開車門，大大地吐出一口氣。

「我從小就不喜歡搭車。昨天會說要留在家裡，也是這個原因。我一坐上車就會頭痛欲裂，渾身不舒服。」

「原來如此。」

「不過，我今天一點事都沒有。」

她自言自語地說。我拔下車鑰匙後說：「代表妳長大了。這個道理就跟有些人在長大之後，不知不覺間就敢吃小時候不敢吃的食物一樣。」

「是啊。我們快進去吧。」

一踏出車外，才發現四周被籠罩在夏季明亮光線，所製造出來的陰影之下。這個世界實在熱到不適合深究藏在她這句話背後的意義。在我按下門旁的門鈴前，就被迎面而來的眼熟男子叫住了。是擔任助手的涉谷。

「咦？您忘了什麼嗎？」

「不是的。」

我搖頭。接著，涉谷察覺到站在我身旁的千和。

「啊，大小姐您好。好久不見，別來無恙。」

「午安。澤村教授平常也很照顧我，沒有來向他問候一下實在過意不去。教授在家嗎？」

「非常抱歉，澤村教授今天有課一大早就出門了。真是不好意思，兩位還特地前來。」

「是這樣子的啊。我只是剛好來附近順路過來一趟而已，請別放在心上。對了，伸一最近還好嗎？」

「他很好。」

「以前看到他的時候還這麼小，不曉得是否能見他一面？」

「當然可以，我現在就去叫他。」

涉谷打開門後，迅速走了進去。

「教授不在家啊。我還以為妳會事先聯絡他。」

「你錯了，正好相反。就是因為他不在家，我才來的。這種時候見到面只會把事情搞複雜而已。我原本還打算他在家的話，派你一個人來就行了。」

原來如此，我明瞭地點了點頭。我們跟隨涉谷的腳步穿過門來到庭院後，暑氣頓時散去不少。有風吹來的時候，反而能感覺到一絲涼意。

千和一頭探向鳥屋內。

「怎麼了嗎？」

她搖頭。在柵欄內側，不曉得是鸚鵡還鸚哥的鮮豔鳥類，面無表情地望向一左一右的方向。看來牠們完全沒有任何關係。

玄關的門打開之後，伸一探出頭來。涉谷站在他身後。

「外面很熱，請先進屋子裡吧。」

涉谷對千和這麼說，完全無視於我的存在。沒有穿廚師服的廚師，等同於不存在。穿過壁面掛有巨大畫作的正門玄關後，我們在他的帶領下來到的客廳矮桌上，已經擺好冰涼的飲料。看來是涉谷匆匆忙忙地準備的吧。

「我們不會打擾太久……對了。」千和這麼說完，便用一副和藹可親的語氣詢問伸一：

「伸一，你養了很多很多動物吧？你願意介紹牠們給我認識嗎？」

伸一害羞地笑著點頭，並帶領我們前往專門用來飼養動物的房間。房間的一邊擺了許多大小不一的籠子，有爬蟲類，也有青蛙的水槽。

其中最吸引我的是小動物的籠子。從長毛到短毛、從灰毛細瘦的到圓滾滾體型的，各種黃金鼠應有盡有。有的蜷曲成一團，有的在滾輪上跑個不停，也有的將前肢靠在柵欄上。

「這是黃金鼠嗎？」

「你現在看的是開羅刺鼠。從牠數過去旁邊第二隻是加卡利亞倉鼠。」千和如此說明。但是，其實我根本搞不清楚刺鼠和倉鼠有何不同。「好厲害喔。全部都是你一個人在照顧嗎？」

千和對伸一這麼說。他一臉開心地點頭。千和則是把每個籠子都看過一遍。

當我下意識地要碰觸籠子時，遭到伸一出聲制止說：「不好意思，請別碰柵欄」。雖然是第二次聽到他的聲音，卻陌生到彷彿初次聽見。「如果不小心讓牠們逃出籠子的話，就不好了。最糟糕的情況就是，有可能因為繁殖過剩而破壞生態。」

「原來如此。」

我明白地點頭。他說得有道理，一個不小心的確有可能會變成鼠算式增長（註8）。根據伸一說話的語氣與內容，不難看出他是個天資聰穎的小孩子。他會刻意躲避父親，想必有其正當的理由。

8　出處為吉田光由著作的《塵劫記》。急速飆升的演算結果即稱為「鼠算式增長」。

「你有幫牠們取名字嗎？」我問。

「名字？」他似乎對這個問題相當意外，一臉納悶地微微歪著頭。「沒有，我沒有幫牠們取名字。」

「很奇怪嗎？」

「喔～是喔。」

「不是的。只是你看起來相當愛護牠們。」我說。「所以，我才會下意識地認定你會幫牠們取名字。不過，話說回來，你一個人照顧這麼多動物實在很了不起。你爸爸也有誇獎你喔。說你很擅長養動物。」

伸一輕笑。那是一副彷彿嗤之以鼻的老成表情。

「這種事情任何人都辦得到。爸爸他根本什麼都不知道。」

「是這樣的嗎？」

他點頭。千和瞥了一眼手錶說：「我們也差不多該離開了。謝謝你的招待。」

千和向伸一輕輕點頭致意。他的臉上頓時浮現出一抹小孩特有的天真笑容，並帶有些許的害羞。於是我們離開澤村教授家，回到車上。

「這樣就可以了嗎？」

車裡變得悶熱無比，我打開車窗讓空氣流通。上午還那麼晴朗的天空搖身一變，如今已被厚重的雲層覆蓋。看來又要下雷陣雨了吧。

「嗯，幸好有跑這一趟。雖然還不是很清楚，但是我隱隱約約明白了。」

「隱隱約約明白了？妳是指伸一刻意躲避他父親的理由嗎？」

她點了點頭，接著將手指抵在嘴邊。

「簡單說起來，應該純屬誤會一場。」

「妳別光顧著自言自語，可以跟我說明一下嗎？」

「當然，我們找個地方慢慢聊吧。」

我們走進靠海的餐廳，決定在這裡享用遲來的午餐。我點了瑪格麗特披薩與沙拉。因為我口渴得要死，所以也點了可樂來解解渴。看到我點可樂來喝，千和露出一副大感意外的表情。雖然是第一次來這間餐廳，不過這裡有正統的石窯，滿屋子充斥著柴香，令我不禁期待起餐點。

「旁人看到我們這對組合應該會覺得很奇怪吧。」

我忍不住心想，不知道在外人的眼裡我們兩個是什麼關係。

「應該不會覺得奇怪。」千和看也不看向我，逕自說出想法。「我之前也說過，你看起來滿年輕的，而且還長得一副人畜無害的模樣。」

店員端來可樂。千和看著那杯可樂，眉頭緊鎖。

「喝那種東西骨頭會溶解喔。」

「妳還真是瞭解這方面的事情。妳的實際年齡到底是幾歲？我上次被人這麼說，可是念小學時的事情了。妳不喝嗎？」

她搖了搖頭。「我不太喜歡喝碳酸飲料。」

店員來到桌邊，將沙拉擺在桌上。天空看起來怪怪的，等到我察覺時，窗戶已經被一顆顆的雨滴給淋溼。才剛下起雨不久，雨勢就在瞬間增強，外面的景色也隨之一變。

「你為什麼會這麼在意那個孩子？」

經千和這麼一問，我也不禁困惑起來。

「是啊……又沒有人拜託我這麼做……」我放慢速度說。「但是……該怎麼說呢？總不能叫我置之不理吧？小時候吃的東西可是會影響他一輩子耶。至少我就是活生生的例子。」

她望著我。我思索一會兒後，才點頭說出。

「以前和母親一起品嘗過的那碗湯，對我而言是非常重要的回憶。即使時至今日，我還是想再品嘗一次那個味道。」

「只不過是一碗湯而已。你自己煮不就得了嗎？這點小事應該難不倒你吧？」

我搖了搖頭。「雖然我記得自己喝過那碗湯，卻完全想不起味道。那一天，外頭並不像今天這樣下著雨，是相當晴朗的好天氣……」

我將這段在腦海裡重播過無數次的湯的回憶告訴了她。為什麼會把至今為止不曾告訴過任何人的往事告訴她，連我自己也不明白。

我浮現一絲苦笑，藉以掩飾心中的難為情。

「我到底在胡說什麼啊……這麼難為情的事情，我明明從來沒有告訴過別人。」

千和聽了立刻搖頭。

「我不覺得有什麼好難為情的。正如同你所說，對於食物的回憶確實很重要。」

說完，她輕輕地點了一下頭。直到此時此刻我終於恍然大悟，為什麼自己會對她產生莫名的親切感。她從小就失去雙親。被遺棄在失去某人的世界裡，只有親身經歷過的人才能夠體會這種心情。這麼說來，我們兩個算是同類。

「不過，我有一點點高興。」

「高興什麼？」

「你願意告訴我關於湯的回憶。」

她用不甚清楚的音量小聲地說。

服務生送來披薩，我們兩個就這樣分著吃了起來。總覺得分享食物的同時，我們似乎也更瞭解彼此。用石窯烤出來的披薩味道果然很不錯。一旦填飽了餓扁的肚子，心情也變得冷靜許多。

當我們喝起餐後的咖啡時，遠處突然掠過一道閃光。轟隆的雷聲晚了幾步才傳來。千和的表情瞬間變得陰鬱起來。

「對了，妳會害怕打雷吧。」

千和點頭。如果是平常的話，她一定會極力否認，但是今天的她格外地率直。

「十多年前，我父母過世的那一天也是下著傾盆大雨。雷聲響個不停，黑夜裡的閃光不斷。我還依稀記得漆黑的房間被閃光照亮的情景。」

聽著規律的雨聲，原本鎖在心裡的疑問也緩緩滲透出來。我不加思索地開口，詢問她雙親過世的理由。

「雖然這個問題妳可能會覺得難以啟齒，但我還是想知道妳雙親是如何過世的？」

她沉默了一會兒。

「要我告訴你也沒有關係，不過這段往事不怎麼愉快就是了。」

「我根本不在意這種事。」

思索著措辭的沉默持續了好一會兒。最後，她簡潔明瞭地說是「交通意外」，並接著補充「不過，我是從外婆那裡聽說的。當時我還小，所以沒有太多印象。」

千和喝了一口水。水滴附著在杯子周圍，聚集起來的水滴在餐桌上描繪出一個圓。

「這件事可以等回到車上再說嗎？」

「當然。」我這麼說並點頭。

6

我在海邊找了個適合的地方停妥車子後熄火。規律地敲打著前車窗的雨聲，聽起來相當舒服。附近一帶沒有其他人，只有不停灑落大海的雨。被包圍在如此景色中，不禁產生這個世界只剩下我們倆的錯覺。

「該怎麼說呢？也許這就叫做命運吧。因為司機已經下班了，所以我父親才會親自開車。外婆說車禍現場視線極佳，沒有任何視線的死角。只不過，肇事的卡車司機在發生事故前，已經有整整二十個小時沒有闔上眼。然後，意外就發生了。」

坐在副駕駛座的她，眼神直視著前方說：

「我聽說父親的車是遭到卡車從側面撞上的。我母親剛好也在車上。她似乎是怕父親會累，回程可以換人駕駛，所以才會一起去。從結果而言，就是我同時失去了他們兩人。」

閃光躍入我的視野中，接著從遠處傳來一道彷彿連地面也為之撼動的轟隆巨聲。千和的語氣相當平靜，連一公克的悲傷也沒有。我非常能夠理解她的心情。因為我也一樣。

母親從我的世界消失時，也是突然到令我措手不及。也許我心裡覺得悲傷，但我選擇不去多想。悲傷就這樣從我的心裡頭消失，然而，直到如今我仍然無法弄清楚，這到底是好事還是壞事。

「發生意外的那一晚，媽媽有來找正在床上睡覺的我喔。媽媽來到房間裡，把窗簾拉開了幾公分的縫隙。淡淡的月光微微照亮了我的房間，我想要睜開眼睛，眼皮卻沉重到怎麼樣也睜不開。她的側臉被睫毛的陰影擋到，讓我看不清楚。我一直很後悔當初沒能好好看她。如今，我只記得他們變得冷冰冰又僵硬、血跡斑斑的手而已。我實在沒勇氣看他們的臉。」

我聆聽著她訴說回憶的同時，心中不禁浮現一個疑問。我瞥了一眼副駕駛座的方向。

「他們為什麼會在晚上出門？」

窗外的雨勢似乎有比之前更大的趨勢。她輕輕地微笑。

「我外婆似乎不是很滿意我父母的婚姻，她認為我母親應該找個門當戶對的對象結婚，但我母親卻不顧外婆的反對，執意嫁給父親結婚。」

「妳父親是個怎樣的人?」

「在我的記憶中,他身材很瘦小,算是不太起眼吧。畢竟外婆是用自己的一生在守護這個家,所以才會覺得那種人不可靠吧。」

我曾經聽貴崎說,夫人在老公過世之後就獨自一人撐起這個家。然而,我卻完全無法想像被人們說成「個性蠻橫」的她,到底會是何種模樣。

「後來似乎因為我的出生,讓原本僵持的關係稍微緩和下來,而我母親也偶爾會回來這個宅邸。然後,就這樣迎接了那一天的到來。」

千和用手撐住下巴靠在車窗邊,眺望著窗外的景色。

「難得生病的外婆得了重感冒,因此臥病在床好幾天。雖然只喝得下水,不過在我母親的照顧下,身體也好了許多。不過,人在身體那麼虛弱的時候,如果不吃些東西根本無法痊癒。所以我母親似乎認為,雖然時間不早了,但如果是湯的話,外婆應該喝得下去。於是,就拜託平日素有交情的餐廳煮湯,再由我母親去拿。」

「湯?」

「接下來的事情就如同我剛才所說。也許我父親是為了得到外婆的認同才去的吧。想不到卻在去餐廳拿湯的途中,遭遇事故身亡。外婆就是從那個時候開始,除了湯以外的食物一概不碰。」

我嘆了一口氣。看來夫人認為自己與那起事故脫不了關係。所以,她就在強烈的罪惡感之下,整個人性情大變。以往的強勢消失得無影無蹤,只喝得下湯類料理。我也忍不住認為，她直到如今仍然只肯碰湯，簡直就像是在懲罰自己。

「我不知道未來會發生什麼事，就連你我也有可能在明天迎接死亡的來臨。所以，為了小小的誤解而浪費寶貴的時間，你不覺得是一件相當遺憾的事情嗎？」

夫人只願意喝湯，而千和則害怕起坐車與打雷。想必從那一天起，落在她們兩人心中的雨未曾停歇吧。我實在不知道該說什麼，只能任由沉默充斥車內。然而，閉上嘴巴之後，不可思議的是，我聞到不知道從哪裡飄來的水味。

「夫人該不會也是在尋找她心目中的那碗湯吧。」

千和點了點頭說：「我也是這麼想」。

夫人並不知道，那一晚她原本有機會喝到的是哪一道湯品。

千和望著我。平常我幾乎沒有被人這樣凝視的經驗，但她卻直視著我的雙眼。即使沒說任何話語，人的眼睛卻已說明了一切，將自己的心赤裸裸地呈現在對方面前。

「我一直很好奇，妳為什麼會突然想學做料理。我現在似乎明白理由了。」

這座宅邸裡的人們都在尋覓記憶中的那碗湯。也許我會在這裡工作不是出於偶然。當初被詢問是否願意在這裡工作時，其實我也能夠選擇拒絕，最後卻仍舊選擇在這裡工作。或者是說，無論是偶然或命運註定等的一切，只不過都是過眼雲煙。其實所有的一切都是透過不斷選擇而得到的結果。無論是與前女友分手，或是來到這裡工作，所有的一切都是我自己選擇的。

「我外婆一直懷抱著罪惡感活到現在。她會這麼保護我，恐怕也是因為那起事故的關係吧。外婆以前曾經對我說過這麼一句話。她說『妳的父母親形同被我殺死的，所以妳可以儘管怨恨我，沒關係』。我實在無法理解她怎麼會有這種想法。」
「妳不恨夫人嗎？」
「當然不恨啊。比起怨恨她，我更希望幫助她得到救贖。封閉自己的內心，一直活在罪惡感構築起來的世界裡，不是一件相當令人難過的事情嗎？我也調查過外婆原本會在那一晚喝到的湯，因此我才會閱讀各式各樣的料理書籍。但是，光靠書是不夠的。」
「所以妳才會心想，如果跟我學習如何製作料理的話，或許能夠知道些什麼？」
她點頭承認。她的動作看起來有些虛弱。
「……不過，這不是唯一的理由就是了。」
千和以指尖在起霧的車窗玻璃上描繪著圖形。
「還有什麼理由？」
「現在還不能說。我不想說。」她避而不答。「我跟外婆的事情並不重要吧。眼前最重要的事情，應該是伸一的問題吧？我認為他躲避父親的理由與羅特列克有關。」
「妳是說叫做羅特列克的那位畫家？」
「沒錯。」她說。「但是，我剛才也說過了，純粹是誤會一場。」
「等一下。」我出聲制止她繼續說下去。「可以先請妳簡短地介紹一下羅特列克這位畫家的事蹟嗎？」
千和笑了。臉上帶著笑容的她果然很美。

「手邊有資料會比較方便說明，這件事可以等我們回書房再繼續嗎？」

「當然沒問題。」

我扭動車子鑰匙，發動引擎。這個世界頓時又充斥著聲音。

7

伸一來到宅邸是三天之後的事情了。我拜託貴崎做了一些安排，邀請他來這裡一趟。時針正指向三點過後不久之處。

我與貴崎在玄關迎接。伸一帶著裝有點心的禮品盒上門。或許是伸一的雙親要他帶中元節的禮盒過來的吧。

「您好，打擾了。」

伸一低下頭一鞠躬。他的態度相當沉穩，有著線條如女孩子般柔和的嘴角，以及如剝掉蛋殼的水煮蛋般白皙的肌膚。他的眼睛酷似父親似乎有點神經質，但配上對小孩子而言稍長的頭髮，則緩和了那一絲的神經質。

我輕輕地點頭致意，並拿起放在玄關的兔籠。

他的視線在一瞬間投向兔籠後，便把禮品盒遞給貴崎。

「這是爸爸交代我的。」

「謝謝，那我就先收下了。」

貴崎畢恭畢敬地收下那盒點心。

「進來喝杯冷飲再走吧。」
「好，那我就……不客氣了。」
雖然他似乎有些緊張，但仍然相當穩重。這孩子果然很聰明。我就這樣拿著兔籠，等他脫好鞋子。
「這兔子好可愛喔。」
他一邊探向我手上的籠子一邊說。
「可愛？」我回答。「在我看來只覺得似乎很美味。」
伸一的眼神頓時一暗，然後露出一副「你這句話是什麼意思？」的表情。我只是瞥了他一眼，就逕自回到廚房去了。
千和則像是與我交接般來到玄關。
「歡迎歡迎，快進來吧。」
千和擺出一副溫柔大姊姊的和藹態度，招呼伸一入內。不同於平常的千和，感覺還真是新鮮。
我在廚房等著伸一的到來。等了好一會兒，他終於現身了。
「你有什麼話想要告訴我嗎？」
只見他一臉不安地這麼說完後，瞄了我一眼。接著，將整個廚房由裡到外全部掃視一遍。爐上的鍋子正在煮燉肉料理，肉塊浸泡在加了紅酒的褐色液體裡，等著變得軟嫩無比。他帶著一副不敢置信的表情探向鍋中。

「我在準備製作『燉煮天竺鼠』。」

當我這麼一說，伸一的臉色立刻變得蒼白無比，並一臉恐懼地看著我。

「我開玩笑的。」

即使我這麼補充，他的表情仍然相當僵硬。

「正在鍋子裡燉煮的是曼加利察豬的肩胛肉。」我說出實情。「不過，你竟然會知道『燉煮天竺鼠』這道料理，看來你是在爸爸的新書裡讀到的吧。」

他點了點頭。

我是在三天前的晚上，聽千和講解羅特列克的生平事蹟。

書庫依舊擺滿各式各樣的書籍，光看到這要情景就令人感到眼花撩亂，彷彿有一種遭到書本監視的感覺。大開本的料理書籍堆疊到天花板的高度，其他書櫃也被似乎是歷史類的專門書籍給塞滿。我呆呆地眺望著這副景象。

「有看到感興趣的書嗎？」

她一邊這麼說一邊將數本文庫本放回木櫃。

「我只是在讚嘆這裡的藏書量還是一樣驚人而已。」

人們為了向後世傳述歷史，所寫的字數差不多就是這些數量了吧？我真心這麼認為。

「對了。雖然是題外話，不過我有件事想要問你。你覺得讀太多書的女生會令人感到退避三舍嗎？」

「這是什麼奇怪的問題啊？」

「也沒有什麼大不了的，我只是覺得閱讀是個孤獨的活動，而且……好像會給人有點陰沉的印象……」

我不解地偏著頭說：「這種事是見人見智。所謂的嗜好，本來就會根據每個人而有所不同。我不覺得哪裡陰沉，只會感到欽佩而已。而且，我認為知道如何獨處，與知道如何和別人融洽相處同樣重要。雖然我本身比起閱讀，更喜歡聽音樂就是了。」

「哼嗯～」

她浮現一抹複雜的神色後，便開始在書桌的抽屜翻找起來。然後，她拿出一張明信片給我看。

那是印有羅特列克畫作的明信片。長方形的畫像裡，一名身穿黑色衣服的女性坐在椅子上，後面則是蓄有鬍子的紳士。右上寫有 Divan Japonais 的字樣。

「Japonais？」

「這是咖啡廳的宣傳海報。畫面前方的女性是舞者，位於後方的男子是評論家。由於巴黎當時正好掀起一股日本旋風，聽說那間店也是走日本風格的裝潢，相當受到時下人們的歡迎喔。這幅畫雖是石版畫，但採取平面式的表現手法。你不覺得整體看起來很有浮世繪的感覺嗎？羅特列克也喜歡浮世繪。其實莫內也採用了不少日本繪畫的技巧，但程度不如羅特列克。」

她打開窗戶。夜風滑進屋內，有一股夏季的氣息。

「羅特列克出身名門世家，一輩子不愁吃穿用度。然而，他卻選擇成為畫家，畫起中下階層人們在社會底層生活的種種。他就是從那個時期開始，培養出為了朋友大展廚藝的興趣。直到一九〇一年以三十七歲的英年早逝為止，他似乎一直很受周遭朋友們的喜愛。」

「是喔。」

「於是在他死後，他的朋友於一九〇三年篩選出受歡迎的食譜，出版了一本名為《默默先生的烹飪藝術》（La Cuisine de Monsieur Momo）的著作。這位默默先生就是羅特列克，在日本則是以《美食三昧》的書名出版。」

千和遞給我兩本書。一本是沉重的大開本書籍，讀起來似乎會相當發人省思。封面當然是採用羅特列克的畫作。

「羅特列克也喜歡打獵，在其中一篇名為『關於野禽與野獸的肉類料理』的章節中，介紹了不少野味食譜。問題就出在這裡。」

「問題？」

「你應該有看到一道名為『燉煮天竺鼠』的料理吧？」

在她的催促下翻頁後，確實發現上頭記載著這道料理的食譜。原文寫作 CIVET DE MARMOTTES。我覺得似乎有些眼熟，便翻開澤村教授送給我的書，其中也有記載「燉煮天竺鼠」這一道料理。

我的腦海中頓時浮現在飼養室看到的小動物們。

「其實作家開高健的隨筆中，也有提及燉煮天竺鼠這道菜。」千和拿起一本文庫本。那是新潮文庫系列的著作，書名叫做《開口閉口》。「這本書裡有一篇叫做『天竺鼠老饕與老鼠老饕』。其中引用了羅特列克書中所述『將天竺鼠剁成數塊，作法同燉兔肉』的描述，開高則是寫『因為書上寫作法同燉兔肉，想必應該會放各式香料、香草，或許也會加些許葡萄酒，再花上時間慢慢燉煮吧』。他似乎調查過世界上是否食用老鼠的習慣。」

「老鼠應該沒辦法食用吧。」

「也許事實並不像你想的這樣喔。其中最著名的例子就是在古羅馬時期被用來食用的睡鼠。睡鼠的英文是Dormouse。在《愛麗絲夢遊仙境》的故事中也有出現過睡鼠這個角色。另外也有文獻記載，以前的人們會在烤過的睡鼠表面塗上一層蜂蜜，再灑一些罌粟籽的料理。這道料理被當成類似現在的熱狗堡的輕食享用。只不過，在這之後因為諸多理由而遭到禁止。」

我實在不敢想像，把老鼠當成熱狗堡之類的輕食享用的畫面。想必千和也跟我有相同的想法吧。

「總而言之，讀到這段敘述的人都會誤以為羅特列克吃過天竺鼠。但這只是誤會一場。」

「誤會？」

千和態度堅定地點頭。

「因為你父親吃的燉肉所使用的食材，是跟你飼養的天竺鼠一樣的小動物，所以你才會這麼瞧不起他吧。」

伸一的眼神游移不定，最後還是點了點頭。

「不過，你錯了。事實並非如此。」我說。「你誤會他了。你父親並沒有吃天竺鼠。」

「你這句話是什麼意思？我爸爸明明在書上寫，他請人重現所有的食譜，並且親自試吃每一道料理。其中一道料理就是燉煮天竺鼠。」

我把千和借給我的資料並排在工作檯上。「這些書確實是這麼寫的，但是他們搞錯了。羅特列克吃的並不是天竺鼠，而是一種名為土撥鼠、比松鼠大上許多的哺乳類動物。」

我攤開雙手比出大小。

根據千和所說，似乎也有名為《土撥鼠》（Marmotte）的歌曲。那首歌曲是由歌德所作的詩配上貝多芬的曲寫成，日文歌名則為《吟遊詩人》。為什麼會是吟遊詩人呢？似乎是因為出身於法國薩瓦省的吟遊詩人會利用土撥鼠表演，並把土撥鼠放在箱子裡一起行遍天下。這就是這首歌曲的由來。

土撥鼠在法國似乎不算稀奇，就連小說《悲慘世界》中也有描寫到薩瓦省地區出身的吟遊詩人背著裝有土撥鼠的箱子的情節。然而，日本早期卻翻譯成《天竺鼠》。

「畢竟你父親是美術方面的專家，而非料理專家，會產生誤解也是情有可原。更何況，幾乎沒有人會注意到這一點。」

看來似乎是翻譯這本書時，日本人還不知道土撥鼠這種動物的存在。因此，套句千和的話，會誤譯、誤解也是無可奈何的事情。

「真的是這樣子的嗎？」

伸一喃喃自語地說。我關掉瓦斯，蓋好鍋蓋後，將鍋子送入烤箱。

「以上就是我想告訴你的事情。不過，在向你講解的同時，我也忍不住懷疑——天竺鼠與土撥鼠兩者到底有何不同呢？」

廚房裡充斥著一種奇妙的沉默。我開口打破了這片沉默。千和只拜託我解開他與父親之間的誤會，所以接下來的行動純粹是我自作主張。

「我們也會吃雞，還有牛之類的動物。這些生命的價值都是相等的。」

我清咳了一聲，接著說。

「長大成人就是不斷地累積罪孽。我們不奪取其他生物的性命就無法存活下來，這一點就連素食主義的人也無法倖免。而贖罪的方法並不只是接受懲罰而已。我們唯一能夠替已逝的事物做到的事情，就是好好地活下去——不過，我這麼說聽起來很像寫在教科書裡的說辭就是了。」

我試著用笑容打馬虎眼。說這種嚴肅的話題果然很難。

「你曾經問我為什麼要做這種工作吧？」

伸一點頭。

「我會成為廚師的契機在於一碗湯。我小時候跟母親一起去餐廳用餐，那也是我最後一次與她用餐。我從那一天起就不曾見過她。我完全不知道她在哪裡、在做什麼。當時我們喝的就是一碗湯。直到如今我仍然無法忘懷那個味道。我覺得成為廚師的話，或許總有一天還能夠再相遇也不一定。所以，我會接觸料理方面的工作，純粹是由於當時這個念頭。」

說到這裡，我再度清咳了一聲。越來越搞不清楚自己到底在說什麼。

「總而言之，誰都無法預測未來會如何發展。我只能告訴你，人們擁有的時間其實意外地短暫。所以，我並不希望看到你因為毫無意義的誤會與父親起衝突。」

他直視著我的雙眼。也許是訝異於我為何會說出這一番話吧。其實就連我自己也不清楚，我只是覺得必須告訴他而已。

「我表達得不是很好。」

實在太過難為情了，於是我歪著頭傻笑。

「我大概明白你的意思。」

不知道為什麼，我從他的話語中截取到一絲類似憐憫的情緒。

「不過，我根本沒有資格用那種彷彿教科書的說辭對你說教。不久前平常往來的業者，送了食用的穴兔過來。要我處理後拿去吃。我原本也打算要這麼做，結果卻被你剛才也打過照面的那個叫做千和的女孩子大罵一頓。她說兔子這麼可愛，我怎麼狠得下心吃掉牠。」

我稍微停頓一會兒，思索著接下來要說的話。

「被當成寵物與食用動物養大的家畜有明確的區分。我覺得不管是把鯨魚或袋鼠當成食用肉類都好，人們應該尊重這些人的飲食文化。所以，我不認為吃兔子有什麼不對。但是，經她這麼一說，現在也沒辦法處理掉那隻兔子了。我也不知道該怎麼做才正確，我只知道我不想做出會惹她反感的事情。我相信你父親也是這麼想的。因為你是他最關心的人。」

聽到我這麼說，伸一曖昧地點了點頭。

由於千和帶著兔子來到廚房的關係，我們之間的對話也到此為止。她帶伸一前往夫人在的客廳。

不久後，從玄關傳來伸一道別的聲音，我便偷偷地過去觀察情形。一走近便看到他抱著籠子，裡面裝著那隻兔子。

「謝謝您，我一直很想要養兔子。」

「真是太好了。能夠被好心的主人收養。」

夫人這麼說。我到這個時候才恍然大悟，伸一來宅邸的理由。他是來這裡領養兔子的。

「我會好好照顧牠的。那麼，我先回家了。」

伸一低下頭一鞠躬。我目送他離去後才回到廚房。

夜晚的腳步逐漸接近。夏季午後的陽光變淡，四周在斜陽的照射下顯得光芒萬丈。我與千和一起準備晚餐。今晚的湯品是用豬肉煮成的匈牙利湯。由於是使用少油脂的部位慢燉，肉質軟嫩容易入口，即使是夫人也能夠輕鬆享用。

「我有件事情想跟你確認。」

「什麼事？」

她將雙手交握在身後，並大大地轉過身去。

「妳聽到我們對話了吧？」

「有嗎～」

「妳果然聽到了。」

「你是怎麼知道的？」

「看表情就知道了。妳很不擅長說謊。」

千和露出一副不解的神情，笑著說「或許吧」。接著又說：「不過，你因為說出正經八百的話，感到相當難為情吧？人偶爾也得做些不擅長的事情。不是有誰曾經說過，每天做兩件不擅長的事情有益心靈嗎？」

我在匈牙利湯裡加入紅椒粉，調好味道。從細心燉煮的豬肉中滲出來的鮮味，緩緩地變濃郁並擴散開來。其實，最適合燉煮成深褐色的燉物料理的時間，是夜晚而非白天。當我回過神來時，才察覺窗外的天色正迅速地變暗。不只太陽西沉，還有被喚為夜的生物正一步步地包圍四周。

「你有試著找過你母親嗎？」

我曖昧地點頭。「雖然我父親說她已經過世了，可是我並不相信。也因為這樣，我直到如今仍然很想知道，跟我母親一起享用的最後一碗湯的味道。如果嘗到的話，我一定能夠回想起來的。」

「就像普魯斯特一樣？」

我沉思了一會兒後點頭。「妳是說菩提樹花草茶配上瑪德蓮蛋糕的味道吧。放心，這種

程度的知識我還知道。只不過沒讀過那本小說就是了。」（註9）

「對了。你說外婆曾經說你仍有不足之處，對吧？這件事情該不會與你的回憶有關吧？」

「什麼意思？」

「你的心開了一個大洞。」她如此說。「人家不都說料理即代表做料理的人的內心。也就是說，你內心的空洞會表現在料理上。」

我曖昧地點頭。「或許就是這麼一回事吧。」

千和定定地望著我。我下意識地撇開視線，但左臉頰仍然能夠感受到那道視線。頓時令我產生一種內心被人看透的感覺。我張開口想說些什麼，最終還是放棄。因為我實在不知道該如何用言語表達。

貴崎來到廚房告知：「澤村教授剛才來過電話，說很感謝你。他似乎終於與兒子說上話了。」

「那真是太好了。」

「辛苦你了。我已經聽大小姐說了。你似乎發表了一段很棒的感言呢。」

「只是……那樣說明真的好嗎？」

「怎麼說？」

9　出自馬塞爾・普魯斯特所著回憶錄式的自傳體小說《追憶似水年華》。

「我原本打算要發表更乾脆俐落一點的意見。像是生命是平等的，每個生命的重量都是一樣的，諸如此類的言論。雖然這麼說有點陳腔濫調……」

「很難說。」貴崎回答。「在這個世界上，有許多事情就算想破頭也想不出個所以然。沒有人知道正確答案是什麼。重要的是，這個世界上有個願意替自己著想的人。只要你能夠傳達出這一點就足夠了。」

貴崎這麼說完後，微微一笑。他的笑容總是帶著一絲羞赧與陰鬱，也是這一點吸引人。

「其實那個孩子一直很想和父親說話，只是一直找不到契機而已。而你替他製造了契機，你應當為此感到驕傲。」

「真是這樣的嗎？」

「這個世界上的人們都在求救，人們應該更加用心傾聽。這麼一來，人們就能夠聽到那微弱的求救聲，也能夠察覺到說不出口的話語……我認為你具備這方面的天賦。」

我搖頭否認。不過，覺得自己似乎獲得了他的肯定，說不高興是騙人的。

我將料理盛入熱好的湯盤中。看到料理的貴崎則是喃喃地說了一句「今天是匈牙利湯啊」。接著又說：「這是一道很美味的湯品，只不過……」

「只不過什麼？」

「聽說羅特列克西裝胸前的口袋裡，總會裝著小型的磨泥器與肉豆蔻喔。」

貴崎丟下這句話，便逕自端走料理。這句話到底是什麼意思？我一邊思考他話語中的意義，一邊從廚房後門來到外面，接著做了一個深呼吸。

晚了一點才來到的千和詢問我。「你怎麼了?」

「休息。深呼吸可是很重要的。」

她露出納悶的表情。

幾乎看不到任何車輛沿著海岸線奔馳、交錯。夜晚的大海被又暗又深的黑闇給吞沒,就連前方也看不清楚。轉過頭去便可隱約看到山林深幽的輪廓,浮現在無風的空氣中。

「我有個疑問。」

「什麼疑問?」

「羅特列克為什麼會在西裝胸前的口袋放肉豆蔻?」

「他在社交圈是眾所皆知的時髦人士,而肉豆蔻是用來襯托波特酒或雞尾酒香氣的。喏,你也知道辛香料的香氣是會揮發的吧?所以,辛香料最佳的使用時機,是在喝酒或享用料理的瞬間。」

「原來如此。」

我點頭表示明白了。原來,貴崎是在說今天的匈牙利湯太早加辛香料,導致香氣變弱。我的注意力被今天與伸一的對話分散了,才導致這方面的疏忽。話說回來,即便是如此,他也太拐彎抹角了吧。

文森不曉得從哪裡跑過來,乖乖地坐在千和面前。天空浮著一輪巨大的明月,月光微微照亮漆黑的夜晚,四周被籠罩在一股不可思議的氛圍下。獨自一人時,只覺得夜晚的漆黑讓人感到不安。然而,有人陪伴在一旁時,卻不會產生任何不安的情緒。不禁讓人相信，存在於黑暗另一端的某種事物的真實性。

「不過，能夠幫助別人真是太好了。」

千和這麼說完之後，彷彿跳舞般踏出優雅的步伐。文森則是緊跟在後。她背對著月光，轉過頭來。這個瞬間如夢似幻般美麗，美到令人忍不住婉惜起流逝而去的時光。

「幫助別人？」

「你之前不是說過嗎？料理這份工作沒有意義，也沒辦法拯救別人。不過，事實上卻不是這樣子的。」

是啊。我一邊點頭一邊心不在焉地思考其他的事情。我也不能一直沉浸在婉惜已逝瞬間的感嘆之中，既然所有的事物都會從掌心流洩而去，總有一天都會消失不見的話，至少我得好好記住眼前的瞬間才行。

「的確如此。」我說。「因為這次的事情得知妳的弱點，的確是好事一件。」

「弱點？」

「想不到原來妳會害怕打雷呀。」

「什麼嘛！」

千和不悅地皺眉，捶了一下我的手臂。

也許是感受到逝去的夏日空氣，只見文森抖抖全身後，搖了搖尾巴。彷彿趕著投胎的夜蟬一邊發出刺耳的鳴叫聲，一邊從我們眼前飛過。

第四話　假海龜湯

1

八月也已經來到尾聲。

走在戶外依然炎熱的不得了，不過位於橫濱的畫廊裡則是涼爽無比。這裡正在舉辦小規模的回顧畫展，展示著不久前過世的畫家作品。千和相當難得地穿上黑色連身裙，銀製手錶將她的手腕襯托得格外纖細。

她在畫廊中走走停停，欣賞著白牆上的畫作。靜謐的畫廊空間被籠罩在一股緊張的氣氛之中。畫廊裡，時間流逝的腳步比外面緩慢許多。

「你能夠從作品中感受到作者的存在嗎？」

千和小聲地詢問我。

我搖搖頭。雖然繪畫對我而言是陌生的領域，但我認識這位已故的畫家。

「看不出來是數十年前的作品。」她像是在說耳語般輕聲說。

「的確。」

我們兩個輕聲細語地交談。光是如此，流洩在我們之間的空氣便顯得親暱許多。

當千和突然開口要我陪同她前往畫廊時，我著實嚇了一大跳。不過，我當然不可能拒絕她的請求，更何況我似乎也不排斥陪伴她一時的心血來潮。

當然這是我生平第一次看故友的作品。排列在畫廊裡的，是那名畫家旅日時所畫的極簡風格素描。作品的氛圍相當符合小而雅緻的畫廊空間。

以鉛筆創作的素描，留有許多塗塗改改的痕跡。想必直到作品抵定為止，畫家在上面花費了相當多的時間精力吧。這些作品很有意思，令我不禁思索起工作上的事情。我自己有花這麼多時間與工夫在工作上嗎？雖然拿對方跟自己做比較有些失禮，但我就是忍不住這麼想。

我將所有作品都看過一遍，在每一幅畫作上都感受到了孤單。不只我這麼想，大多數的人似乎也都這麼認為。

「有人說（我的作品）帶有一股濃濃的悲觀主義……」牆壁上的畫板有他生前寫下的散文。「我並沒有特別留意這一點。然而，也許是因為我冀盼將自己雙眼所見的世界，一直留在自己的身邊；或許是我讓觀賞者產生這種心情。流動於眼前的時光，在我下筆的瞬間即消逝而去。沒有人能夠回到過去。」

那一天，我為他煮了法式家常濃湯。老實說，直到現在我仍然不確認那一天的料理是否做對了。雖然這麼說有點奇怪，但我隱約有一種感覺——彷彿是我提前了他的死期。

在得知老畫家過世的消息時，突然有一股前所未有的感覺襲向我。冰冷的觸感在我的掌心甦醒。之前道別時，我們倆曾經握過手——就是那個時候所感覺到的冰冷觸感。那個感覺有如怎麼洗也洗不掉的豬血的血腥味般，一直殘留在我的掌心。

我的視線從作品移向下方，定定地盯著我的手。

「怎麼了？」

被她這麼一問，我趕緊抬起頭來。

「什麼事都沒有，只是覺得心情有點複雜而已。」

「複雜？」

「嗯，腦海中一直浮現一種奇怪的念頭。如果我那一天沒有煮法式家常濃湯、如果他沒有喝到那碗湯，或許就不會過世了……」

一邊欣賞作品的同時，罪惡感在我的心裡不斷浮現又消失。總覺得我所做的事情，只不過是自我滿足的虛榮心作祟而已。

「我認為這兩件事情根本無法相提並論。」

「這個道理我也明白，只是還是會忍不住去想這些『如果』。」

「『如果』……」她像是在朗讀般念出飄散在空氣中的這個單字。「這種東西到底是為了什麼而存在的呢？真是一個令人摸不著頭緒的神奇字彙。為什麼人們會產生這種念頭？這東西根本就是生來折磨人的嘛。就算你一直想如果怎麼樣，也完全無法改變現在啊。」

我們在畫廊的椅子坐下。

「我實在不怎麼喜歡『如果』這個詞。雖然我也會有某種念頭突然湧上心頭的時候、也會有感到無助失落的時候，但我會盡可能地不說這個詞。」

映在我眼裡的千和似乎認真起來了。雖然我也不清楚原因，或許是我不小心刺激到她了吧。當我察覺時，才發現畫廊裡已經沒有其他客人的蹤影。此時此刻在畫廊裡的，就只剩下我與千和兩個人而已。

「我不知道有幾年沒來看畫展了。」

「你平常不會去美術館之類的地方嗎？」

我搖頭。「因為我過去一直過著與文藝氣質無緣的生活。」

「我認為要接觸畫作之類的藝術品，才能夠替料理賦予生命。」

「我也是一直到最近才逐漸有這種想法。雖然料理不是藝術，卻有相似之處。不過話說回來，不管是哪一種職業都有共通點，都有許多值得學習的地方。」

我會有這種感觸，也都是托千和的福。以前的我從來不會仔細深究工作上的事情。

「不過，也有人說料理就是藝術喔。」

「太深奧的事情我不懂。但是，對我個人而言，料理雖是文化的一種，卻不屬於藝術的範疇。我們這些廚師的每一道料理與藝術家的創作不同，任何時候端上桌的料理都必須達到一定的品質才行。料理並非獨一無二的藝術品。更何況，我個人最討厭自以為是藝術家的主廚了。」

「哼嗯～」千和露出微笑。「的確有這種自以為是的人。」

當我們打算離開而走向出入口時，正好有客人走進來。自動門打開的瞬間，外頭溫暖的空氣立刻滑入室內將冷氣一掃而空。

現身在畫廊裡的是一名年邁的老婦人。黑色的高級訂製衣服上，有著以金線繡上的華麗刺繡，就連她的拐杖也鑲有看似昂貴的裝飾。

千和停下了腳步。我不經意地望向那位老婦人的臉時，胸口不禁一驚。因為對方的長相與夫人長得實在太相似了。

「哎呀，是千和呀。」

老婦人說。

「外姨婆。」千和低頭敬禮。「您別來無恙。」

「想不到會在這種地方碰面。貴崎沒跟妳一起來？」

老婦人這麼問，千和則是點頭回應。

「這位是？」

老婦人的視線在我與千和之間來回穿梭。一股帶有詭異氣氛的時光，靜靜地在畫廊中流逝而過。雖然對方的長相酷似夫人，但嗓間有些許微妙的差異。我混亂的思緒也因此平復不少。

「這位是……我的老師。」

千和一邊從老婦人身上挪開視線一邊這麼說。我與那位老婦人同時感到不解地偏著頭。一股尷尬的氣氛在我們之間流動。

「不好意思，我也很想跟外姨婆您多聊幾句，但是我們趕著要去別的地方……」

「對了，我這個週末會去姊姊那裡一趟。妳現在住在那裡吧？」

千和聽到這句話立刻吃驚地瞪大雙眼。

「這個週末？」

「這個週末。畢竟還有許多事情得好好思量，我也想跟姊姊好好聊一聊。外頭天熱，妳自己小心點，要適當地補充水分喔。那就先這樣。」

老婦人走向畫廊櫃檯，請對方轉告老闆她的到來。我就這樣凝視著她好一會兒。外姨婆？我的思緒尚未趕上發生在眼前的現實。

自動門打開的聲音傳入我的耳裡。千和已經走到外面去了，我只好趕緊追過去。

一走到外面立刻感受到一陣陣熱氣從地面竄起。頭頂上飄著不少雲層，太陽則是高高掛在上空，偶有微風吹過。不知不覺間，季節已然更迭，我竟能在炎熱之中感受到一絲絲的舒適。

我朝千和的背影喚道：

「那位是誰？」

「摩耶子外姨婆——是我外婆的妹妹。我實在拿那個人沒轍。希望她別誤會，產生奇怪的聯想。」

「誤會？」

她轉過頭來，瞥了我一眼後輕輕嘆氣。

「也沒什麼。」她說。「她剛才不是問說你是誰嗎？真是萬幸呀。你似乎完全不會讓人聯想到誘拐之類的犯罪者呢。」

「誘拐？」這個用詞實在令人無法不做任何的反應。「妳是什麼意思？」

「沒有什麼特別的意思。我只是不喜歡被人誤解而已。話說回來，她剛才說有話要講，不曉得是什麼事情。」

我們來到以小時計費的停車場。車子變得很燙，就算打開車窗讓車內降溫，也耗費不少時間。

「還真是苦了妳。」

我一邊關上駕駛座的車門一邊說。

她搖了搖頭說：「你才是吧。我勸你最好小心一點，別被那個人盯上了。因為她最討厭的職業就是『廚師』，討厭到就連外婆雇用專屬廚師，她也會在一旁發牢騷的地步。」

「妳放心，我早就習慣被人討厭了。」

「是這樣的嗎？」

「我聽過不少類似的例子。我甚至也親身經歷過，房東一看到我的職業就不願意租房子給我。廚師是低賤的職業。雖然我剛才說料理是文化的一種，但許多人並不這麼認為。這是價值觀的問題，所以我也無可奈何。」

她點頭。

「話說回來，為什麼妳的外婆會討厭廚師？應該有什麼理由吧？」

「我不知道。她應該是討厭自己以外的所有人類吧。」她說。「我還想去一個地方，可以嗎？」

「當然可以。不過路上很塞，回程得提早出發，否則會來不及。」

「你放心，路途並不遙遠。」

她想去的另一個地方是墓地。

將汽車停在開闢在高地上的停車場後，我們倆在墓地的腹地內走著。在陡峭的坡道上擴散開來的翠綠沐浴在陽光中，樹蔭灑落地面。神奇的是，這裡沒有其他行人。只有朝橫濱鬧區而去的下坡，有幾輛汽車呼嘯而過。

我們走在陽光從樹葉縫隙灑落的小徑上，其中一個角落就是她雙親長眠的墳墓。簡單地打掃一下，貢上我們在途中買的花束。千和雙手合十，閉上雙眼。我則是站在稍遠處，雙手合十，閉上眼睛。我心中沒有任何一絲感觸，未曾謀面的人實在很難牽動我的情緒。

千和說「如果」是個很奇怪的字彙。我不禁心想，也許她一直以來都被這個字所傷。後悔的心情滲透進她心裡深處的傷口，引起一陣陣的刺痛。

「謝謝你。」千和相當難得地向我道謝。「我平常很少有機會來這裡。」

我不發一語地點頭。覺得自己應該對她說些什麼，但我不知道說什麼才好。心裡明明有話想說，我卻總是無法將心情化作言語。

「遲到就不好了，我們走吧。」

千和輕輕一點頭。她的表情相當柔和，讓我鬆了一口氣。

「天氣還是很炎熱耶。」

「下個雨就會變涼了。」

午後的陽光逐漸變淡。我們漫步在如陣雨般的蟬鳴聲之中。

2

宅邸周遭的樹林正努力地阻擋日光，風兒趁勢從底下鑽了過去。我來到庭院摘用來製作香草束（註10）的香草。蜜蜂正在意志消沉地垂下頭的向日葵四周飛舞，在空中描繪出不可思議的圖形。

今天是夫人的妹妹前來宅邸作客的日子。

我回到廚房時，便見千和坐在椅子上讀著文庫本。伸展著那雙修長美腿的她，全身散發出來的氣息和這個廚房、廚師服一點都不搭。她就這樣單手拿著文庫本，伸了伸懶腰。

或許是我自作多情也不一定，但我隱約感覺到最近我們的關係似乎產生了些許微妙的變化。

「怎麼了？」

千和以刺探的眼神望向我。我趕緊回答，沒事沒事、什麼事情都沒有。只見她曖昧地點頭後，以不知道是難過亦或同情的複雜眼神看了我一眼，並嘆了一口氣。

「希望能夠平平安安、順順利利地送她離開。」

10　香草束是法式烹調手法中常用於燉煮的香草組合，用來增加香氣。最常見的組合是百里香與月桂葉。

「她是這麼棘手的人嗎?」
千和以陰鬱的表情代替了回答。
我不知道該提供什麼樣的餐點，最後決定製作法式龍蝦濃湯與法式海膽芙蘭（註11）。
今天的料理與以往不同，顯得格外慎重。雖然有些傳統，但這個組合絕對不會錯。
「總覺得你今天好像特別大費周章耶。」
「才沒有這回事。」
看起來特別大費周章是因為我用龍蝦製作高湯的緣故。將活跳跳的龍蝦沉入沸騰的滾水中，直到斷氣。兩分鐘後從鍋中取出龍蝦，用大菜刀從中間沿著蝦頭至尾巴切成兩半。取出沙袋並丟棄。如果沙袋混進水裡煮的話，高湯就會產生雜味。摘除蝦身上的蝦卵之後，連同蝦尾一同放進冰箱暫時冷藏。用剪刀剪碎剩下的蝦殼，送進烤箱。我用了數隻龍蝦，所以光是這道程序就耗了不少工夫。再加上，我怕千和會被蝦殼劃傷，因此不讓她碰這項作業。
調味蔬菜——洋蔥、胡蘿蔔、芹菜、茴香，切成五公釐丁狀。大蒜則是連皮一起壓碎。在大口徑的湯鍋裡倒入橄欖油，清炒大蒜與蔬菜丁。從烤箱拿出蝦殼，在烤盤倒上大量干邑白蘭地，以木勺攪拌一番後，將液體倒進大鍋裡。接著，加入白酒，準備煮乾收汁。待水分蒸發後，倒入番茄糊與雞高湯，煮沸後撈掉表面浮渣，轉小火。不上鍋蓋，就這樣細火慢煮一小時左右。

11　芙蘭原文為Flan，中文為布丁。法式餐廳也常稱為海膽慕絲。

這麼一來龍蝦高湯即完成了。不管食材為何，基本作業都差不了多少。不管是雞或蝦，大致的原則都相同，只需要重複同樣的作業程序而已。

「好了，現在只剩等待高湯煮好就可以了。雖然這裡的工作我也適應得差不多了，卻還是沒辦法習慣等待。如果是在餐廳的話，要做的事情像小山一樣多，根本不用擔心空檔會沒事做。」

我一邊用抹布擦拭火爐前方的檯面一邊說。與她對話確實能夠在這種難熬的等待空檔，分散我的注意力。

「你覺得外婕婆會滿意嗎？」

「誰知道。我完全無法想像她會有什麼反應。」我說。「不過，我有一種非常不祥的預感。」

「你的預感一定會成真。」

她以相當篤定的語氣說。

「你對這次的湯非常有信心嗎？」

「為什麼這麼問？」

「不為什麼。」她說。「我只是覺得你比平常慎重許多，才會這麼想。」

「並沒有這回事。」我說。「不過，我還記得第一次品嘗到龍蝦濃湯時，確實是驚為天人。比起直接食用，把龍蝦做成湯品反而更能感受到龍蝦活蹦亂跳的感覺。用活蹦亂跳來形容似乎有些不妥……應該是說，明明已經失去龍蝦的外貌，卻能感受到龍蝦強烈的存在感。點綴在濃湯表面的鮮奶油印有深褐色的焦痕，在那下面則是熱騰騰、香氣撲鼻的龍蝦濃湯……」

「你還記得當時品嘗到的味道？」

我點頭。「我師父以前曾經告訴我『記憶裡的味道是廚師的最大財產』。所以我會儘可能地牢牢記住曾經品嘗過的味道。能夠完美重現味道固然很好，不過，累積關於味道的記憶也能夠磨練廚藝喔。」

她用食指抵住下唇。

「可是……你卻想不起來跟母親一起品嘗的那碗湯的味道。」

我停下擦拭火爐周遭的手。

「小時候的事情不能一概而論吧。更何況，我當時也沒有刻意去記味道。」

「你誤會我的意思了。我只是好奇，為什麼直到如今你仍然找不到那碗湯的味道。」

「……這是什麼意思？」

「我之前有稍微想過這件事。」她以充滿顧慮的語氣說。「只要你有心，想必早就已經找到了吧？畢竟湯品的種類沒有一般人想像中的多，而且你吃過的料理種類也比我多上許多。更何況，你還說從那間餐廳的窗戶望出去能夠看到大海。要找出滿足這個條件的餐廳並不難吧。」

我回望著她。然後，吁出一口氣回道：「才沒有這回事。我一直到如今也還想再品嘗一次那碗湯。我也找過地理位置坐落在能夠看到海的餐廳，卻一無所獲。」

千和突然停頓了一會兒，然後，將視線從我身上移開。

「這麼說來，搞不好那裡並不是餐廳……」

「妳說什麼？」

「我是說，或許是你誤以為是餐廳。也許那裡是某個人的家，或是料理教室之類的地方也不一定。我覺得將各種可能性一併考慮進去比較好。」

我清咳了一聲。她原本柔和的表情在不知不覺之間轉變成一臉認真的神情，眼角的陰影也變得深沉。

「我的事情沒那麼重要啦。」我搖了搖頭說。「我可不想一直讓比我年幼的妳替我操心。」

千和不解地偏著頭，並不悅地重新順了一下頭髮。

「其實你根本就不是真心想找出那碗湯吧。如果真的被你找到的話，或許你就會失去繼續活下去的動力也不一定。」

我原本想回答怎麼可能會有這種蠢事，一時之間卻沉默了。不，嚴格說起來，是我沒有否定的自信。

法式海膽芙蘭必須在完成後趁熱供餐。芙蘭——雞蛋卡士達醬，換成日式的說法就是接近茶碗蒸的料理——的材料是分量約為一個手掌大的生海膽、牛奶半杯、雞蛋一顆、提味用的砂糖一小撮，以及龍蝦高湯四分之一杯以及剛才摘除的蝦卵。將上述材料用攪拌器打碎，再用細濾網過濾後，倒入杯中悶蒸。

趁著蒸芙蘭的空檔，完成濃湯。煮到收汁的奶油倒入剛才的高湯中攪拌，以鹽與黑胡椒調味，最後再用手持式食物攪拌棒打出卡布奇諾般的綿密口感。龍蝦尾與龍蝦螯肉，則是淋上少許橄欖油後，放入蒸鍋，蒸上數分鐘即可。

芙蘭盛入熱好的湯盤中，周圍擺上燙過的蕪菁、小胡蘿蔔、豌豆，再放上蒸過的龍蝦肉。倒入龍蝦濃湯，以細葉芹裝飾——便完成了。

貴崎來到廚房，端著湯盤離去。

我目送他離去的背影，不禁吁出一口氣。

「收拾完這裡，我們也來吃晚餐吧。」

今日員工晚餐的主餐是柔嫩多汁的水煮雞胸肉與溫沙拉。這是製作雞高湯多出來的副產品。只要淋上荷蘭醬就能搖身一變，成為一道氣派的晚餐。另外，我也切了些水果與葉菜類蔬菜，淋上檸檬汁與橄欖油，再灑點鹽，就完成了一道清爽風味沙拉。

貴崎回到廚房來的時機，正好是我們準備要開動的時候。

「打擾了。」

他會帶著這種態度來到廚房，通常都是發生問題的時候。令我想起法式家常濃湯的事件。

「客人說想要與主廚打個招呼。」

「一定是她想要親眼看看，到底是哪個傢伙製作出那種料理的吧！」

聽到千和這麼說，貴崎則是一臉尷尬地將視線從她身上挪開。看來被她說中了。

3

打開餐廳的門剎那，我的腦袋立刻陷入一片混亂。因為……有兩位夫人。我明明是第二次見到摩耶子女士——千和的外姨婆。如今這麼一看，我還是覺得她們兩位相似極了。

摩耶子女士坐在夫人的斜前方，湯喝到一半。餐廳裡瀰漫著一股不怎麼輕鬆的氣氛。

我沒有其他的兄弟姊妹，所以也不清楚姊妹一起用餐應該要有何種氣氛。不過，照這樣看來，年邁的倆姊妹共進晚餐，似乎不是一件愉快的事情。

摩耶子女士察覺到我的到來後，抬起頭來。

「哎呀，你是上次的……」

我向她點頭致意。她用充滿打量的目光看著我。

「這道是什麼料理？」

「法式龍蝦濃湯與海膽芙蘭。」

「我曾經在艾倫・杜卡斯的餐廳裡，品嘗過跟這個一模一樣的料理。這是別人的料理吧？我有說錯嗎？竟然盜用別人的點子，你不會感到羞恥嗎！你所做的事情與小偷毫無兩樣。日本人就是這樣子，不管去到哪間餐廳用餐，淨是一些剽竊的料理。」

「摩耶子。」

夫人警告似地輕輕喚了一聲她的名字。

在我的眼裡看來，她對我的料理感到嗤之以鼻。艾倫・杜卡斯當年以最年少之姿獲得米其林三顆星，如今他所經營的餐廳遍布全世界，是勢必會名留青史的知名廚師。

「還有，這道料理根本就是冒牌貨。」

摩耶子女士緩慢但堅定地說。冒牌貨？我不禁困惑起來。

「千和妳也別躲在後面偷窺了。」

轉過頭去，便看到千和從門的另一端探出頭來。看來她很在意我們的對話，才會跑來偷聽的吧。只見千和露出一副傷腦筋的笑容說：「看到外姨婆您的身體還很硬朗，我就放心了」。

「妳之前騙我說這個廚師是老師吧。妳是什麼意思？」摩耶子女士繃著一張臉，語氣裡充滿責備。「還有，妳這身打扮又是怎麼一回事？」

「外姨婆，我並沒有欺騙您，我現在正在學習做料理，所以介紹他的時候才說他是老師。我句句屬實。」

只見摩耶子女士微微翻了一下白眼，闔上雙眼。接著，嘆了一口氣後，喝起玻璃酒杯裡接近金黃色的白酒。

貴崎動作俐落地補充白酒。

「沒有這個必要。」在我耳裡聽起來，她這句話似乎有刻意選擇較為穩重的措詞。「這個世界上的人分成兩種──負責替人斟酒的人，以及讓人替自己斟酒的人。只有身分地位符合的人，才有資格成為後者。」

千和低垂著頭，靜靜地聽著外姨婆的教誨。

「再說，就算妳想要學習廚藝，好歹也要聘請正統的廚師指導吧。」

「嗯，外姨婆您說得的確也沒有錯……」千和回應。我不禁心想，看來她並不打算否認這一點。「不過，他可是貴崎先生也認同的人喔。而且，無論是什麼料理都做得出來喔。」

「無論是什麼料理都做得出來？」摩耶子女士小聲地重複一遍。「既然如此，我可以要求你製作海龜湯嗎？那可是我最愛的一道湯品。」

這麼說的摩耶子女士，露出一副令人發毛的笑容。我怎麼可能煮得出海龜湯啊！

她繼續道。

「總之，這個家以後必須由妳守護，請妳多少有點自覺好嗎？千和。」

當摩耶子女士的說教變得越發不可收拾之際，夫人從旁插嘴。

「沒關係，是我讓那孩子去做自己想做的事情的。」

摩耶子女士吃驚地瞪大雙眼，望著夫人。她臉上的皺紋變得更深了。厲鬼般的表情恐怕就是在形容她的這副表情吧。宅邸的餐廳頓時安靜下來。可以確定的是，只要看到她的表情，就連鳥兒也會害怕到不敢開口歌唱吧。

「呃，請問您不滿意料理的味道嗎？」

迫於無奈，我只好打破這股沉默。聽到我這麼問，她的表情突然一緩。

「我並不是嫌味道不好。我只是說這是冒牌貨而已。這句話可沒有針對你的意思喔。我只是覺得很失望而已，所以我才不會在日本吃法式料理。」

「摩耶子。」

夫人以尖銳的語氣警告她。雖然人們都說相由心生，但我覺得似乎是騙人的。因為夫人與其妹極為神似，性格卻有如天壤之別。話說回來，百合小姐曾經說過，夫人是個「個性蠻橫的女主人」。我心不在焉地暗自心想，難不成從前的夫人也是這種刻薄的個性？

「謝謝，這裡沒你的事了。千和妳留下，我有話要對妳說。」

摩耶子女士這麼說。夫人輕輕握住千和的手。只見千和露出一抹不自然的笑容，在夫人的身旁坐下。

我則是低頭一鞠躬，離開餐廳。

踏出餐廳之際，我與千和短暫地四目相接。我在不被人察覺的情況下，以極輕微的動作搖搖頭。像是在告訴她，妳還是乖乖死心吧。也像是在表示，我也無計可施的意思。一個小小的動作裡其實藏有許多意思。不過，我猜想聰明如她，應該能夠從我模稜兩可的暗示中，接收到正確的訊息。

離開餐廳後，我倚靠在門上，大口大口地吐氣。到底是怎麼一回事？雖然我不明白她的意思，但「冒牌貨」這個字令我在意得不得了。

聽到這句話的下一瞬間，我的腦海裡浮現出千和的臉龐。

我們變成朋友了。然而，這是出於貴崎所託，或許我們也只是冒牌朋友，而不是真正的朋友。還是說，會思考這種事情，是因為我變得鑽牛角尖的關係？話說回來，有人不滿意我所做的料理，實在令人沮喪呀。

「總覺得好疲勞喔。我要喝的。」

返回廚房的千和，帶著一副悶悶不樂的表情。她脫掉廚師服，隨手一折。接著，抱著那件廚師服在椅子坐下。從黑色POLO衫袖口露出來的纖細手臂相當白皙。

我在杯裡放入冰塊，加入葡萄汁後放在工作檯上。她喝了一口後，用力一吐氣。那動作看起來相當無精打采。

「結果妳們聊了什麼？」

「對我主要就是一堆大道理，對外婆則是說要她開除廚師。」

「廚師就是指我吧？還真是強勢的建議呀。」

「除了你之外還會有誰。你在胡說什麼啊。」

雖然早有耳聞摩耶子女士討厭廚師，不過她的成見也太深了吧。

「容我說一句，你不覺得把人說成小偷太過分了嗎？」

「不過，從前似乎就經常有人會這麼說日本的廚師。」

「也太不講道理了吧！你明明沒偷沒搶。那個人簡直就是『紅心女王』嘛。」

「『紅心女王』？」

「《愛麗絲夢遊仙境》裡登場的角色。」她這麼說，並看向我。「是個無可救藥、超級易怒的人，就算是芝麻蒜皮的小事也會大聲嚷嚷『給我砍了他的頭』。」

「原來如此，我改天也來讀一下好了。」

我繼續手上的打掃工作。

「不曉得她到底是不滿意哪一點。」

我自言自語地說。不過，這個世界上有些人就是喜歡雞蛋裡挑骨頭。這種人總認為自己的感覺是絕對的，無法享受差異性所帶來的樂趣，實在可悲呀。之前在餐廳工作時，我也目睹過不少次這種情形。

「那道料理是艾倫・杜卡斯的食譜嗎？」

「是啊。雖然細微的作法與分量不太一樣就是了。」

「真的會有人因為看不慣這種事，就要開除廚師嗎？」

我搖搖頭。「我認為問題不在這裡。她不是說有話要講嗎？我不認為她說要開除我，是因為不喜歡我煮的料理。她從一開始就是抱持這個目的而來的。」

「有道理。」

「應該有其他理由才對。妳有什麼頭緒嗎？」

千和聳了聳肩道：「沒有。」

我嘆了一口氣。

「那句批評真的是太過雞蛋裡挑骨頭了。就連艾倫・杜卡斯本人也在著作裡說『這個世界上根本不存在著完全原創的料理。如今的時代能夠獲得各式各樣的資訊，一切端看人們如何運用』。」

「他會這麼說也是因為對自己的料理相當有自信，認為沒有人模仿得來。這個世界上沒幾間餐廳可以像他旗下的餐廳一樣，耗費龐大時間、人力與食材，就為了製作出一盤料理。其實，我也希望總有一天，能夠製作出一、兩道能夠向人介紹說是自己原創的料理。」

「你不會覺得火大嗎?」

「我已經習慣了。」我說。「來餐廳用餐的客人裡,有一定比例的人會強迫別人認同自己的知識與觀念,也有些人不雞蛋裡挑骨頭就會渾身不對勁。」

我一邊刷洗銅鍋一邊說。

「總有一天妳也會跟男性去外面的餐廳用餐。到時只要把握住幾個重點就行了。妳可以從一個人對待店家的態度,看出那個人的本性。如果對方會用一副自以為是的態度跟我們這些工作人員說話,或是要求工作人員時語氣很不客氣,那妳就要小心了。不管那個人對妳有多麼紳士都不重要,因為那才是他的本性。這樣的話,妳就不會在交往後才看清對方本性,而感到失望了。」

她望向我,並散開原本紮在後面的馬尾。晃了晃頭後,用手按住頭髮,重新勾在耳後。

「你還真是沉得住氣耶。」

她以隱約有些驚訝的語氣說。

「決定權掌握在夫人的手上。為了這種自己無能為力的事情,七上八下的也於事無補。更何況,妳一開始不也希望我辭職嗎?妳還說這裡不是我這種人應該來的地方。」

「我的確說過這種話。」千和小聲地回應。「可是,現在的狀況跟當時不太一樣嘛。」

她的嘴角不悅地向下彎。狀況?

我結束手上的清潔工作,把抹布聚集起來。千和則是用食指指尖抵著太陽穴附近,並將視線移向窗外。

「也是啦。就算你辭職，我也不會覺得傷腦筋就是了。」

我收走她面前的空杯，拿到流理臺清洗。當我正打算用布擦乾杯子時，千和突然從旁一把搶過我手裡的杯子。她的擦拭技巧並不純熟，看來會在玻璃杯上留下指紋。

「妳這樣擦不對。要用布抓住杯子。如果不習慣的話，可以用兩塊布來擦比較好。」

「你很囉嗦耶。」

「什麼啊。妳是叛逆期到了嗎？」

「叛逆的是你吧。你到底明不明白自己的立場啊？」

「妳在生什麼氣啊？」

「我才沒有生氣！」

貴崎不知道什麼時候來到廚房入口處，我們倆幾乎同時看向他。我不禁尷尬地心想，希望他沒有聽到那段毫無意義的小口角。

「夫人有請。」

「我馬上過去。」千和垂下視線後，重新抬起頭，笑容可掬地微笑道。

「不，夫人不是找您……」

貴崎說完後，看向我。

「夫人找我嗎？」

貴崎面無表情地緩緩點頭。

4

我喊了一聲「打擾了」並敲了敲門，立刻從房間傳來夫人回應「請進」的聲音。當我一打開房門，便看到她面對桌子，提筆在文件上書寫。夫人戴著鬆到快從鼻子上滑落的細框老花眼鏡，全身散發出一股彷彿經歷一段漫長教職生涯的教師氣息。

「不好意思，請你再稍微等一下。」

夫人稍微抬起頭說。

我點頭表示明白。

房間裡的氣氛彷彿被凍結住般，讓人有一種誤闖褪色的老舊電影的奇妙感覺。沒有從鍋中子裡冒出的蒸蒸熱氣，以及排列在調理工作檯上的食材，使得眼前的一切毫無一絲真實感。

數分鐘後，夫人手邊的工作似乎是告一段落了。她摘下老花眼鏡，放在辦公桌的一隅。「讓你久等了。」夫人從椅子上站起來，笑容可掬地說。「我想出去吹吹風，我們去庭院邊走邊聊吧。」

夫人如此說完後，帶領我一同前往庭院。

一來到戶外，立刻感受到夜晚空氣的涼意。夫人細心地告訴我每一株植物的名稱、各式香草具備何種功效，以及名稱的由來。從她嘴裡說出來的一字一句，流暢到彷彿能夠直接印刷成書的地步。

微弱的蟲鳴與風聲，像是要填補話語之間的空隙般不時傳來。或許還摻雜著海浪打上灘頭，浪花四散的聲響。

夫人在庭院裡的長椅坐下。

「你也坐吧。」

「我沒關係。」

我伸展著身體。

看來會被開除吧，我暗自心想。恐怕自己得離開這棟宅邸了。這也是無可奈何的事情。畢竟我也不可能永遠待在這裡。想到這裡，不知道為什麼我的腦海浮現出千和的臉龐。無法見到那孩子讓人覺得有些寂寞呢。

「我女兒很喜歡這個庭院。」夫人這麼說。「你應該知道那孩子的……千和的母親遭遇意外的事情吧？」

我點頭。夫人定定地直視我的雙眼。

「自從我女兒過世之後，這個庭院就失控了。如果沒有一直細心地照料庭院的話，庭院就會完全變了一個模樣。所以，我也放棄把庭院整理成從前的模樣，全權交由業者打理。不過在貴崎來到這裡之後，他提議在庭院種植香草。而這座庭院就是在那個時候才重獲新生。你似乎也有在料理上使用這裡的香草，這一點也讓我感到很開心喔。」

我點頭。能夠使用新鮮的香草，確實是一件令人開心的事情。

「我想跟你說的是關於今天的事情。我為妹妹無禮的言行向你道歉。」

談話的主旨與原本預料的完全相反，不由得令我感到一陣心安。於是，我吁出一口氣說：

「我還以為會被開除。」

「是千和告訴你的吧。不管怎麼說，是否雇用你的決定權在我手上，而不是我妹妹。這一點請你放心。我妹妹就是喜歡嘴上不饒人。」夫人這麼說完，停頓了片刻。「我個人是希望你能夠盡量待久一點，但你有意辭職的話，隨時都可以告訴我。如果你有任何屬意的工作地點，我應該能夠提供一點協助。」

「謝謝您的好意。不過，請讓我繼續待在這裡工作吧……至少目前我還不想走。」

夫人點頭，並露出微笑。

「你陪那孩子去過橫濱了吧。」

「是的。」

「我真的很擔心那個孩子，因為她不曾流露出任何一絲悲傷的情緒。儘管死亡會在人們的心中留下莫大的傷痛，但這是有意義的。人們再也見不到去了另外一個世界的亡者，但是，只要心中懷有悲傷，就能夠在心裡頭的某個角落與對方重逢。」

我沉默了片刻，重新思考「真正的悲傷」這個詞。

夫人抿著嘴，定定地凝視我。年老臉龐上的皺紋又深又長，瞇起來的瞳孔深處卻如朝陽般散發著耀眼的光芒。

「夫人您為什麼會找我來這裡工作呢？」

「是貴崎向我推薦的。他似乎是從朋友口中聽說你的事情，進而對你產生興趣。貴崎當時曾說『這個人似乎是個不錯的廚師……只可惜他離開了廚房』。也許是因為在他心裡面，湧起一股無法放任你不管的情感吧。」

我不禁在心裡驚呼，是那位貴崎嗎？他的朋友就是我的前女友吧？應該就是這麼一回事吧。我一時之間也想不到其他人選。她也很擔心我，所以從貴崎那裡聽說之後，才會連忙跑來聯絡我的吧。

「話說回來，你為什麼會願意來這裡工作呢？」

我稍微思索了一下之後，決定實話實說。我吐出一口氣，抬頭仰望天空。在東京無法看到的繁星在夜空中閃爍不已。天津四、織女星、牛郎星。我小時候曾經在透過星象儀抬頭仰望星空時，親眼目睹這三顆星。微弱的光芒看起來相當無助，彷彿只要呼一口氣就會被吹熄。

「因為這裡是一棟古老的洋館。」

聽到我的回答後，夫人露出一副感到訝異的表情。

「你的意思是？」

於是，我告訴夫人關於童年時品嘗到的那碗湯的往事——也就是我與母親一起品嘗過的那碗充滿回憶的湯。

「我一直很想再回味一次。起初我也曾經試著找出那間餐廳，卻怎麼樣也找不到。」

我停頓了一會兒後，繼續說。

「其中一條線索，就是那裡是一棟老舊的洋館。有許多洋館都已經遭到拆除，保存下來的數量也不多，所以我才打算一間一間找，或許總有一天能夠找到。不過，這個方法有一個很大的問題，那就是我必須獲得屋主的同意，才能夠進入屋內確認。」

換句話說，我只是藉工作之便進來這棟屋子裡確認而已。雖然我沒有任何的證據，也沒有抱持某種期待，但確實曾經有過或許就是這裡的念頭。

「不過……這裡不是你要找的地方。」

「是的，非常遺憾……」

這座宅邸並不是我記憶裡的那棟建築物。然而不可思議的是，當我一踏入廚房時，卻感受到內心為之撼動。這又是為什麼呢？

「我是在距今三十年前，買下當時已經無人居住的這棟建築物做為別墅。如果我知道之前的屋主是誰的話，或許能夠幫上忙也不一定……真是不好意思。這棟房子閒置之後，中間曾經有數間公司與不動產開發業者有意發展其他方面的用途而介入，因此無法確定之前的所有權到底是在誰的手上。畢竟要維護一棟古老的建築物相當花錢，所以偶爾會發生這種複雜的情形。再加上，這棟洋館是戰前的建築物，就連法務局的登記資料也不清不楚的……害你失望了，真是不好意思。」

「請別這麼說，您不需要向我道歉。」

看到她這樣子，反而令我感到抱歉起來。就在這個時候，貴崎來到我們面前，朝我們低頭一鞠躬。似乎是在表示夫人差不多該進屋子裡去了。他在顧慮夫人的身體狀況。

「不過，就算現存的老洋館數量不多，但你這麼做仍然像是在茫茫大海中撈針。更何況……有些事情回想起來只會徒增悲傷。」

「是的，我明白這個道理。」

夫人定定地望著我的雙眼。那是彷彿在確定某種事情的眼神。

她緩緩地點頭說：「真是拿你沒辦法。」

我也點頭，跟著站起身來。

「我可以請教您一個問題嗎？」

「什麼問題？」

「是關於您飲食方面的事情。」我說。「問這種事或許很失禮，但我還是想知道夫人您只喝湯與令千金的事故有關聯嗎？」

她瞥了我一眼後，將目光移向庭院。那是毫無深度的空洞眼神。

想必在她的腦海裡，正浮現碰上交通意外而過世的女兒身影吧。也許是我欠缺思考，問了相當魯莽的問題。但是，我實在沒辦法不問出口。如果是以前的我或許辦得到，但如今的我卻沒辦法不去質疑，就這樣得過且過地虛應每一天。

「這件事並沒有什麼深意。」夫人露出微笑。「畢竟我也上了年紀，過多的食物只會替身體帶來負擔。再加上，我本身食道與氣管之間的咽喉肌力乏弱，一不注意的話連喝水都會嗆到，不過湯品還是比一般的料理容易下嚥。」

她有氣無力地說。我不認為這是她的真心話。在我看來，只覺得夫人就像是在接受某種懲罰。雖然我不知道她到底犯了什麼罪，但我明白接受懲罰根本無法贖罪。

我沉默地等著夫人接下來的話。橫亙在我們之間的沉默被撕裂成碎片，四散在這片夜空之下。她終究沒有接著說下去。

「我想麻煩你一件事情。」

「請問是什麼事？」

「我妹妹忘記帶走洋傘。我想請你明天跟千和出去一趟，把傘送到她家。我原本打算請貴崎去的，但他突然有急事無法前往。老是拜託你做分外的事情，真是不好意思。」

「我明白了。」

「真的很不好意思。另外，我也有東西想請你一併帶過去，我會請貴崎準備好。」

夫人這麼說完，便看向站在稍遠距離外的貴崎。他則是輕輕地點頭致意。

「我妹妹現在住的地方也是一棟歷史攸久的建築物。原屋主在十年前過世後，我買下來保存，現在則是由我妹妹住在那裡。」

貴崎走了過來，微微向我低頭一鞠躬。夫人像是接受到暗號般站起身來。

「今天辛苦你了，你慢慢來吧。不急。」

留下這句話之後，她就在貴崎的陪同下消失在建築物裡。

當我回到廚房後，發現千和還在。她坐在椅子上閱讀文庫本。被整齊地折好的廚師服則是放在一旁。她察覺到我的出現後，立刻抬起頭來。

「妳怎麼還在這裡？妳可以先下班啊。」

「你也太無情了吧。我可是在擔心你耶。」

她拿起文庫本與廚師服，站了起來。我嘆了一口氣說：

「夫人沒有要開除我的意思。」

短暫的沉默降臨在我們之間。

「是嗎？」她語氣平常地說。「真是萬幸呀。」

我點頭。雖然不知道是不是萬幸，總之先附和就對了。

「妳可以先回去休息了。反正就算妳待在這裡也沒事可做。」

千和搖了搖頭。「沒關係，我只是想跟你聊一下天而已。」

我關上瓦斯總開關，並把放在檯面上的鍋具收進櫥櫃。這位大小姐今天怎麼突然心血來潮想跟我聊天？千和將手肘靠在工作檯上，面向我說：

「我外婆人很好吧。」

「嗯。」

我一點頭，她便立刻微微垂下頭。

「我真的是一個很過分的人。」

「妳怎麼突然說這種話？」

「外婆她對我非常好，我也很喜歡外婆。但是，那天在外婊婆面前被外婆碰觸到的地方，直到現在仍然冷冰冰的。」

我回想起當時的情形。夫人要千和坐下時，確實牽了她的手。

「夫人只是因為上了年紀，手才會摸起來冷冰冰的。嗯，而且啊～妳沒有聽過人家都說手冷冰冰的人，其實內心是最溫暖的嗎？」

「我不是這個意思。」她望向我，一臉不悅地說。「從我小時候就是這樣子了。或許是我內心深處討厭外婆的緣故吧。她對我明明這麼好……」

我隱約能夠理解她的心情。她們兩人表面上看起來感情相當融洽，背地底卻潛藏著某種陰霾。我一開始並不清楚橫亙在兩人之間的鴻溝為何，但我現在知道了。千和將這一切怪罪於夫人，她把夫人視為奪走自己雙親的人。另一方面，夫人則是對千和感到內咎自責。

「外婆對我一直都很溫柔和善。但是，在我小時候曾經有那麼一次，浮現出她其實是想將功抵罪的念頭。我明明知道不可能有這種事，可是又會不由自主地產生這種過分的念頭，令我感到自我厭惡。現在仔細思考，或許我直到現在仍然對外婆感到又愛又恨吧。」

我不知道該對她說些什麼才好。

「我明明不想要憎恨她……」

千和自言自語地接著說完後，便陷入一陣沉默之中。那是一種欲言又止，卻又不知道該如何措辭的沉默。也或許是因為說話的對象是我。就算向我傾訴我也幫不上任何忙。

「妳一點都不過分。」絞盡腦汁擠出來的話卻如此微不足道，甚至連安慰人心的效果也沒有。「我並不覺得妳過分。」

說出這句話的同時，我也忍不住對自己翻白眼。如果能夠說些更鏗鏘有力的話就好了，但這已經是我的極限了。

「你又知道什麼了！」

千和大聲地吼了出來。堆積在我胸口的沉重情感，瞬間如散沙般崩陷坍塌。

「抱歉。」

我不管三七二十一先道歉後，她那姣好的嘴脣浮現一抹微笑。

「你不需要向我道歉。是我不分青紅皂白拿你當出氣筒。」

夜晚的廚房相當寂靜。也因為這裡太過寧靜，如果有什麼聲響反而能夠轉移注意力也不一定。不可能聽得見的海浪聲倏地浮現在我腦海中，下一秒又立刻消失不見。

「你跟外婆聊了什麼？」

千和率先打破沉默。她已經恢復成平常的模樣。

「對了……」我說。「妳有去過外姨婆家嗎？」

「沒有。為什麼這麼問？」

「因為明天我們兩個要把她忘記帶走的東西送過去。」

千和一臉狐疑地看著我。

「你們到底是聊了些什麼，怎麼會導出這種結果？」

我將夫人與我對話的經過一一說明給她聽。她則是若有所思地雙手環胸，但最後似乎放棄繼續多想。

「話說回來，為什麼夫人會要妳跟我一起去呢？」

「答案很簡單。」千和說。「因為那個人非常討厭廚師，你自己去的話根本不可能踏進屋子一步。」

原來是這樣啊。雖然明白對方看我不順眼，想不到竟然討厭到這種地步。

「她對廚房的成見還真深呀。」

「你別放在心上。」千和略有歉意地說。「外姨婆只是個性比較古怪而已。不過，為什麼她會這麼討厭廚師呢？」

「妳不需要向我道歉啦。我猜，或許是因為她與廚師有過不愉快的經驗吧？」

我一這麼說完，千和便偏著頭說：

「也許吧。搞不好就是這麼一回事。」

在我們對話的同時，千和似乎也暗自思考著別的事情。只見她低頭咬著右手大姆指的指甲。

「妳在擔心什麼嗎？」

「擔心？你怎麼會這麼問？」

「因為妳好像在想事情。」

千和搖搖頭後，嘆了一口氣，並看向自己大姆指的指甲說：「我只是有點在意某件小事而已」。

確認瓦斯總開關已關閉後，我動手擦拭起流理臺。

「你要回去了？」

「嗯，妳也早點休息吧。我今天莫名地疲倦。」

一定是因為莫名其妙地遭人大肆批評的緣故吧。這個家的人似乎都有些異於常人之處。就算是誤闖瘋帽子先生的茶會，也不會有如此強烈的疲倦感吧。

「……明天見。」

「明天見，晚安。」

我從後門離開，來到屋子外面。從宅邸走到停車處只需要數分鐘的時間。我一邊走在沒有街燈的漆黑道路上一邊暗自心想，想必那孩子的內心也很寂寞吧。或許能夠在她心血來潮時陪她聊天的對象，意外地稀少也不一定。

我清了清咳嚨，吞下口水。我的咳嗽聲在漆黑的夏夜裡，彷彿別人的咳嗽聲般迴盪不已。

5

翌日。

我將汽車停在停車場，一邊閱讀《愛麗絲夢遊仙境》一邊等千和，接著便看到她撐著陽傘與紙袋現身。

我把她帶來的東西放在後座後，旋即發車。

據她表示，從宅邸到摩耶子女士家的車程約一個小時左右。

「習慣坐車了嗎？」

汽車開上國道後，和緩的上坡與下坡彷彿接力般輪流到來。千和打開副駕駛座的車窗，以臉頰迎接吹來的風。她這麼做是為了避免暈車。

路上行駛的車輛不多，搖下車窗感覺相當舒服。車內充斥著陽光與海潮的味道。

「我也不知道。不過，如果不是長時間搭車應該沒問題。」

千和以不帶任何一絲情緒的語氣說。

「你剛才是在讀《愛麗絲夢遊仙境》吧？讀到哪裡了？」

「我的進度很慢。」

「你還沒有看到『紅心女王』的部分吧。『紅心女王在某個夏日做了水果餡餅，壞心眼的紅心騎士趁人不注意時偷走了水果派。』」千和這麼說完，停頓了片刻。「由於紅心騎士是偷走水果餡餅的嫌疑犯，因此召開了一場審判，而法官就是『紅心女王』。因為紅心女王的裁決極度不合理，而且都是處以酷刑的判決，所以愛麗絲最後受不了地大聲喊出『你們不過只是撲克牌而已！』的真相。然後，愛麗絲就這樣從夢境中清醒過來了。」

「等一下。我一直有點好奇，妳真的記得自己讀過的書籍內容嗎？」

「嗯，大致上都記得。」千和一臉若無其事地說。「所以，我考試的成績也不錯。」

教科書只需要一字不漏地背下來，因此熟記之後不需要多加思索就能夠答題。就算如此，她確實還是將書籍內容完全默背下來。看來她的腦袋構造似乎跟我不一樣。

「你不也記住不少食譜嗎？」

「我並沒有記住食譜。之前在餐廳工作的時候，我的確有記下『餐廳的獨門配方與食譜』，但已經完全忘得一乾二淨。我只記得材料，但不記得確切的分量。不過，這一點倒也不曾令我傷腦筋過。反正食譜只要抓個大概就好了。因為最關鍵的材料會根據每次的情況而有所不同。」

「哼嗯～」

她點頭。

天氣明明相當晴朗，卻開始降下細雨。這是太陽雨。雖然雨小到根本不需要啟動雨刷的程度，但柏油路面的顏色仍然一點一滴地變深。在她視線前方的細雨，靜靜地朝完全沒有任何遮蔽物的大海落下。

「聽說，波蘭人認為下太陽雨是因為魔女在製作奶油的關係喔。」

這陣雨沒多久就停了。從車窗流進車內的風變涼許多。看來這場雨吸收了不少地面的高溫。

啊！千和指著某處喊。當我一望向她所指的方向，便看到一道淡淡的小彩虹。我盯著望向彩虹的千和側臉須臾後，重新轉向前方。

彩虹不久就消失了。來得快的事物也總是去得快。然而，我不禁產生一股念頭——除了料理的味道以外，也好好記住這難得的瞬間吧。供我日後偶爾從記憶的寶箱中拿出來細細回味。

摩耶子女士的家位於距離溫泉區很近的山上。這裡的環境與身處大海旁的宅邸相當不同。房子從庭院樹木之間探出頭來。那是一座有著三角形屋頂配上紅瓦的洋館。建築物的上半部是紅色，下半部則是白色的，給人一種童話般的可愛印象。我將汽車停在玄關前似乎可以停車的地方。

「就是這裡啊。」

「是啊。」千和短短地嘆了一口氣。「聽說她是獨自一個人住在這裡。」

「她的先生過世了嗎？」

千和搖了搖頭說：「她一直都是單身。」

「原來如此。」

下車後，我按了玄關對講機的門鈴。等了好一會兒後，才聽到有人回應。千和一報上名字，對方立刻回說「我聽說了。在那裡等我一下」。

終於看到摩耶子女士從深處現身。

「外婉婆，午安。」

「哎呀呀，千和。謝謝妳特地送東西過來，趕快進屋子裡吧。」

對方似乎還算歡迎我們的到來。接著，就在千和點頭並穿過門時，摩耶子女士對我說：「你就在這裡等吧。謝謝你幫忙載東西過來。」

說完，她從我手上接過東西。千和趕緊從旁出聲。

「等一下，您不打算邀請他進屋子嗎？」

「別說得這麼難聽。」她說。「他的任務就是送妳過來這裡。我並不是在找碴，只是在劃清底下人的本分而已。」

「雖然您說得冠冕堂皇的，其實說穿了就是不願意讓廚師進家裡吧。還有，我也無法認同您昨天說的話，什麼叫做『冒牌貨』？」

只見摩耶子女士一臉尷尬地皺眉。

「這種話不適合站在這裡說，總之先進屋子裡喝杯茶吧。你也進來吧。」

我一時之間不知道該露出何種表情，只能呆呆地點頭。

我們被帶到庭院一隅。陽傘下擺有花園用的桌椅，四周飄散著薄荷的香味。

「坐吧。」

摩耶子女士對我這麼說。

在我與千和坐下後，面面相覷感到不知所措時，她已經端著放有茶壺與茶杯、司康餅的托盤回到庭院。她將托盤放在桌上，並在我們面前各擺了一個茶杯。

「我沖的紅茶很不可思議，風味相當道地。雖然不知道確切的理由為何，或許是我使用井水的緣故吧。」

摩耶子女士慢條斯理地在一杯杯的茶杯裡倒入紅茶，並催促我們倆品嘗看看。紅茶帶有又深又濃的琥珀色。儘管外觀如此，味道卻一點也不苦澀，加入牛奶後，變得更加香醇宜人。

「我一聽說千和妳要來這裡，就親自烤了許久沒做的點心。」

她用夾子夾起一塊司康餅，放在千和的盤子上。

「您還沒說理由……」

「別急。」摩耶子女士打斷千和的話，並接著說：「吃過這個妳就會明白了。」

我用夾子夾起一塊司康餅，放在自己的盤子上。司康餅旁附上裝有凝脂奶油與柑橘醬的圓形小盅。我將仍然有一絲微溫的司康餅扳成兩半，塗上凝脂奶油與柑橘醬後送入口中。

司康餅的表面香脆、鬆鬆乾乾的，裡面卻溼潤又綿密。配上凝脂奶油送入嘴裡，司康餅立刻在舌尖上融化，消失得無影無蹤。柑橘肉的甜與柑橘皮的微苦，大大地襯托出這份樸實的美味。

「非常美味。」

我說出自己的感想。

「任何人都做得出美味的司康餅。」她說。「但是，真正分出高下的關鍵在於凝脂奶油。凝脂奶油必須用道地的正牌貨才行。你知道這是為什麼嗎？雖然市面上也有日本製的凝脂奶油，但事實上卻是完全不同的東西。我所謂的正牌貨就是這個意思。你的料理也是同樣的道理。我並不是討厭你的料理。只是最後用來收尾的鮮奶油與奶油的品質，根本比不上正統的法國貨。」

「但是，他使用的材料品質一點都不差啊。」

千和提出了反駁，而摩耶子女士似乎並不介意。

「我並沒有說誰優誰劣，每道料理都是隨著那片土地成長、發展出來的。就連調味蔬菜的洋蔥也是各地方的品種皆不同。如果不是一步一腳印地在歷史上留下足跡的話，就會變成只學到皮毛的冒牌貨。所以，我才會說你的料理是冒牌貨。」

我喝了一口紅茶。氣氛實在不怎麼輕鬆，讓我有一種如坐針氈的感覺。

「我明白了。您明天願意撥空嗎？」千和說。「我們想煮一碗湯來報答您今天招待我們喝紅茶。」

我不禁懷疑起自己的耳朵。一段棘手的對話正在我的眼前上演。

「有意思。」摩耶子女士笑了。「是什麼湯？」

「是外婆您喜歡的海龜湯的『同類』。」千和說。「詳情就留到明天再揭曉，請您拭目以待。謝謝您的招待，今天打擾了。司康餅非常美味。」

千和站了起來，我只好急忙地喝完杯中的紅茶，然後一邊向摩耶子女士輕輕低頭致意，一邊離去。

摩耶子女士則是帶著一抹淺笑，緊盯桌面。話說回來，千和打算叫我做什麼湯啊？

千和在回程的車上說：「我還是認為外婆的說法太極端了。如果只因為不是那個國家的食材就沒辦法製作出正宗的料理，那全日本的外國餐廳不就都是冒牌貨了嗎！」

「她的確有點極端，但確實也有人抱持這種見解。」我說。「食材不同，味道就不同也是事實。不說這個了，妳到底有何打算？這個世界上可沒有人做得出海龜湯喔。更何況，海龜還是受到華盛頓公約保護的保育類動物，根本不可能拿來食用。」

「這種事情我早就知道了。」她這麼回答。「海龜湯是一道相當經典的料理，曾經普及一時。拉瓦雷納的《法國廚師》一書中，也有記載不吃肉的日子就會喝海龜湯。海龜在大齋期之類禁止吃肉的時期，似乎被視為替代肉的珍貴食材。如今日本只有在小笠原群島，根據數量控管措施獵捕海龜。儘管我尊重這項飲食的傳統，但也不會想吃這道料理。你知道海龜湯的烹煮方法嗎？」

「算是知道。」我說。「因為海龜肉有一股獨特的味道，所以基本上都會用雪莉酒提味，煮成法式牛肉清湯般的清澈湯底。也有人會加入鮮奶油，製作成咖哩風味。但是，絕對不可能明天之前買到材料。好了，妳到底打算怎麼做？」

「我說過是海龜湯的『同類』吧。」

「『同類』啊。」我說。「妳是要用鱉之類的取代海龜嗎？雖然外面確實也有餐廳會賣鱉湯，但是這麼一來不就正中妳外姨婆所說的冒牌貨嗎？」

「我才沒有要用那種東西替代。只要有食譜，不管是什麼料理你大致上都做得出來吧？」

「大概吧。」

我察覺到四周已經籠罩在暮色之下。太陽下山的時間似乎變早了。鮮豔的夕陽餘暉與殘留在地上的藍，以及在緩緩搖曳的水面上熠熠生輝的不規則折射光芒。打開車窗，旋即嗅到一股甜甜的海水味。

她將身體靠向椅背，閉上雙眼。

6

「昨天還真是折騰人呀。」貴崎說。

他似乎已經聽千和說了昨天的經緯，對於我提早上班一事完全沒有說什麼。

「是啊。」我嘆了一口氣道。「不過，還滿有趣的，所以我也不想想太多。」

「凡事都有寓意，只要你肯去發掘。」貴崎說。

看到我點頭，他以一如往常的態度露出微笑。

「今天也請你多多指教。」

於是，我們向彼此道別，開始分頭進行自己的工作。提早來到廚房的我，一踏進去便看到一身平日打扮搭配圍裙的千和。她旁邊堆起好幾本書，正在將食譜抄寫在紙上。雖然不清楚原因，但今天的千和沒有穿廚師服。

「早安。」

「我已經先把材料清單整理好了。詳細的分量你再自行斟酌吧。」

「這樣比較好。我會一邊試味道一邊調整分量。」

清單上寫有調味蔬菜、雞高湯、辛香料與小牛頭。最後的裝飾則是歐防風與夏季松露，以及甘露子。

「等一下，日本市面上根本沒有販售小牛頭，所以不可能買到。」

「這方面的問題就請你想辦法吧。」

她以一副沒什麼大不了的態度說。我大概掃過一遍食譜，這是在雞高湯中加入小牛頭熬煮，最後於表面裝飾蔬菜，類似法式清湯的湯品。

我苦惱好一會兒後，最後決定訂購牛尾巴與牛頰肉，以及豬腳。味道就靠牛尾巴與牛頰肉提供，並用豬腳皮來彌補所需的膠質。所謂的料理不外乎如此，只要知道邏輯就能夠用各種不同的組合製作料理。

「你有辦法解決？」

「我會想辦法解決。」

「了不起。」她難得開口誇獎我。「這很重要。」

我趁著調貨的期間熬煮高湯。森野已經先替我送來熬煮高湯的材料，於是我將牛頰肉弄成絞肉，再混入蛋白。接著，再混入番茄、蘑菇、調味蔬菜後，倒入高湯。然後，加入烤過的牛尾巴，用來煮出黃金色澤與增加湯的濃郁度。辛香料則是選用月桂葉與黑胡椒，以及少許八角。一邊在鍋中攪拌一邊以小火加熱。

「話說回來，用這些材料煮出來只是加了牛尾巴的法式牛肉清湯，但我們不是要煮海龜湯的『同類』嗎？」

然而，她只是一臉興致勃勃地探向鍋子，什麼話都沒有說。

攪著攪著湯沸騰了，我停止攪拌的動作，把火轉小。火候調整至湯的表面要滾不滾的微滾程度。製作法式清湯時，湯滾過頭就會導致顏色變濁。接下來的六小時，只需要靜心等待即可。

接下來，準備用來裝飾湯表面的食材。所謂的歐防風是有如細長版蕪菁的蔬菜。我忍不住暗自讚嘆森野還真是有辦法。只要下訂單，任何食材都弄得到手。有他真好。
「我是第一次看到這個。」
「是嗎？日本稱這個為叫做白色胡蘿蔔（註12）。據說歐防風在英國維多利亞時代，是最普及的食用蔬菜。當時馬鈴薯還沒有出現。這個歐防風和之前的洋薑一樣，都是被人們遺忘的蔬菜。」
千和動手切起歐防風。相較於一開始的時候，她切菜的手法變得純熟許多。
「怎麼了？我有哪裡做錯嗎？」
「沒事，我只是覺得妳熟練很多。所謂的料理就是眾多基本作業的累積，只要能夠切好材料、分辨得出來鍋裡食材已經煮到什麼程度，就可以煮出大部分的料理。」
將歐防風以熱水預煮後切成丁，再加入鹽巴與砂糖、醋，製作成醃菜。甘露子也以同樣的手法料理。
「甘露子就是過年時會放在黑豆上的那個年菜吧？」
「這也是你第一次看到嗎？」
「當然啊。我只有看過用在日本料理中已經處理好的甘露子。不過，用這種東西有點像自創料理耶。不會又被批評成冒牌貨嗎？」
「你說的我都明白，現在你給我閉上嘴好好做料理！」
挨了千和一頓罵之後，我只好乖乖閉上嘴巴繼續手上的作業。夏季松露也跟歐防風一

12　中文的白蘿蔔在日文稱為大根。為避免混淆，在此使用白色胡蘿蔔之譯法。

樣切成丁。進行到這裡，牛尾巴也燉軟了，同樣切成小塊。

時間就在燉煮的期間流逝而去。

從窗外望去的景色彷彿某個古老市鎮的觀光照片。雖然整齊乾淨，卻無法在人們的腦海中留下深刻印象。這裡有山、有海，夾在其中的是頗擁擠的老街。建築物在雨水的浸濡下，更加增添了歲月的痕跡。

「該做的事情都做完了嗎？」

「接下來就只剩下等待而已。等待也是做出好料理的一環喔。」

廚房裡只聽得到氣泡從鍋底冒出水面的小小聲響。

「在這裡工作還愉快嗎？」

「怎麼突然這麼問？」

「之前提到你有可能遭到開除的話題時，你看起來沒有那麼驚慌。我昨天也思考了一下。雖然我們希望你能夠待久一點，但是如果你有辭職的念頭，或許還是辭掉這個工作比較好。」

「我也不知道自己是否會一直待在這裡，但是看起來還會再待一陣子。在這裡工作很有趣，也讓我慶幸還好自己回來廚房工作。該怎麼說呢～讓我有一種活著的感覺。」

能夠擁有活著的真實感，或許是因為從事食物相關工作的緣故。畢竟民以食為天。

「我之前做過其他性質的工作，結果前女友竟然說我臉上掛著死人般的表情。我沒有自覺，但搞不好就是這麼一回事。」

「你真的喜歡過那個人嗎？」

我笑了出來。

「幹麼問我這種事情啊？」

「因為我覺得自己好像沒有真心喜歡過任何人。」

「喜歡一個人的心情是沒辦法用真偽來區分的。」

「那麼我換一個問題。跟她分手的時候，你會感到難過嗎？」

「當然會難過啊。」我說。當時的我覺得自己彷彿化為孤伶伶地掛在寒冬夜空裡閃耀的北極星。「但是，事到如今回想起來，我很慶幸我們分手了。如果沒有分手的話，不知道我現在人會在哪裡。總覺得我似乎是在恢復單身後，才明白自己的立足地在哪裡。」

她聽完什麼話都沒有說。我實在很難推敲出，她是在思考事情還是有任何意見。

「總歸一句話。」我說。「人類總是會下意識地尋覓能夠真心喜歡上的事物……喜歡的人、喜歡的地方、喜歡的工作。有人窮極一生仍然找不到答案。所以，要盡可能地喜歡更多的人、盡可能地去許多地方，並盡可能地嘗試任何事情。就算答案會令人後悔，但這一切都能夠讓人往前邁進。」

告訴千和的同時，也像是在說給我自己聽。

數小時後，我探向桶型深湯鍋內。食材的滋味已經被充分地萃取出來，湯呈現清澈的琥珀色澤。我試了一下味道，湯裡的膠質輕撫過上顎，從喉嚨滑進食道，湯的濃郁滋味與香味則是追在後頭。湯頭並不像一般法式牛肉清湯清甜，有一種濃郁的鮮味殘留在舌頭上久久不散。

味道比我想像中的美味許多。但是，我不覺得這就是海龜湯的同類。

「如何？」

千和問我。於是，我用湯匙舀起高湯讓她試味道。當我正要將湯匙遞給面對我的她時，她卻突然將下巴輕輕向前一帶，我便順勢把湯匙送到她的嘴邊。

她閉上雙眼，喝下湯。接著，她睜開雙眼，只說了一句「真好喝」就沒下文了。由於上嘴脣接觸到膠質的關係，散發出滋潤的光澤。

「這樣可以嗎？」我問。

「大概吧。」

「妳為什麼會想讓摩耶子女士品嘗這道湯？」

「當然是為了你啊。既然你要煮料理給她吃，就算是外姨婆也不能阻止你進屋吧？」

「妳知道我在調查老建築的事情？」

「你說這不是廢話嗎？當然是貴崎先生告訴我的。」她說。「問題在於接下來的發展。如果你的湯沒辦法令外姨婆滿意的話，就沒有下一次了。不過，做到這個程度我覺得應該不會有問題。」

前往摩耶子女士家的途中，我們經過有著三角型屋頂的小小車站。只要冠上湘南這個名字就能夠賺錢的時代已經過去，失勢的街道如今儼然已變成偏鄉的風光。

「這道湯叫什麼名字？」

我問千和。雖然她說是海龜湯的同類，但我怎麼想都覺得這道湯只是法式牛肉清湯的變化版而已。

「你昨天讀的書裡有寫到喔。」

「昨天讀的書是指《愛麗絲夢遊仙境》嗎？裡面確實有說到加太多胡椒的湯還是派之類的料理，但沒有提到妳說的湯。」

車子駛離市中心，沿著斜坡向下。汽車在沿海的蜿蜒道路上開著，接著駛進安靜的住宅區，越過橋之後再開一陣子。在蜿蜒的道路上開了將近一個小時的時間，終於抵達摩耶子女士家。

我將汽車停妥在同樣的位置。

千和一按下門鈴，立刻從對講機傳來摩耶子女士的聲音。

「我正在等你們。進來吧。」

話語剛落，門就開了。一推開門就是玄關。撲鼻而來的並不是陌生人家裡的氣味，反而是一股冰涼的空氣與令人懷念的氣息。屋內正面的牆壁上，掛著似乎是很久以前建築物竣工時所拍攝的照片。

我像是被吸引住般緊盯著那張照片不放。

「你在發什麼呆啊？快進去吧。」

我在千和的催促下回過神來。

雙手抱著東西，跟在她身後。

環視了一圈在摩耶子女士的帶領下來到的廚房時，我不禁倒抽了一口氣。眼前的廚房設備完善的程度，完全不會輸給我工作的宅邸。然而，更令我感到驚訝的是，這個廚房與夫人宅邸的廚房簡直一模一樣。這是怎麼一回事？難不成是出自同一位設計師之手？

廚房中央處擺了附烤箱的鐵板與瓦斯爐，後面還有冰箱與工作檯。這些設備似乎有好長一段時間無人使用，上面積了薄薄一層灰塵。廚房深處堆疊著各種大小不一的鍋子，不過都有用布蓋著。

「哇！」千和忍不住輕溢出聲。

「這個廚房現在已經沒有人在用了。」摩耶子女士說。「原屋主似乎相當喜歡美食，所以設備雖然古老，但一應俱全，應有盡有。我人就在餐廳，有什麼事再過來找我吧。」

「謝謝您。」

她離開了廚房。我們則是拿起抹布，從打掃環境開始做起。雖然待在別人家的廚房很難靜下心來，但是這個廚房卻不會讓我有這種感覺。

我用從宅邸帶來的鍋子暖湯盤與湯品，並裝盤。接著，用小鑷子在湯表面上點綴好香草後，由千和將完成的料理端上桌。

7

「請您品嘗看看吧。」千和說。

摩耶子女士瞥了我一眼，喃喃自語地說了一句「那我就不客氣了」，便將湯送入嘴裡。

「這就是妳要我吃的料理？」

她笑了。看來是不會令她勃然大怒的味道，我不禁鬆了一口氣。

「是的。」千和點頭。「這是假海龜湯。」

我事後才知道，所謂的假海龜是《愛麗絲夢遊仙境》裡的角色。那是個外貌奇形怪狀的烏龜，有牛頭、牛腳、牛尾巴與牛蹄，以及烏龜身體的超現實生物。在第九章〈假海龜的遭遇〉裡，女王確實曾經說過「假海龜是用來做湯的原料」。

「假海龜湯這道英國料理出現在狄更斯寫出偉大鉅作，以及夏洛克・福爾摩斯活躍地解決各種事件的時期。你們竟然會端出這麼一道稀奇的料理。」

摩耶子女士笑著說。

千和瞄了我一眼。我才察覺到原來自己嘴巴開開的，露出一臉呆滯的表情。我清咳了一聲後，趕緊閉上嘴巴。

「背後有什麼意義嗎？」

千和點頭。「維多利亞時期經歷工業革命，成為大英帝國最繁榮興盛的時代。當時以上流階層為中心，蔚為風潮的就是海龜湯。」

「的確，妳說得沒有錯。」

「但是，中產階級以下的人平日根本不可能吃到昂貴的海龜，因此才有了假海龜湯的出現。或許，看在您的眼裡，會認為使用小牛頭與牛尾巴的湯是冒牌貨，但是當時的廚師們卻認為能夠使用尋常的材料，製作出令人們開心的料理是一件值得的事情。」

摩耶子女士再喝了一口湯。

「正如同外姨婆您所說，料理都是隨著那片土地成長、發展出來的。但是，食物本身並沒有有所謂的冒牌貨或真貨，有的只是想讓人品嘗到的心意而已。」

「原來如此。」

「而且，正是因為混合了各式各樣的食材，才會形成今日的料理。」

「妳說的是甘露子吧。」

「甘露子？」

我忍不住插嘴。

於是，摩耶子女士代替千和說明給我聽。「甘露子並不是源自於歐洲的產物，而是在十九世紀末從亞洲傳入，如今在法國也會用來煮法式奶油燉菜等料理。證據就是使用這個蔬菜的料理都會加上 À La Japonaise ——也就是法文日式的意思。請你好好記住這一點。」

千和接著說明：「一百多年前的人們製作這道料理時，並不是抱持著想要做出冒牌海龜湯的心態。他們只是一心一意地思考，該如何烹煮出美味的料理而已。為了滿足品嘗的人而煞費苦心。」

煞費苦心——在料理發展的過程中，不知不覺間失去的重要事物。摩耶子女士不發一語地喝湯。接著，定定地望向千和的雙眼後，嘆了一口氣。

「這道料理是一百多年前誕生的。如今也沒辦法證實，以前的人是否抱持這種想法製作出這道料理。更何況，材料也跟現在有所不同，就連熱源也不同。或許這道湯品原本的顏色並不會這麼清澈，不過……」

她短暫地停頓一會兒後，再次開口。

「假海龜湯在過去確實被人們視為一道完整且成熟的料理。而這道湯品是到近期才被煮成偏液態的湯品……你也多學一點歷史吧。正所謂『凡事都有寓意』。」

摩耶子女士看著我說。

「這句話……」

我不禁喃喃地說。記得貴崎也曾經說過同樣的話。千和告訴過我，這是《愛麗絲夢遊仙境》裡的公爵夫人的臺詞──「凡事都有寓意，只要你肯去發掘。」

我點了點頭，在不被人察覺的情況下輕嘆一口氣。

「歷史會如此重要，也是因為唯有透過學習歷史，我們才能夠與已經不存在的人們有所聯繫。我們是與過去的人們共存在這個世界上，絕對不可以忘記這一點……這道料理的味道比之前美味多了。」

我再度點頭。我很開心料理被人誇獎。

「但是，這仍然是一道冒牌貨料理。」她恢復成平日的語氣說。「用來讓湯變得清澈的蛋白，你放太多了。因為害怕失敗而加入過多的分量，反而影響了味道。」

她說得沒有錯。製作牛肉高湯時的蛋白用量不好掌控。於是我回答：「今日真是受教了」。摩耶子女士原本綳著的臉突然變得緩和，似乎是打從心底在微笑。氣氛也稍微緩和了下來。這麼說來，我之前也曾經聽過夫人說教呢。長相極為酷似的兩人，個性似乎不太一樣，卻又有點相像。

「我可以問您一件事情嗎？」

千和看了我一眼。摩耶子女士則是緩緩地點頭。

「夫人的身體狀況真的這麼差嗎？」

她顰眉問：「你怎麼會這麼想？」

「我一直在思考，您想要開除我的理由到底是什麼。所以我就想，或許您是希望夫人離開宅邸，安排她住院接受治療之類的。所以，您才會勸夫人思考該如何處置我與貴崎先生吧。」

當我這麼一說，她立刻點頭。

「你說得沒有錯。我實在摸不透姊姊心裡到底在想什麼，所以相當憂心。自從之前因意外痛失女兒與女婿之後，我姊姊就將自己的心封閉起來了。」

她的語氣顯得相當羸弱，看來是真心在擔心夫人，雙眼還顯得有些溼潤。不過，我忍不住暗自心想，不管遇上什麼事情，眼前的女士絕對不會輕易讓別人看到自己的淚水吧。獨自一人生活就是這麼一回事。

「我似乎是有些誤會你了。更別提，你實在不像廚師。」

「我經常被別人這麼說。」

「別誤會，我是指好的方面喔。」摩耶子女士提高音量笑著說。「我們移去日光室，喝杯紅茶吧。我去泡茶。雖然我的廚藝沒什麼好拿來說嘴的，但說到泡茶的技巧可是一點都不輸人喔。」

摩耶子女士這麼說。

「外婕婆，我幫您。」

「謝謝。」

她走去另一間廚房，而非我剛才烹調料理時用的廚房。千和站起來，悄悄在我耳邊輕喃。

「這麼一來就能夠確認了吧。」

她那輕柔的氣息輕觸著我的耳朵，令我的心臟忍不住悸動起來。

「確認什麼？」

「日光室啊。」千和說。「你小時候跟母親一起用餐的地方，明明是在室內卻有如陽臺明亮吧？之前聽你這麼描述時，我就在懷疑搞不好是日光室。因為傳統的日式建築，並不會將陽光引進室內。日光室是喬賽亞・康德或威廉・梅雷爾・瓦歷斯引進日本國內的建築元素。從大正到昭和初期，曾經有過一段短暫的時期所建的洋館都具備此一特色。」

「妳的意思是？」

「如果要找的是現存的該時期洋館，範圍一下子就縮小了不少。」

千和以稍快的速度向我說明後，便追著摩耶子女士的腳步而去。

現場只剩下我一個人。我的心臟仍然悸動不已。會這樣並不全然是千和呼出的暖熱氣息造成的。彷彿別人心跳聲的聲響，在我耳邊響起。

得快點過去日光室才行，我如此心想。一直愣在這裡的話，她們一定會覺得我很奇怪吧。然而，我的身體卻動彈不得。直到此時此刻，我終於明白自己懷抱何種情緒——那就是恐懼。

恐懼？為什麼會感到恐懼呢？說句老實話，我確實是感到相當膽怯。因為，我突然有一種自己的命運彷彿被某人操控的感覺。

我認命地從椅子上站起來。椅子摩擦地板的聲音，在室內造成誇張的噪音。日光室與餐廳是連接在一起的。我以穩定的腳步，朝陽光灑落的方向前進。

一踏入那個房間的瞬間，立刻盈滿我胸口的是一股強烈的虛脫感。

夕陽透過玻璃灑落進來，室內被染成橘子色。我感到喘不過氣來，趕緊大口大口地呼吸。空氣中有一股香氣，那是來自於擺在桌上的橘子果香。刺激著鼻腔內側的那股微弱香氣化為強烈的觸媒，在我的腦海裡引起連鎖反應。

記憶逐漸鮮明，模糊的輪廓也越描越深。隔著毛玻璃所看到的世界裡的霧氣終於散去，腦海裡的事物變得清晰起來。呈現反比的是，一股自我存在感越發變得渺小的感覺朝我襲來。

我曾經來過這裡。

這裡就是我與母親一同用餐的地方。

彷彿一口氣將經年累月堆積起來的灰塵拭去般，我在一瞬間想起了所有的事情。從我口中吐出的氣息灼熱不已。曾經那麼糊模不清的記憶，卻在回憶起來之後，所有的一切都變得如此鮮明、簡單。我回想起那一天的事情，進而感受到如今已不在這裡的母親的存在。

千和不知道什麼時候來到我的身後。她拿著裝有烤製點心的托盤，不發一語地看著我。

「就是這裡吧。」

我回過頭去，輕輕點頭。僅僅如此，千和似乎就明白了。興奮在不知不覺間如潮水退去般消失得無影無蹤。凍結在我內心的時光，緩緩地溶化、流動起來，並殘留著一股莫名的不協調感。那是一種近似懷疑的情愫。

將我引導來這裡的是貴崎，但他這麼做並不是為了我。他不是這種人。更何況，如果是為了我，應該早就這麼做了。他明明知情，卻刻意讓我繞了一大圈。

我閉上雙眼，嘆了一口氣。

唉~算了，我小聲地低喃。貴崎需要我，所以我也只能盡可能地做自己能力所及之事。儘管我還沒摸清楚自己能做些什麼，也不明白自己的作為會帶來何種結果。

第五話　天下第一美味湯品

1

我並不後悔成為廚師。但會覺得遺憾的是，我無法單純地去享受「吃」這件事。

當然，邂逅美食時我的心情仍然會感到雀躍不已、與別人一起用餐也會感到相當愉快，但是進食的時候，總是會有個站在廚師立場思考的自我。我會忍不住去佩服別人料理食材的手法，也會心想如果是自己的話，會如何製作。

對年幼的我而言，享用母親製作的料理是一件極為純粹的喜悅體驗。

我猶記得那天的日光室。那一年春天的腳步提早來到，庭院裡的花草樹木散發出清爽宜人的香氣，土壤也釋放出甜甜的清香。儘管能夠拜訪母親住處的日子不多，但是我很喜歡能夠見到她的這個地方。

廚房是我的遊樂場。各式各樣的廚具都是我的玩具。身為小孩子的我所做的勞作成品是沙拉，遊戲的成果是湯品。母親擁有一身好廚藝，我想要與她更加親近而邁向料理之路——多半是我潛意識想這麼做吧。

母親從廚房用雙手端來暖呼呼的湯品。她一邊對我說話一邊露出微笑，但表情卻顯得有些許躊躇。她舀起湯，盛進湯碗裡，並將那碗湯放在我面前。我用銀湯匙舀了一口，送進嘴裡。彷彿被陽光晒得暖洋洋的窗邊般帶著暖意的熱湯，喝起來很甜美，有一股幸福的感覺。

「好好喝。」

我說出陳腔濫調的評語。我不知道其他可以用來表現美味的說法。

「太好了。」母親鬆了一口氣，露出微笑。「終於敢吃了。這裡可是能夠製作出天下第一美味湯品的地方喔。」

「那是什麼湯？」

我搖了搖頭。「我還想不起來那道湯的名字。只記得那道湯有著一股被陽光晒得暖洋洋的味道……」

千和遺憾地嘆了一口氣。摩耶子女士沖的紅茶在桌上冒著熱氣。

我們圍著日光室裡的桌子而坐。不知不覺間太陽已經逐漸西沉，陰影落在桌上竹籃裡的橘子上。我們向紅心女王——摩耶子女士——獻上湯品，而她則在餐後泡紅茶酬謝我們，並附上全脂牛奶與加入李子烤製而成的點心。烤製點心有著濃濃的洋酒風味，那是一種會引起濃濃鄉愁的味道。

「你以前曾經來過這裡吧。」

摩耶子女士用一種諄諄教誨的語氣對我說。不是她平常慣用的強勢語氣。

「姊姊知道這件事嗎？」

我淡淡地否定她的疑問。「如果夫人知道的話，應該早就叫我來這裡了。」

「聽你這麼說也有道理。」

然而，我心裡很明白就算夫人不知情，貴崎也是知情的。這件事是他指使的嗎？就算想破頭也無從得知答案。我從來沒有像今天這樣，對自己頭腦不靈光一事感到如此不甘心。

「請問您知道關於前屋主的事情嗎？」

我如此詢問摩耶子女士。她閉上雙眼，搖搖頭。

「抱歉，我也不清楚詳情。我只有聽說過在姊姊買下這裡之前，有一名女子住在這裡。看來那位就是你母親了吧。」

「是的。家母與家父離婚之後，就搬到這裡來了。或許是透過朋友找到這裡的。但我當時年紀還小，所以也不是很清楚詳情。不過，我母親應該是一位相當瞭解料理的人。」

「是的，我曾經聽說過這件事。雖然沒有對外營業，但她會在這裡定期舉辦料理教室或餐會之類的活動。」

由於我父親丟棄了一切與母親有關的事物，想當然耳我是頭一回聽說這件事。不過，我也沒有太過驚訝。即使我不太瞭解母親，但只要看到這個廚房就能大概想像出她是個什麼樣的人。如今在我心目中的母親，似乎比從前親近許多。

「我第一次聽說。」

「不過，你也走上料理這條路。或許這種事情就是這樣，即使想盡辦法隱瞞，仍舊會遺傳給孩子。」

摩耶子女士催促我趕緊趁熱喝。紅茶呈現深琥珀色。我定定地盯著沉在杯底的牛奶。我喝了一口紅茶。那股溫暖稍微平復了心情。

「之前住在這裡的那個人，現在在哪裡？」

千和替我提出問題。摩耶子女士把拿在手上的茶杯，放回盤子上。「喀鏘」一道小小的聲音在室內響起。

「聽說對方已經過世了。」

她靜靜地說。我則是點了點頭。父親唯一告訴我的一件事，就是母親已經過世了。在我懂事之後，才開始懷疑這句話的真實性。或許，父親是為了讓我忘記母親，也為了讓他自己不再回想起母親，才對我說謊。我會開始尋找那道湯品，也是因為我認為母親也許還活在這個世界上。我滿心地認為，只要找到那道湯總有一天一定能夠見到母親。

「總覺得對你很抱歉。」

「怎麼會。」我說。「我非常慶幸自己有機會看到這裡的廚房，也因此讓我明白母親的廚藝到底有多麼高明。」

摩耶子女士帶著一臉慈祥的表情點頭，千和似乎在想別的事情。我一口氣喝光紅茶。

時光就這樣流逝而去，臨別之際，我拜託摩耶子女士讓我再看一眼廚房。摩耶子女士二話不說就答應了。兩人貼心地刻意讓我獨處。

我將雙手搭在工作檯上，閉上雙眼，深呼吸後，將意識集中於眼瞼下的黑暗之中。我的心情已經好久沒有這麼平靜了。只要觀察廚房就能夠大致掌握廚房主人的個性，以及對方會烹調出何種料理。這是只有同為廚師的人才能夠明白的事情。

掌心感受到不鏽鋼工作檯傳來的強烈寒意。我的眼瞼似乎再也承受不住眼淚的重量。在眼眶被淚水浸溼後，我首次感覺到了悲傷。這份悲傷來自於讓母親感到寂寞的憂心，以及無法在她死前陪伴在側的悔意。這兩個念頭從我胸口深處滲透出來。

我一邊想著大男人哭成這樣成何體統，一邊用手帕按著眼頭，以免等一下回到餐廳時被她們察覺到我的失態。

摩耶子女士一路從玄關送我們到停車的地方。我向她表達謝意，感謝她今日的招待。先坐進車子裡的千和，打開副駕駛座的車窗望向這邊。

摩耶子女士對我說：「那孩子就拜託你了」。我點頭後，坐上車。千和坐在副駕駛座上揮手向她道別。

汽車開了好一陣子之後，千和說：「找個沒有人的地方停一下吧」。

我開到岸邊停好車。我一邊眺望大海，一邊側耳傾聽奔馳於外環道上的汽車聲響。有人在岸邊釣魚，但似乎對我們倆的存在完全不感興趣。

我看向千和時，才察覺她的臉色不是很好。

「沒事吧？」

「吹吹風就沒事了。不過，請你稍等一下。」

千和這麼說完之後，打開車窗。夜晚的海風滑進車內。她神情恍惚地呆望著大海。好一會兒之後，她開始咬起左手的大姆指，幫助心情平靜下來。接著，她搖了搖頭說：

「我就是改不掉咬指甲這個壞習慣，明明知道必須要戒掉的……今天真是對不起……」

「妳為什麼要向我道歉？」

「都是我多管閒事。不知道你母親已經過世的消息，你的心裡應該會比較好受吧。」

「才沒有這回事。我很慶幸自己能夠親眼看到我母親待過的廚房。」

透過找到那個地方，才令我回憶起母親深愛著自己。我似乎能夠稍微理解，夫人所說的「真正的悲傷」是什麼意思了。

「在我得知這個消息前，我一直不知道該將關於母親的回憶收藏在心裡哪個角落。托妳的福，我終於能夠將她好好地收藏在心裡深處的寶箱裡了。妳絕對沒有多管閒事喔。雖然我還有沒弄明白的事情。」

我將雙手擺在方向盤上，心不在焉地望著儀表板。老實說，我很感謝千和。正因為如此，我非常在意這股籠罩在她周遭的陰鬱氣息。

「你是指湯吧。那道湯的味道真的這麼複雜嗎？」

「我也不是很清楚。不過，畢竟是做給小孩子的湯，應該不會複雜到哪裡去吧。」

「該不會只能透過實際品嘗，才能夠回憶起來吧。」

「也許是吧。就跟普魯斯特記憶中的瑪德蓮蛋糕一樣。」

她微微一笑。

「像是被陽光晒得暖洋洋的味道，這種形容詞實在不怎麼樣耶？」

「這也是沒辦法的事情啊。我又不像妳讀過那麼多書，詞彙實在少得可憐。」

「不過，我隱約能夠明白你想表達的意思。就像是春日暖陽的味道吧。」

稍微休息片刻後，她的身體似乎恢復不少。

雖然黑夜從腳邊逐漸靠近，但隔開大海與天空的海平線仍然殘留著些許失去力道的微弱光芒。眼前是彷彿站在世界盡頭般的美麗景致。我們眺望著同樣的景色，分享同樣的時光。

「真美。」

「嗯。」我說。「從前的人們以為地球是平的，還認為天空與大海交會之處就是世界的盡頭。」

聽到我這麼說，她一臉訝異地點頭。

「最後，勇敢的人們終於開著船駛向那裡。花了好長一段時間之後，最後卻回到了原點。於是，人們才知道地球是圓的。或許，這件事實還教導了人們其他的道理——也就是世上的萬物都是如此循環的。」

我繼續接著說。

「一切都會循環。僅僅只是瞭解這個事實，眼前的世界看起來就會與昨天以前的世界不同。黑夜總是連接著白天，雨水也是透過河川流向大海。而生命也是緊緊相連、息息相關。或許，人們總有一天都會回到原點吧。」

「原點？」

「我的原點就是廚房。看到我母親的廚房之後，我終於確定了這一點。所以，妳所做的事情絕對不是多管閒事。」

千和微微不解地偏著頭，接著，理解似地對我輕輕點頭。

我再也不會感到迷惘了。太陽終於沒入海平線。

當我們回到宅邸時，黑夜已經降臨。月亮彷彿在夜空的耳邊呢喃般，輕柔地飄浮在海上。

2

數日後。

我在前往廚房之前，先來到附近一帶散步。今天天氣相當晴朗，而夏季的暑熱也已經告一段落，是個適合毫無目的地漫步的好日子。

道路與電線桿、劃分天空的電線。住家庭院裡的綠樹。空蕩蕩的停車場。最後，我在被一大片雜草淹沒的空地前停下腳步。這裡過去也曾經存在著某棟建築物吧。如今卻甚至連曾經存在的痕跡也感受不到。

一輛貨車從我身旁經過後，突然緊急煞車。副駕駛座的車窗被搖了下來，司機從駕駛座伸長身體探出頭來。

「咦？你怎麼啦？呆站在這裡。」

出聲的是森野。我與身為供貨業者的他相處得十分融洽。

「稍微喘口氣。總是窩在廚房裡對身體不好。」
「是啊。現在也沒那麼熱了，這個季節很適合散步。你最近是不是遇上什麼好事啦？」
「為什麼這麼問？」
「都寫在你臉上了。」
森野愉快地笑著說。我一點也不清楚自己帶著何種表情。「什麼事情都沒有啦。」我如此回應。
「那麼待會見嘍。你已經下單了吧？」
「嗯，再麻煩你了。」
貨車駛離後，我高舉雙手朝向天空，大大地伸展身體。

我前往宅邸，一如往常地從後門進入廚房，換好衣服。將工作檯面擦拭乾淨、打開洗碗機與暖盤器的電源，完成開工前的前置作業。
然而，即使時間已到，也不見千和至廚房報到。別說她了，就連貴崎也不見人影。這種情形完全出乎我的預料，頓時感到相當不安。
然後，森野終於送來了食材。
「怎麼不見那孩子？」
「她還沒來。」
「她不在廚房裡，讓人覺得有點寂寞呢。」森野這麼說完後，自己笑了笑。那是一抹與他完全不相襯的落寞笑容。「好像突然變得一片死寂。因為這附近一帶的居民都是上了年紀的老人家，也很少有外地人來訪，所以簡直就像是死城一樣。」

「是啊。」

待森野離開之後，我整理好食材，便動手煮起高湯。

用一如往常的過程，進行一如往常的工作，過著一如往常的日子。

3

高湯煮得恰到好處，當我準備進行收尾時，千和終於現身。

她一身平日的穿著打扮，一邊說著「早安」一邊踏進廚房後，站在我身旁深深地嘆了一口氣。她的模樣明顯與往常不同。

「今天放假，你收拾好就可以回去了。」

「放假？」

「外婆的狀況不太好，她已經去醫院了。」

由於夫人感冒久病不癒，所以去醫院做檢查。雖說是檢查，但也不是太嚴重的大事，只是定期門診，以防萬一順便做一下檢查而已。其實我早就察覺到，這一陣子夫人身體的狀況不太好。

結束的腳步聲越來越靠近了。只要夫人無法正常進食，我就派不上用場了。

「妳不去醫院沒關係嗎？」

她偏著頭說道：「沒關係。有貴崎先生陪同，不用擔心。更何況，我也早就知道會有這麼一天的到來。」

千和的表情與聲音裡毫無一絲的活力。早就知道會有這麼一天——聽到這句話的瞬間，我才終於恍然大悟千和這陣子住在宅邸的原因。夫人已經來日不多了，千和是為了在所剩不長的日子裡盡可能地陪伴夫人才來的。一思及此，我才察覺到貴崎對我說過的種種話語似乎都帶有些深意。

「再說，如果我也跟去醫院的話，誰來通知你今天放假的事情啊？……這下子高湯白煮了。」

「我會把高湯冷凍起來，這一點妳不需要擔心。不用準備妳的晚餐嗎？」

千和搖了搖頭。「我待會兒要去醫院探望外婆。」

「我明白了。」

煮好的高湯味道相當純淨。畢竟高湯可不能妨礙主要食材的味道，因此淡淡的反而剛剛好。過濾之後，倒入裝高湯的壺裡。再把高湯壺放進裝滿冰水的大盆中，急速冷卻。

「在廚房工作好像每天都在重複一樣的事情。」

重複……或許看起來是這樣子，但我忍不住反駁。

「才沒有這回事。」我說。「看似相同的作業，其實每天做的事情都不一樣。」

「因為每天進貨的食材都不一樣的關係嗎？」

「沒錯。還有溫度與溼度也不同。為了每天都能夠煮出相同的味道，煮湯時必須抱持求好心態才行。」

聽完我的見解，她破天荒地乖乖點頭。服務與料理並不會留下任何痕跡，僅憑這一點就有必要做到盡善盡美——貴崎曾經這麼說。

「夫人沒事嗎？」

「沒事的，她只是感冒而已。」

我一邊問一邊浮現在腦海裡的，是十年前的事情。她應該也想起了這件事。那一天，千和的雙親到底打算帶哪一道湯品，給因為感冒而臥病在床的夫人品嘗呢？

「感冒的時候有什麼適合喝的湯嗎？」

我開口詢問千和。她稍微思索了一下後回答我，猶太人會喝雞湯，法國的話則會喝希臘風雞湯之類的湯品。

「這都是些什麼料理？」

「具體來說，就是雞湯。不過，湯裡不是加義大利麵而是米。似乎是由於加入大量的蒜泥與檸檬汁的緣故，菜名前才會冠上『希臘風』三個字。在西班牙則是會把百里香放入熱水中萃取精華後，淋上麵包食用。」

「希臘風的湯真讓人好奇呀。」

「你想看食譜嗎？」

我點頭。

書庫看起來仍然像是用一本本的書打造而成的洞穴。安靜的房間與千和的氣質非常相襯。而我也不像以前那般排斥閱讀書籍了。她遞來一本手工製的食譜。

「這上面整理了許多適合感冒時喝的湯品食譜。」

我接過那本書，翻閱起來。除了希臘風雞湯之外，也記載了不少適合感冒期間喝的湯品。從用白酒與蜂蜜調成的甜蛋酒，到加入許多滋陰補陽食材的湯品，應有盡有。網羅了許多古今中外，適合感冒喝的湯品食譜。

「真是太驚人了，幾乎毫無遺漏。這裡面沒有妳雙親原本要帶給夫人喝的那碗湯嗎？」

她點了點頭。「從我小時候就一直很好奇，外婆原本會在那一天喝到的是哪一道湯品。所以，我才會認為或許能夠從書上查到線索。再加上，我原本就喜歡閱讀。」

千和在椅子上坐下。

「但是，我卻因此挨了外婆一頓罵。當外婆詢問我進出書庫的理由時，我一五一十地回答後，就遭到外婆大聲責罵說『沒有這個必要』。因為平常很少看到她發脾氣，所以我當時受到不小的打擊。」

她以絲毫不帶任何情感的聲音淡淡地述說。我實在很難想像夫人大發雷霆的模樣。

千和嘆了一口氣說：「或許我這個人就是愛多管閒事吧。」

我搖了搖頭，並安慰道：「夫人只是在顧慮妳的心情。她沒有留下太多妳雙親的照片，想必也是如此。因為回憶起他們只會徒增悲傷而已。」

千和緊盯我的雙眼，並說了一句「或許吧」。然而，臉上的表情卻顯得不太認同。

「不過，妳父母為什麼要特地出門買湯呢？如果是因為照顧夫人太累或嫌煮湯麻煩等理由，總覺得說不通。畢竟湯這種料理，一般來說根本不需要在半夜特地請人製作，還特地開車去取。雖然受雇來煮湯的我說這種話不太恰當，不過按照常理確實是這樣子的。」

「你說得沒有錯。更何況這件事原本就很可疑。」

千和如此說完後，從書櫃深處抽出一本古老的食譜筆記本。食譜筆記本上有著一筆一劃仔細地寫上的字跡，貼滿從雜誌上剪下來的文章或照片。一翻開貼有「湯品」字樣的便利貼，便可以看到豌豆湯、南瓜濃湯、玉米濃湯、法式火鍋、法式雞肉火鍋、適合夏季食用的馬鈴薯冷湯、桃子蘋果冷湯、哈蜜瓜冷湯等的料理食譜。

「這個是我母親留下來的食譜筆記。你看了有什麼想法？」

「什麼想法……就覺得原來妳母親也會下廚啊。因為，不管我怎麼看，都覺得妳母親的敘述相當切中要領。這是實際上有在下廚的人才寫得出來的食譜。」

「我也這麼認為。」

聽到她這麼說，我稍微思索了一下。這件事的確有蹊蹺。

「根據這些書櫃的規模，我就覺得妳母親相當熟悉料理。既然如此，為什麼她不自己煮湯呢？憑她的廚藝應該不需要特地請人製作吧。」

千和沉默地點頭。然後，從我手中接過食譜筆記本，放回書櫃。

「我問你喔。你覺得這個世界上有只有餐廳才做得出來的特殊湯品嗎？」

我搖了搖頭。「沒有這種東西。湯原本就屬於家常料理，不需要特殊的器具。舉例來說，即使是我之前煮的『法式龍蝦濃湯與海膽芙蘭』那樣費工的料理，也能夠在家裡的廚房製作出來。」

我試著從頭思考一遍。必須同時擁有製作方法與食材才煮得出料理。雖然不需要特殊的器具，但也許是食材裡面隱藏著祕密？

「或許那道湯使用了一般人難以得到手的特殊食材。例如兔肉或青蛙之類的少見肉類……不對，這種東西並不適合病人食用。搞不好……是因為他們委託的廚師擁有能夠將平凡無奇的湯品，變成絕佳風味的高超廚藝……之類的吧。」

她的眉頭皺在一起。

「你是認真的嗎？」

我搖搖頭。料理並非煉金術，就像沙子無法變成黃金般，料理的技術再怎麼高超也是有極限的。一切的可能性都必須遵循素材與製作方法的邏輯。之前製作法式家常濃湯時我就是這麼想的。湯品這種原始的料理，基本上味道不會有太大的差異性。

千和站起身，打開窗戶。窗簾搖曳起來，耳邊傳來風聲。

「連妳都不明白了，更何況是我。」

聽到我這麼說，千和並沒有露出微笑，而是輕輕地咬著指甲。

「才沒有這回事。你到目前為止不也做出許多道美味的湯品，滿足品嘗者的心靈嗎？」

我確實烹煮了幾道湯品，不過，能夠滿足客人全都是托千和的福。我幾乎等同於什麼事都沒有做。她靜靜地直視著我。時間就在這樣的情形中一分一秒流逝而去。

「剩下的時間不多了。」只見她帶著一副想不開的悲傷表情說。「你可以煮出外婆在十年前原本會品嘗到的那道湯品嗎?外婆一直耿耿於懷那一天的事故，還因此封閉心靈，就這樣度過一生也太可憐了吧。如果能夠知道是什麼湯，或許她的心情也會舒服一些。」

我嘆了一口氣。

「如果沒有線索的話，我也做不出來呀。」

千和的雙眼頓時充滿霧氣，小臉彷彿罩上一層烏雲。

「不過……」她像是要重新振作似地說。「從我身上沒辦法找出線索嗎?」

「妳是說?」

「我父母親是請平日有來往的人煮湯的吧?現在回想起來，或許我小時候喝過那碗湯也不一定。」

「只是有這個可能性。」我說。「但是構不成線索。」

她點頭。

「是啊。硬是要求你這種事，真是對不起。你的工作從明天開始會有什麼改變，我想貴崎先生今天晚上應該會主動聯絡你。我差不多該去醫院了。」

我們離開房間。千和邊說再見邊向我輕輕揮手道別。

「等一下。」我喊住千和。

她停下腳步，緩緩地轉過身來。秀髮彷彿羽毛般輕柔飄動。初次見到她的時候，我就是被這頭美麗的秀髮奪走了心神。此時此刻，被午後陽光纏繞著的秀髮，再度吸引了我的目光。

「什麼事？」

「我會想想看的……就是妳說的那道湯的事情。」

「謝謝你。」

千和微笑道。

4

結果，我一連放了好幾天假。如果是往常的話，我只會覺得突然多出空檔，並趁這個時候大睡特睡一整天。然而，這一次我沒辦法就這樣無所事事地度過。

儘管我告訴千和會想想看，但是怎麼可能如此輕易地找到答案。只有時間不斷地流逝。

睽違好幾天重回宅邸工作時，貴崎帶著一如往常的態度對我說「早安」。然後補充了一句「今天也請多多指教。」

那天一大早就下起雨來，明明才剛進入九月，卻已有些許寒意。天空被厚重雲層覆蓋，天候看起來相當不穩定。今天早上上班的路上，我從車上的廣播聽到有颱風接近的新聞。

「夫人的身體還好嗎？」

我詢問貴崎。

「不怎麼好。」貴崎說。「今天預計會有幾位客人來訪。因為要舉辦一場小型餐會，所以要麻煩你製作幾道簡單的輕食。」

「當然沒問題。請問來的都是些什麼人？」

「今天是摩耶子女士的生日宴會。」貴崎微笑地說。「大概會有十位客人，不過還是請你多準備一點，以備不時之需。這種場合非常難得，想必她是想藉這個機會慶祝夫人出院吧。雖然夫人吃不了多少，但氣氛熱鬧一些，心情應該也會好一點。」

換好廚師服後，我把手洗乾淨。當我擦完工作檯，窩在廚房角落寫菜單時，千和來到了廚房。

「早安。」

千和有點冷淡地說。雖然起初我覺得廚師服不適合她，但日子一久也就習慣了。無論是過長的袖子或是綁著馬尾的模樣，都讓人覺得很可愛。

「今天有派對吧？」

「嗯。」我從手邊的工作抬起頭來。「這下子會有很多事情要麻煩妳幫忙了。」

「那個人竟然會想到這種事情。看來她應該很中意你喔？」

她一邊在我對面坐下，一邊開玩笑地說。遠處雷聲大作。天空的模樣也變得詭譎起來。

「這陣風雨似乎很強耶。」

「是啊，不會有事吧。」

我們來到外頭觀察天空。雖然還沒降雨，但已經起風了。帶著魚腥味與海草味的鹹鹹海風迎面吹來。雲層越聚越多，平常總是在遠處翱翔的海鷗，今天也完全不見蹤影。

我們彼此互望一眼後，不知道為何突然噗嗤一笑。
「好像要刮颱風了。」
「如果是這樣的話，生日派對應該會中止吧。不過，以防萬一我還是先下單好了。」
於是，我們回到廚房寫好菜單後，向森野的店下單。
傍晚過後，雨勢增強了。斜飛過來的雨重重地敲打窗戶，狂風猛烈地搖晃樹木。如果是平常的話，食材差不多都會在這個時間送達，看來這回森野也沒辦法準時送到了。
「食材沒到就不妙了。」
「今天的派對應該會中止吧？」
當我們討論起這個話題時，玄關的門鈴響了起來。摩耶子女士的聲音接著傳來。主賓已經抵達了。
「看來她不打算中止派對。」
「果然還是一樣我行我素呀。」
「總之，我先去打一下招呼。」
千和這麼說完後，離開了廚房。我也有考慮要跟森野確認一下，但又怕他正在開車。左思右想，最後還是放棄撥電話給他。
過了好一會兒，門鈴再度響起。客人似乎也到了。
「你好。好驚人的雨勢呀。」
現身在廚房現身的不是千和，而是貴崎的前妻——百合小姐。應該是摩耶子女士邀請她來的吧。外頭的雨勢強烈到彷彿一片灰撲撲的濃霧，風勢則是強勁到快把樹木吹倒的地步。

「您好，別來無恙。」

我低頭一鞠躬。一身高雅打扮的她，笑容可掬地對我微笑後，把拿在手上的袋子遞給我。我接過袋子，發現裡面裝有仍然沾著土的蔬菜與香草。

「這些是我早上摘的，不嫌棄的話就送給你吃吧。看你要拿去煮員工餐或是帶回家煮都可以。這些都是我自己種的，只不過我一個人實在吃不完。」

「謝謝您。」

我向她道謝。每一樣蔬菜都長得很好，看起來美味極了。

「今天的派對應該會中止吧？」

我這麼一問，百合小姐立刻一臉嚴肅地說：

「這我就不清楚了。不過，摩耶子女士似乎執意要如期舉行。」

餐會開始的時間一分一秒地逼近，我手上卻沒有任何食材。已經準備好的，只有之前冷凍起來的高湯而已。這下子實在不妙呀。心中的不安逐漸擴大，無可奈何之下只好試著撥電話給森野，但聯繫不上他。

回到廚房的千和說：「這種天氣連客人也來不了吧。料理又該怎麼辦？」

「不怎麼辦。做不出料理又不是我的錯，要怪就怪森野吧。」

貴崎拿著東西來到廚房。

「這是澤村教授夫婦送給你的伴手禮。似乎是剛擠出來的新鮮牛奶，他們說希望能讓你品嘗看看。」

「真是謝謝他們兩位的好意。不過，現在到底該怎麼辦才好？」

貴崎嘆了一口氣。我第一次看到他露出一副傷腦筋的模樣。

「遇上天災也是沒辦法的事情。聽說外環道已經禁止車輛通行，看來其他客人無法前來了。這麼一來，今晚的餐會也只能被迫中止吧。」

「可是，雖然只來了三名客人，但他們特地冒著風雨前來，就這樣讓他們空手而回，實在令人過意不去。」千和說。

「是呀。」

貴崎點頭表示同意。於是，他們兩人同時望向我。

「幹麼？」我問。

「你能不能做些簡單的料理？」

「等等！我手邊又沒有食材。」

「你在說什麼？你是專業的廚師吧！外姨婆不開心的話，我可是會感到相當困擾耶？」

她說得有道理。既然客人特地冒著風雨上門，就這樣請他們回去實在很掃興。冷凍庫裡應該還有剩下一些牛頰肉。高湯已經有了，再加上剛才收到的伴手禮有蔬菜。雖然手邊食材不多，但足以製作出湯品。

「我應該能夠端出湯來。」

「那就這麼決定嘍。雖然夏天還沒有正式結束，但今天卻已經有點寒意，正適合喝暖呼呼的熱湯。另外，貴崎先生也已經準備好餐後的甜點了。」

貴崎微笑點頭。

「總覺得我們好像分工合作的團隊喔。」

「分工合作的團隊？」

「妳負責下指令，我負責料理，然後貴崎先生負責服務的部分。雖然人家都說主廚也意味著指揮者，不過我深深地體悟到自己不適合當主廚。」

「每個人都有各自擅長的領域嘛。」

千和的這句話聽起來一點也不安慰人。貴崎則是認同地點頭，並帶上服務用的手套。看到他戴上手套，就有一種開工了的真實感。

5

將緊急解凍的牛頰肉切成骰子狀，用平底鍋煎出焦痕。蔬菜也切成同樣的形狀，放入鍋內與奶油一起蒸煮，再加入剛才煎好的骰子肉與高湯，以及顆粒狀的義大利麵，煮至軟爛為止。最後加入香草與牛奶，一道味道圓潤柔和的湯品完成了。擁有家庭溫馨味道的暖心料理。

千和回到自己的房間換好裝後回到廚房。我忍不住斜眼偷瞄，有別於廚師服，身穿擁有柔和色調的開襟毛衣與長裙的她。

「你也去換衣服吧。」千和說。「你偶爾也該來餐廳用餐。要不是碰上這種情況，平常也沒有機會和大家一起用餐吧。」

「我就免了吧。」

「不～行～」她拉長語尾說。「你也一起來餐廳用餐。」

我只能認命地點頭。將料理盛入裝湯用的容器裡後，交給貴崎。

我來到餐廳後，在千和身旁坐下。一脫下廚師服的瞬間，我立刻失去自信，充滿不安全感。幸虧在這裡的人們都是些熟面孔，讓我不至於感到格格不入。

貴崎將湯分盛至湯盤中，當眾人開始用餐後，現場的氣氛又增添了幾分柔和。

「身子都暖和起來了。」

摩耶子女士這麼說，其他的客人也跟著露出笑容。在餐廳享用自己所做的料理，實在是相當不可思議的體驗。人們在用餐時都會顯得較無防備。總覺得大家圍坐在一起用餐，心靈似乎也變得更加契合。用餐期間，我沒有刻意找人閒聊，但聽別人的對話也覺得很舒服。

用完餐後，貴崎端上咖啡與烤製點心來招待大家。貴崎準備好的小蛋糕也被端上桌。我實在不好意思連這種時刻也死賴在餐桌前，趕緊回到廚房去了。

貴崎來到廚房，並端上要給我的咖啡。

「辛苦了。」

「謝謝您。總覺得很不好意思。就我能夠悠哉地享用一頓晚餐。」

貴崎搖了搖頭說：「如何？美味的餐點不一定要是豪華的料理吧。」

他說得沒有錯。待他離去之後，我才喝起咖啡。就在這個時候，後門突然傳來敲門聲。我心想該不會是森野吧。打開門一看，便看到疲倦到極點的森野如落水狗般，全身溼答答地站在門前。

「真的很抱歉。我被颱風耽擱了。」

「已經不重要了。反正現在開始製作也晚了。」

他摘下帽子向我道歉。我心想，他根本沒必要道歉。更何況，東拚西湊的食材所煮出來的料理也不差。

「對了，我這裡有熱湯，你要來一些嗎？」

「可以嗎？」我借了毛巾給森野，他一邊說一邊擦拭後頸。然後，喝起熱呼呼的湯品暖和身體。「哎呀~全身都熱起來了。我差一點沒冷死。」

森野向我說出滿懷謝意的謝辭。在他離開後，千和像是與他交接般，回到廚房來。

「你怎麼不跟大家一起待在餐廳啊。」

「不用了，還是廚房比較能讓我感到平靜。湯好喝嗎？」

她點頭。「一點都不像是臨時準備的料理。有種『天下第一美味湯品』的感覺，喝著喝著心情也愉快許多。」

「說什麼天下第一美味的湯品，實在是過獎了。」

我這麼說，千和立刻笑著回答：

「你誤會了。有一本書就叫做這個名字，你沒讀過？」

我態度曖昧地點了點頭。「妳是說……叫做《天下第一美味湯品》的繪本嗎？」

「沒錯，真是稀奇。你竟然會知道。話說回來，有時候反而是小時候讀過的繪本讓人印象深刻──」

千和似乎又說了些什麼，不過後半段我並沒有聽清楚。因為，我的腦海中瞬間閃過母親曾經對我說過「這裡是能夠製作出天下第一美味湯品的地方喔」。

「妳可以告訴我那本繪本的細節嗎？」

「你是怎麼了？表情這麼嚴肅。」

「我想起了一件事情。我母親很喜歡那本繪本。」

她在書庫告訴了我，關於那本繪本的詳細內容。

「《天下第一美味湯品》（註13）是瑪西亞・布朗所繪，於一九四七年時出版的繪本。你知道《三隻山羊嘎啦嘎啦》嗎？」

「這個我就不知道了。」

「哼嗯。這是一本描述一隻名為『嘎啦嘎啦』的山羊最後收拾掉大怪物的故事。這本應

13　原文為《STONE SOUP》，台灣譯本採用原書名，譯為《石頭湯》。

該比較多人聽說過。」

我們小聲地交談起來。不知道為什麼，在書本的環繞下會自然而然地降低音量呢？或許是我們下意識地顧慮著，無法出聲說話的書籍吧。

「《三隻山羊嘎啦嘎啦》是挪威的民間故事，《天下第一美味湯品》也是根據流傳在歐洲各地的民間傳說改編而成。雖然故事中的石頭在北歐變成釘子，去到東歐就會變成斧頭，不過葡萄牙直到今天仍然有道料理就叫做『Sopa De Pedra——石頭湯』喔。這是一道用煙燻火腿與一大堆蔬菜製作出來的湯品，有點類似葡萄牙版的義大利雜菜湯。」

千和將記載在各種不同書籍上的「石頭湯」食譜給我看。正如同她所說，這是一道歐洲各地常見的蔬菜湯。名字雖然特殊，製作方式卻普通到了極點。想必也不是什麼奢侈的味道，而是能夠撫慰人心的樸實風味吧。

她從書櫃深處抽出繪本。翻開繪本後，內容講述的是這樣的故事——

三位士兵拖著疲倦的步伐，走在陌生的土地上。戰爭剛結束，他們正在返鄉的路上。三位士兵既疲倦又飢餓。這也是正常的，畢竟他們已經整整兩天沒有吃飯了。

三位士兵來到某個村莊，拜託村民分一些食物給他們，卻遭到村民冷漠拒絕。其實是村民們覺得自己都不夠吃了，哪能夠分給別人，便將食物藏了起來。

於是，其中一名士兵對村民高喊。

「沒辦法，看樣子我們只好來煮石頭湯了。」

士兵請村民準備製作石頭湯的鍋子，並請人搬來三顆石頭。村民們心想，反正石頭又不是食物，他們當然很願意提供。於是，眾人將點火煮起裝著水與石頭的鍋子。

「不管是煮什麼湯，都會需要鹽巴與黑胡椒吧。」士兵一邊攪拌鍋子一邊這麼說。

聽到這句話的孩子們，跑去拿鹽巴與黑胡椒來。

「只要有胡蘿蔔的話，湯一定會變得更美味。」當士兵這麼說，立刻有一位村民帶來胡蘿蔔。接著，他又表示如果有高麗菜、一些碎牛肉、些許馬鈴薯、大麥，以及牛奶的話，那就更完美了。隨著他每說出一句話，村民們就陸陸續續地帶來食材，放入鍋中煮。最後的結果就是眾人齊心協力煮出一道美味的湯品——這就是故事的內容。

「原來如此。這個故事是在教導人們團隊合作的重要性之類的吧。」

貴崎曾經說過，凡事皆有寓意。或許同時也在傳達，只要動動腦筋就能夠替眾人帶來幸福的訊息吧。

「是啊。原文為《石頭湯》的這個民間故事，似乎也被用來當成勸誘眾人齊心協力的寓言故事。」

「原來如此。」我將繪本交還給她。「摩耶子女士住的那棟房子，過去是我母親住的地方。但是，在我母親過世後，那裡就閒置了。如果放任不管的話，恐怕那棟房子早就被拆除了吧。至少我可以肯定，屋況一定會變得很差。但是，沒有演變到那個地步，都是因為夫人買下了那裡的關係。」

她點頭。

「不過，夫人為什麼會想買下那個房子？還有，她又是如何找到那棟房子的？」

千和將食指抵在脣邊，陷入沉思。

「妳不知道理由嗎？」

她搖頭。

「該不會……」我說。「在這本繪本中登場的『石頭湯』就是夫人原本在那天會喝到的湯吧？」

6

颱風過境的天空顯得澄澈無比，萬里無雲。四周被包圍在一片寂靜之中，天空與大海都閃閃發著光。鳥兒們在遠處風平浪靜的高空中飛翔。迎面而來的風冰冰涼涼的，讓人明顯地感受到秋天的氣息。

夏季已經到了尾聲。接下來，季節就會隨著每一場雨的來臨，向進推移。我在前往宅邸之前，先繞至摩耶子女士家一趟。她看到我出現在玄關前，忍不住大吃一驚。

「早安。不好意思，突然登門拜訪。」

「有什麼事嗎？」

雖然感到不解，但她臉上仍然帶著微笑。接著，她帶我到撐在庭院的陽傘下方，端來裝有熱紅茶的茶壺。

「昨天謝謝你的招待。想不到會因為那種突發事件，獲得不一樣的樂趣……今天只有你一個人嗎？」

「是的。」我點頭。「千和在場的話，不太方便聊這種事。」
「是什麼事？」
「我想知道夫人買下這個房子，並讓您住進來的理由。我不明白夫人到底是如何找到這棟建築物的。」
摩耶子女士在茶杯裡倒入紅茶。帶有枯葉色澤的香氣瞬間在四周擴散開來。
「想必是跟那場意外有關吧。」我開門見山地說。「夫人應該有要求您，絕對不能向千和透露關於那場事故的任何細節吧。」
摩耶子女士喝了一口沒有加牛奶的紅茶，喃喃地說了一句「果然有點苦」。
「沒有錯。她這麼做是為了不讓那孩子回憶起痛苦的往事。」她坐在椅子上縮起身子說：「我調查過，千和的父母在發生事故的那一晚要前往的目的地，因此得知就是這裡。但是，知道這個消息時已經遲了一步。這裡已經人去樓空。後來，姊姊買下這裡，讓我搬進來住。」
總而言之，一切的線索都連接起來了。接著，我也隱約察覺自己來到這裡的理由。
「如果能夠早點察覺就好了，但畢竟我的腦袋沒有那孩子聰明。」
「才沒有這種事。」摩耶子女士說。「不過，請你一定要明白一件事。姊姊並非只是對那孩子懷有愧疚感，才一直照顧她。姊姊是真心關心她。請你把湯的事情給忘了吧。知道這件事只會帶來傷痛而已。」
「但是，千和一直很想找到解答。」

「是啊。」摩耶子女士這麼說。「但是，有些事情一輩子找不到解答，反而比較幸福喔。」

我一邊爬上通往宅邸的斜坡，一邊思索自己能夠做什麼。我有一種彷彿自己接近了祕密水源的感覺。

夫人與千和——這兩個人的想法正好背道而馳。或許我現在做的，就是千和所謂的多管閒事。但是，找出她們兩人正在尋覓的那道湯品，就是我來此的理由吧——恐怕是如此。貴崎會找我來宅邸工作，想必也是因為非我不可。

「早安。」千和牽著文森沿著斜坡往下，來到我跟前。想必她是從房間的窗戶看到我停車，特地來迎接我的吧。就像是曾幾何時的那一天。

「你去過外姨婆家了吧？」

「嗯。」我說。「夫人原本會喝到的那碗湯——也就是妳父母親去拿的那碗湯，是我母親煮的。」

我告訴了千和，從摩耶子女士那裡聽到的事情。

「是這樣子的嗎……」她似乎沒有那麼驚訝。「你接下來有何打算？」

「我打算試著做看看。」

「做什麼？」

「當然是『石頭湯』。」

「好了，開始吧。」

廚房裡擺了一本繪本。封面上是兩名士兵與女村民，手牽手圍著大鍋子跳舞的畫面。我翻開繪本，迅速地翻頁。

「首先需要一個大鐵鍋。」

我從收納鍋具的地方抱來鑄鐵鍋，放在爐上。

繪本裡描述的作法是，待水煮滾後放入石頭，加鹽巴、黑胡椒，再陸續放進蔬菜——胡蘿蔔、高麗菜、馬鈴薯，然後放入牛肉，最後再放大麥與牛奶。

重新看了一遍這道湯的作法後，我不禁感到一絲不協調的感覺。

「這個製作方法還真是奇怪。」

「哪裡奇怪？」

「居然是後來才放牛肉。肉要入味的話，應該要在一開始就下水才對。妳想想，我平常在煮高湯的時候也是這麼做的吧？這樣子湯才會有牛肉的味道，肉質也會比較軟爛。」

「聽你這麼一說，的確是這樣子。」

「是我想太多了嗎？畢竟這不是食譜書，下食材的順序或許不具任何意義。但是，最後加牛奶又是正確的作法。牛奶不能煮太久。話又說回來，大麥最好要事先煮過一遍比較好。因為大麥要花時間才能煮透。」

千和露出一副難以形容的複雜表情。

「會一邊看繪本一邊認真思考內容合理性的大人，還真是奇怪耶。」

她的確沒有說錯，但我選擇忽略。

「石頭會影響料理的味道嗎？」

「哪可能。」我笑著說。「妳不也說過，這個故事裡的石頭只不過是個契機嗎？」

「你要不要試著放入石頭？」

我沉思片刻之後，請森野幫忙準備食材。食材與平常的料理沒有太大的差異，唯一比較奇怪的材料只有料理用的火山熱石。

「石頭是要用在哪裡？」

我把收貨單遞給森野後，他立刻問。

「要放到湯裡去的。」

聽到我這麼說，他歪著頭露出一臉納悶的表情。

「還真是辛苦你了。」森野說。

「怎麼會。」我回答。

我根據從插圖推敲出來的結果，把胡蘿蔔切成輪狀，並配合胡蘿蔔的大小，處理高麗菜與馬鈴薯等材料。烹調的重點之一，便是食材大小要差不多。切好食材之後，只需要依續放入鍋中燉煮而已。

煮到一半時，我試了一下味道。

「如何？」

「水似乎有點多，我覺得鮮味不足。或許應該加高湯，而不是清水。我這裡有冷凍的高湯，可以加進去嗎？」

「但是，繪本裡是加水耶。」

「妳這麼說也是啦。看來還是別加高湯……話說回來，記得我煮法式家常濃湯那一天，夫人曾經對我說『能夠只用清水與蔬菜就煮出極致的湯品，才是身為一名好廚師的證明』。」

煮湯最重要的關鍵，就在於配合蔬菜與肉類的分量，加入適量的水。這句話聽起來就像是教導烹飪學校一年級學生的入門內容，讓人覺得有些滑稽。然而，我卻覺得自己正在接受測驗，看我是否是一名好廚師。

夫人與貴崎都不在的宅邸裡，顯得相當寂靜。側耳傾聽的話，彷彿能夠聽到窗外的蟬鳴聲中摻雜著從遠處傳來的海浪聲。

「真是不可思議。」千和說。她一開口，使得原本充斥在廚房裡的緊繃空氣立刻緩和許多。「總覺得煮湯的期間，時間的流逝似乎變得相當緩慢。」

等了好一陣子之後，蔬菜與肉都被煮得軟嫩無比。

再加入牛奶與事先用水煮過的大麥進行收尾。我不禁暗忖，或許加鮮奶油會比加牛奶好吧。最後，再加入鹽巴、黑胡椒調味。

「完成了？」

「算是吧。」

我把要給她試喝的湯盛入湯杯中。她喝了一口。

「總覺得……味道好像不對。不過我也沒有依據就是了。」千和說。「畢竟你煮的湯也不難喝，真要說的話，其實還滿美味的。只不過，這種程度的湯根本沒必要特別外帶。」

她說得沒有錯。這種程度的味道任何人都做得出來，根本不需要特地請人製作。

「……總之我先沖杯咖啡，稍微休息一下吧。」

我走到食品儲藏室一邊沖咖啡一邊思考到底哪裡不對。

也就是說，他們有不得不外帶湯品的理由。然而，靜下心來思考後，我才赫然發現自己絕對不可能知道理由。過去千和尋尋覓覓無數次也找不到的答案，就憑我怎麼可能找得出來？

我在杯中倒入咖啡後，坐在廚房一隅的椅子上。

「我們重頭想吧。首先是材料，不過我覺得材料不會有問題。」

千和點頭表示認同。應該不可能發生，誤把洋蔥弄錯成馬鈴薯，或搞錯啤酒種類之類的問題。

「製作過程應該也沒錯，畢竟沒有其他的作法了。」

「有沒有什麼是只有廚師才會注意到的細節？」

我歪著頭思索。會有這種事情嗎？

咖啡也是貴崎沖的比較香。明明使用相同的器具、相同的咖啡粉、相同的分量，為什麼沖出來的咖啡味道卻不一樣？

「這麼說來，外姨婆沖的紅茶也是比外面的好喝許多呢。」

摩耶子女士沖的紅茶使用了大量茶葉，神奇的是味道卻不怎麼苦澀。她的沖泡方式其實有點隨便，但味道確實不差。現在仔細回想起來，這件事還真是不可思議。

「今天辛苦你了。真是抱歉，勉強你做這種事。」千和站起身來。「不過，我還是要謝謝你願意陪我這麼做。」

她輕觸了一下我的肩膀，便逕自離開廚房。

剩下我一個人。

涼爽的微風從半開的窗戶吹了進來。仔細回想，自從我來到這裡之後，總是一直受到千和的幫助。但是，我卻無法為她做什麼。一股強烈的無力感襲來，我不禁閉上雙眼。

『通常碰到這種情況，最好從源頭思考起。』

貴崎的話從我的腦海一閃而過。

『你在挑選材料的階段應該更謹慎一些。』

百合小姐這麼說過。

『在這個世界上，有許多事情就算想破了頭也想不出個所以然。沒有人知道正確答案是什麼。』

貴崎這麼告訴過我。

『這是冒牌貨。』摩耶子女士說。『我沖的紅茶很不可思議地有著濃濃的正統風味。』

我用杯子裝了水來喝。區隔出冒牌貨與真貨的關鍵到底是什麼？對千和來說，我真的是她的朋友嗎？至少站在我的立場看來，我希望自己成為被她需要、依賴的存在。就像是沒有任何自我意識，也沒有固定外形與味道，卻被視為必要之物的水一樣。

好像有什麼事情懸在我的胸口。剛才確實有什麼閃過我的眼前，卻被我忽略了。我又喝了一口水。我暗忖，為了摸清楚當我看到製作方法時感覺到的不協調到底是什麼，看來有必要再去一趟摩耶子女士家。

當抵達山上的摩耶子女士家時，太陽已經西沉。我們在車上幾乎沒有對話，但我有事先打預防針，要千和別抱持太大的期待。平常出主意的明明都是千和，這次卻立場對調。

「話說回來，你是雨男嗎？」

不曉得碰上第幾次的紅燈而停下來時，她突然這麼問。

「應該不是吧。」

「雖然今天難得放晴，但之前每次跟你一起出門時，不知道為什麼總是在下雨。」

經她這麼說，似乎的確有這麼一回事。我們朝著毫無視野絕佳的海邊駛去，絲毫沒有引起一絲漣漪的綿綿細雨逕自不停落下。不過，就算是平常討厭的溼冷雨天，只要跟千和在一起，也變得不那麼令人討厭了。

「對了，關於『石頭湯』的故事。」我提出疑問。「妳上次告訴我的葡萄牙版作法，跟這次的繪本裡所寫的食譜有很大的不同。最大的不同就是，繪本是在最後加入牛奶。這又是為什麼呢？」

她維持著撐手肘的動作，沉思了片刻。

「啊啊，我知道了。應該是因為作者瑪西亞‧布朗的繪本，是根據法國布列塔尼半島的民間故事創作出來的吧。」

「布列塔尼半島嗎？原來如此。」

我明白地點了點頭。布列塔尼半島是以加鹽奶油為首的各式乳製品而聞名的地區。

「沒錯……就是布列塔尼！」

千和喃喃自語地說，似乎在思考事情。通常這種時候最好別去打擾她。相處久了，我也長進不少。車子終於抵達摩耶子女士家。我們有事先聯絡她，因此她非常爽快地出來迎接我們的到來。

我借用摩耶子女士家的廚房，煮出一模一樣的湯品。

「看到這本繪本上的料理時，我一直很在意裡面記載的製作方法。我怎麼想都覺得後下肉的作法很奇怪。肉要煮得軟爛，最好要跟蔬菜同時入鍋燉煮才行。一般來說都是這麼做的。我煮湯的時候，也會在一開始煎好肉之後，跟蔬菜一起下鍋燉煮。」

千和點頭。

「繪本的食譜應該沒有錯。會依照這種順序下食材是有理由的。我之前也說過，料理都是其來有自的。」

我將剛煮好的湯盛到碗裡。

「外觀跟剛才的湯毫無兩樣。」

「妳喝喝看就知道了。」

我催促她喝湯。她用湯匙喝下湯的瞬間，雙眼立刻睜得大大的。

「味道不一樣！」

「沒有錯。食譜完全一模一樣，唯獨一點……那就是用的水不一樣。」我如此說明。「這裡的井水硬度很高。在日本國內製作出來的西式料理，味道與當地不一樣的原因就出在水本身。」

這裡與位於海邊的宅邸不同，平常都是使用井水。摩耶子女士隨手沖的紅茶會那麼美味，也是由於這裡的水硬度高的緣故。雖然一般都說用軟水泡茶為佳，但硬度高的水沖出來的茶反而不易產生澀味。

「不是從一開始就下肉，也是因為用硬度高的水煮肉，會導致肉質變硬的關係。如果是硬水的話，一般都是先用蔬菜煮好湯再放肉，才能煮得軟爛。還有，這樣煮出來的湯品風味也相當不同喔。硬度高的水比較能夠釋放出食材的香氣。不過，從食譜上根本分辨不出來使用的水不同。」

千和再喝了一口湯，她緩慢且確實地品嘗味道。我不知道這個味道為她帶來何種感受。如同閱讀一樣，自己從書中體會到的滋味都難以與人分享，這是相當個人的體驗。令人感到落寞的是，我無從得知別人從我的料理中感受到何種滋味。

她輕輕地點頭。

「或許就是這個味道。」

千和如此喃喃地說。我下意識握緊拳頭，掩飾從心底深處湧上來的喜悅。她明明好不容易找到尋覓已久的湯，表情卻顯得不怎麼高興。我原以為她會更開心才對，因此忍不住感到有些失落。

「但是……總覺得還缺了些什麼。」

「缺了些什麼？」

又來了！我在心裡哀嚎。跟夫人對我下的評語一樣。但千和只是搖搖頭，沒有告訴我到底缺了什麼。

「總之，我們快點回去吧。我想讓外婆品嘗這碗湯。這麼一來，應該能夠釐清許多事情。」

「我知道了。」我點頭。「我這次沒有借助妳的力量喔。雖然無法證明我做的沒有錯，讓人心情有些不痛快，不過我已經心滿意足了。」

「你在胡說什麼啊？」只見千和隱約帶著一絲落寞地說。「……原本就是你獨自完成每一道料理的，就算沒有我也沒有差。」

她說完這句話之後，在回程的車上再也沒有說出任何一句話。

7

我們把在摩耶子女士家煮好的湯帶回宅邸來。一進到廚房，千和便說「你做一些簡單的烤肉料理吧」。

「夫人不會吃吧？」

「別管這麼多，做就是了。」

她似乎有什麼主意。畢竟我也沒有反對的理由，便請森野送肉來，做成烤肉。將恢復至常溫的肉綁好後，放在鑄鐵烤盤上煎烤。用弱火慢煎一個小時左右，邊翻面邊煎。我從以前就很擅長煎肉。接下來，只需要切好肉後，在斷面灑鹽即可。

我打開廚房的窗戶。

預告著夜晚即將到來的涼風吹了進來。不知不覺間太陽已經西沉，天空開始染上緋紅。遠方的天空飄著彷彿用刷子一筆刷過的烏雲，黑鳥們成群結隊地消失在東邊。

我們隔著不鏽鋼製的工作檯面對面站著。差不多一公尺的恰好距離。

「可以請妳再試喝一次嗎？」

「當然可以。」

千和這麼說完，用湯匙舀起一口湯試喝。然而，她只是微微點頭，並沒有表示好喝還是難喝。我也確認了味道。蔬菜的甜味與肉的鮮味相當平衡。附著在碎肉片上的些許脂肪入口即融，在舌尖上打轉。湯裡沒有任何一絲刺激的氣味或雜味。這碗湯承載著彷彿兒時品嘗過的懷念滋味。面對如此幸福的味道，我不禁發出滿足的嘆息。的確是我記憶中的「媽媽的味道」。

時間也差不多了，貴崎來到廚房端料理。

「你也一起過來。」

在千和的催促下，我也一同前往餐廳。一踏入房間內，坐在深處的夫人便對我輕輕點頭。她脖子上的皺紋變得更深，整個人似乎也小了一圈。然而，她的眼神仍然蘊藏著力量。

餐桌上擺著料理。貴崎擺設的餐具總是完美無缺。餐桌中央放著我煎烤的肉。夫人面前的湯正冒著熱氣，千和則是坐在對面的位子上。

「今天的料理似乎很特別呢。」

夫人如此輕喃後，說了一聲「我開動了」便喝起湯來。千和也同樣喝了湯。兩人都只品嘗了一口，就放下湯匙。

「這是他母親最拿手的湯品。」千和的聲音顯得有些緊繃。「其實您早就知道了吧？我父母那一天出門去拿的是什麼湯。」

我瞇著眼，看向千和的臉。她面無表情，而夫人既不肯定也不否定。

「拜託您！請您告訴我那一天到底發生了什麼事情！」千和說。「為什麼我想不起那一天的事情？」

「……妳為什麼會這麼說？」

夫人的視線仍然落在餐桌上。

「因為……我覺得在我小時候似乎品嘗過這道湯——但是，總覺得缺了些什麼。」

有強烈存在感的時間在房間內流逝。當我回過神來，才發現窗外降起雨來了。靜悄悄的細雨令庭院裡的樹木紛紛垂下頭。

「讓各位久等了。」

貴崎一邊這麼說一邊在她們兩人面前放下玻璃杯。千和的雙眼瞪得渾圓，露出相當吃驚的表情。看來她似乎沒有預料到會碰上這個局面。貴崎緩慢且優雅地倒出裝在玻璃瓶裡的蘋果汁。液體從瓶子裡被倒出來的悅耳聲音在室內響起。

似乎有某件大事正在我的眼前上演。然而，身為觀眾的我卻無能為力。

「作者瑪西亞・布朗是根據布列塔尼半島的民間故事創作出這本繪本的。」貴崎的聲音響遍室內。這個房間彷彿是專門替他準備的舞臺。「湯煮好之後，村民們擺好桌椅，並束起火把當做照明。於是，村民們又交頭接耳說：『喝這麼好的湯，應該要配上麵包……還有烤肉……跟蘋果汁才對！』。」

貴崎倒完蘋果汁後，用布輕輕擦拭瓶口。接著，把瓶子放在餐桌上。

「貴崎。」

夫人低聲喚了貴崎之後，閉上了雙眼。一股彷彿盤旋在懸崖谷底的死寂籠罩在我們四周。貴崎則是毫不在意地繼續接著說。

「在無法種植葡萄的布列塔尼半島，蘋果是相當重要的農產品。即使到現在，布列塔尼半島也還是很盛行喝蘋果酒。可想而知，對這個村莊的人們而言，蘋果做成的飲品有多麼珍貴。烤肉在當時是只有慶祝的時候才吃得到的奢侈品。大家齊心協力製作湯品，並且圍坐在一起享用，可以說是非常享受的時光。」

夫人與貴崎四目相接，數秒後，夫人微微點頭，喝了一口蘋果汁。

「蘋果汁與這道湯品非常搭。」貴崎點頭說。「也請千和小姐嘗看看。」

「咦？但是……」

「請您品嘗看看。」貴崎以強硬的語氣說。

千和的臉上浮現出感到困惑的表情，緊張地吞了一口口水。接著，她閉上雙眼像是豁出去般，含了一口蘋果汁。我用視線緊盯著她的動作。因為她之前曾經告訴過我，她會對蘋果過敏。然而，在她喝下蘋果汁之後，並沒有產生任何變化，只有微微皺起眉頭而已。

「如何？」貴崎問。「料理並不是裝盤後就完成了。必須配合適當的時間與適當的人，還有飲品與音樂。上面這幾點都是缺一不可。」

聽到貴崎這麼說，千和點了點頭後，閉上雙眼。接著，才緩緩開口。

「那個時候感冒的不是外婆，而是我吧？」她以極為平靜的語氣說。「我終於想起來了。小時候爸爸媽媽曾經帶我去過那裡。因為媽媽……在向他母親學烹飪。我以前也很喜歡那個地方。因為能夠吃到我最喜歡的繪本裡出現過的料理，最重要的是媽媽在那裡的時候總是看起來相當開心。」

餐廳被一股寂靜給填滿。因充斥著緊張而脹大的寂靜，另一端似乎連接著名為悲傷的情緒。

夫人終於開口了。「其實我原本打算總有一天要告訴妳實情的，卻遲遲無法鼓起勇氣，才會一再拖延。最後就演變成這段時間我一直都在欺騙妳。」

夫人這麼說。哀淒的聲音飄蕩在空氣中，然後消失不見。

「那一天，我因為感冒臥病在床，而在那之前已經好幾天沒吃東西了。」千和緩緩道出。

她接著說：「身體好很多的我，向媽媽撒嬌說『我想要喝那個繪本裡的湯』。於是，那一天晚上，他們在開車前往那裡的途中發生意外。都是因為我做出那種要求。」

夫人深深地吸氣後，吐了出來。

「這件事並不是妳的錯。」

夫人搖頭。

「……您為什麼不告訴我實情呢？」

「我為了不讓妳感到自責，也為了不讓妳回想起那天的事情，所以才會對妳說謊。我不會要妳原諒我，因為我認為妳想起來只會難過而已……」

夫人話還沒有說完，千和便搖了搖頭。

「對不起。我並不是在怪您……謝謝您……願意告訴我實情。」

她說完就站起身，離開房間。我沒有追上去。

「這樣好嗎？」

我如此詢問夫人，她只是輕輕一點頭。

「沒關係。」夫人抬起頭來對我說。「會失去女兒與女婿都是我的錯。或許你會認為隨著年紀增長，即意味著得到的事物也會更多。然而，事實上卻正好相反。時間越久，失去的事物就會越多。」

夫人這麼說完後，露出一抹自嘲的笑容。

「今天謝謝你。你可以先離開了。」

於是，我站起來，離開餐廳。

「我先退下了。」

我在關門前輕輕低頭一鞠躬，夫人則是微微點頭回應。她的背脊依然挺得筆直，盡責地執行她身為這座宅邸主人的使命。

當我一回到廚房，便看到千和用手肘撐著工作檯發呆。察覺我回到廚房後，她立刻抬起頭來，從爐上的鍋中舀了一些湯到湯杯裡。

「你也嘗嘗看吧。」

我不發一語地在椅子坐下，喝下她為我舀的湯。貴崎準備的蘋果汁是布列塔尼半島產的。不含酒精，但擁有低甜度且複雜的澀味與酸味，將湯頭的風味襯托得更加迷人。

「妳之前說缺了什麼，看來就是這個蘋果汁吧。」

夫人會禁止千和喝蘋果汁，也是為了避免千和回想起真相，進而發現她撒謊吧。同時也是為了不讓千和回憶起那段悲傷的往事。

「好喝嗎？」

我點頭。「我小時候也曾經喝過這種湯。所謂的回味與回憶，還真是相似極了。」

「這句話是什麼意思？」

「不是有句話說『比起吃什麼，跟什麼人一起吃更為重要』嗎？我以前並不是很瞭解這句話的意義。如今看來，或許就是這麼一回事吧。回味就是指回憶喜悅、悲傷以及愛情等所有一切的事物吧。」

那一天坐在餐桌前的畫面掠過我的腦海，千和曾經說「料理不就是吃下肚就沒了嗎？不覺得這樣很落寞嗎？」。但是，事實並非如此。回味的確是一種追尋已逝之物的行為，與懷念相當類似。不過，就算這些事物逝去，也不會消失得完全不留一絲痕跡。

「總覺得今天好累。」

千和的臉色不是很好。

「妳可以休息了。後面就由我來收拾吧。」

「謝謝你，那就麻煩了。」

她這麼說完，便回到房裡去。

當我動手收拾起來時，貴崎端著撤下的餐具回到廚房。

「這樣子真的好嗎？」

聽到我這麼問，他立刻扶正鏡框。

「你是指什麼事？」

「這一切都是您計畫好的吧。不管是找我來這裡工作，或是讓夫人喝到那碗湯等的種種一切。可以請您好好說明一下嗎？」

貴崎沉默地洗著手。負責提供服務的人們實在令人望塵莫及。看似是被安排在廚房與廚師交涉的人，實際上是把客人的一切都托付給了他們。我真的完全不明白他的心思。但是，或許也因為如此，在工作上才這麼令人信賴吧。

「夫人為了不讓千和小姐留下痛苦的回憶而說謊，也是出自於她一片真心。我也很清楚夫人已經時日無多了。我一直很想幫夫人擺脫內心的罪惡感。因為這個世界上，沒有比帶著謊言進棺材還痛苦的事情了。」

他用布擦拭手，再次以指尖碰觸鏡框。

「但是，我遇到了兩個問題。一是夫人不希望說出真相，再來就是我並非廚師出身，就算找出那碗湯也煮不出來。我調查那位過世的女性後，得知她還有個兒子。這是我手上唯一一條線索，但一直沒辦法掌握確切的消息。」

「那個兒子就是我？」

「是的。不知道該說是註定，還是因果，我費盡千辛萬苦找到的你竟然是一名廚師。因此，我心想只要招募你來這裡工作，或許就能夠知道那碗湯了。想不到事與願違，雖然你擁有精湛的廚藝，卻完全不知道湯的事情。」

貴崎拿起洗碗機剛洗好、還散發著熱氣的玻璃杯，並用布擦拭起來。凡是他經手過的玻璃杯，完全不會留下任何一丁點的霧痕。

「我原本為此相當傷腦筋，不過，正好你也在尋找你母親所做的湯。再加上，如果是要幫你的話，夫人必定會伸出援手。還得操心那位討厭廚師、不願意讓廚師進屋子裡的女士。然而，問題卻被你一個一個地解決……另外，雖然效果不如預期，不過把宅邸的廚房改裝得跟摩耶子女士家的廚房一樣，也是為了看你是否能夠回想起什麼。」

他臉上帶著微笑，我卻笑不出來。

「這一切都是為了夫人？」

貴崎以一副沒有什麼大不了的態度點頭。「正是。」

「但是，你這麼做卻傷害了那孩子。」

我情不自禁地放大音量。貴崎摘掉眼鏡，用布擦拭鏡片。然後，以沒有被鏡片遮蔽的雙眼直視著我。那道視線充滿著過去不曾看到過的嚴厲與迫力。

「或許你說得沒有錯。但是，傷口總有一天會痊癒的。一直被蒙在鼓裡，反而比較可憐吧。」

被他這麼一說，我也沒辦法反駁。

重新戴上眼鏡後，貴崎又恢復成原本柔和的表情。

「你讓停滯不前的時間再度流動起來了。」

8

一來到屋外，身後立刻傳來「你要走了？」的詢問聲。

即使沒有回頭，我也知道是誰問的。千和以緩慢的步伐走在我身旁。她的雙眼帶著些許溼氣。或許是她剛哭過吧。水汪汪的大眼反而令她看起來更迷人。

「大概需要花多少時間才能夠擁有你那樣的廚藝？」

「這個嘛～」我們倆邊走邊聊。「只要花上五年應該就夠了吧。」

「可是，一般來說廚師都給人一種要當很久的學徒才能出師的印象。」
「要能夠應付大量的料理以及向底下的廚師下達指令，需要累積更多的經驗。但是，如果只是純粹做料理的話，並不是那麼困難的事情喔。」
「五年啊……」她喃喃自語地說。「五年之後，你就幾歲了？」
「大概三十六歲吧。」
「到那個時候我就二十二歲了。聽起來有點難以相信。」
我聽到不禁笑了出來。
「不管信或不信，時間都會照常過去。」
「不曉得五年後的我會變怎樣。」
當她一停下腳步，文森也跟著停住。
「經過五年的光陰，很多事物都會產生相當大的改變。妳大概也已經把我忘得一乾二淨了。就像是小時候的玩具一樣，長大成人之後就會忘光光。雖然五年的時光不算長，但也足夠替人們與生活環境帶來劇烈變化。」
「是這樣子的嗎？」
「就是這樣子。」
聽到我這麼說，千和立刻浮現一抹複雜的笑容。臉上帶著笑容的她果然很美。
「妳不恨我嗎？」
「為什麼要恨你？」

「不知道事情的真相應該會比較輕鬆吧。」

千和輕輕抓住我的手臂。那隻小手彷彿正輕觸著我內心柔軟的某個角落。

「我怎麼可能恨你。」她說。「我問你喔。人為什麼會說謊呢？」

「大人說謊是為了不傷害別人，只不過，有時候這麼做反而傷害更大。畢竟，受傷最深的其實就是說謊的人本身呀。」

我們不發一語地走在通往海的道路上。抵達海岸線的道路後，左手邊是一整片漆黑的廣闊大海。無數的星子在夜空中閃閃發光，海浪聲輕輕傳入耳裡。

「你有欺騙我什麼事情嗎？」

低垂著頭的千和突然這麼問。我下意識地停下腳步。她以極為溫柔的眼神望著我，每每被如此的視線凝視，我就會無法自已。

「雖然不知道是否稱得上欺騙，但是我的確有事情隱瞞妳。我會跟妳做朋友，其實是受貴崎先生所託。」

「是啊。」千和向前縱身一躍，在防波堤上坐下。「我早就知道了。」

「妳知道這件事？」

「是貴崎先生告訴我的。不過，我想聽你親口告訴我。你根本不需要勉強自己跟我做朋友的。」

「我沒有勉強自己。我是真心把妳當成朋友看待，從今以後也是如此。我的這個想法絕對不是假的。」

聽到我這麼說，她思索了幾秒鐘之後，露出微笑。就算貴崎沒有拜託我，我應該也會跟千和成為朋友吧？於是，我們倆有默契地四目相接，似乎是想到同一件事情上了。

千和點點頭後，轉而望向深幽漆黑的大海。風輕撫過她的臉頰，搖晃著她的髮稍。

她從防波堤一躍而下，朝車子的方向走去。

「比起原文書名，我更喜歡《天下第一美味湯品》這個日文譯名。因為，我總覺得日文書名透露著一個訊息——眾人齊心協心，一起圍坐在餐桌前品嘗，才是《天下第一美味湯品》美味的祕密。」

我點頭後，千和接著說：

「我認為村民們心裡很明白，只靠石頭不可能製作出湯品的道理。他們是在知情的情況下，提供食材給士兵們的。而村民們也很感謝士兵們教會自己，齊心協力去完成一件事，以及眾人圍坐在餐桌前共同享受美食的重要性。天下第一美味料理的關鍵，就在於與誰同桌品嘗。上次聚餐時，貴崎先生還得服務大家，下次一定要找個機會大家一起坐下來好好吃頓飯。就外婆、貴崎先生，還有你跟我。」

「是啊。」我回應。「如果也能叫上森野就好了。」

「好啊。那就這麼說定嘍。」

雖然兩個人並肩走在夜晚的道路上感覺很不錯，但持續不了多久。我們終究還是走到了車前。

我坐進車裡，打開車窗。

「那麼，晚安。」

「……雖然你可能已經忘記了，但是參加慶典的那一晚，你對我說『晚安』時，其實我心裡有一點高興。因為，這個世界上已經沒有人會一副理所當然地對我說這句話。」

千和這麼說完後，難為情地笑了。我像是被她感染般，跟著笑了起來。她居然會為了連我也不記得的小事情感到高興，看來我真的一點也不瞭解這個孩子的心思。

「再見嘍。」

千和微微揮手。

我朝她點頭，並揮揮手。我目送著那道纖細修長的身影離去，直到消失在漆黑的宅邸裡為止。看不到她的背影，我內心立刻湧起一種淒涼感。

於是，我們倆就此告別。

在那之後，夫人的身體狀況再度惡化。據說她沒有住院接受治療，而是在宅邸裡療養。我在宅邸裡的工作就這樣一路放假，經過了夏季的腳步拖得又慢又長的九月，時間來到十月分。陽光以低斜的角度灑落大地，黑夜籠罩大地的時間也一天比一天長。

我就是在這個時節，收到了夫人過世的消息。與千和訂下的約定，最終還是沒能實現。

我曾經聽說，在社會上有一定地位與名望的人，無論是守靈或葬禮都是不對外公開的。我沒有前去上香。因為我覺得自己沒有資格出席葬禮。

雖然沒有什麼需要收拾的行李，不過有些文件需要我簽名，因此我在葬禮數天後來到宅邸。無論是流逝而過的景色或汽車排氣管的聲音，甚至連鳥叫聲，一切的一切看起來都好不自然。我在宅邸其中一個房間內，簽下貴崎準備好的文件。同樣的房間與同樣的沙發，一切跟我初次來到宅邸時一樣。

簽完名之後，房內頓時瀰漫在一股悲慟的氣氛之中。

「這陣子辛苦你了。」貴崎說。「已經找到下一份工作了嗎？」

「不，還沒有。」

「我來幫你寫推薦信吧。我知道一個地方很適合你，對方也願意用最佳的條件來聘雇你喔。」

「謝謝您的好意，我心領了。」我搖頭。「我想稍微休息一陣子，再來思考下一步。」

「這也沒什麼不好的。」貴崎說。「畢竟未來的日子還長得很。」

貴崎說完後，喝起紅茶。現在回想起來，這似乎是我第一次看到他在宅邸裡喝飲料。

「如果你也能來參加葬禮就好了。」

「我沒有參加葬禮的資格吧。」

「才沒有這回事。」貴崎以溫和的態度說。

我將視線投向窗外，樹葉還沒有染上秋天的色彩。大概還要再過幾個星期才會開始褪色吧。然而，我卻已經開始淡忘曾經那麼炎熱的夏季。當我們兩個都沉默下來時，房間裡只聽得到時鐘指針走動的聲音。頓時之間，有一種彷彿這個世界只剩下我與他的感覺。

「對了，這座宅邸怎麼辦？」

「這裡是夫人的王國，只不過主人已經不在了。」

貴崎這麼說完後笑了。總覺得這似乎是我第一次看到他真心流露的笑容。他朝我伸出手。

我們倆握住彼此的手。

「那麼，我先告辭了。」

「這個……」貴崎遞給我一封裝有信紙的信封。「這是大小姐給你的。」

收拾好廚房之後，我離開了宅邸。沒有見到千和就離開宅邸，讓人心裡相當難受。回到車內，我將身體埋進駕駛座。我再度變得孤伶伶地一個人。

遠處的風乘載著浮雲，一下子分開四散一下子又纏繞在一起，在天空上描繪出一道道不可思議的形狀。透明的陽光從雲朵間的縫隙灑落。

我憶起千和美麗的側臉與冷冰冰的嗓音。她就這樣不告而別，從我的眼前消失不見了。我甚至連要去哪裡找她也不清楚。與她的別離，比我料想得還要煎熬。我還有話想對她說。

我想見千和。

『你喜歡料理的哪部分？』

她曾經問我這個問題。當時我回答，因為料理的一切其來有自。存在於這個世界上的一切，都是有理由的。然而，想見她的這份心情，卻沒有任何理由。

我打開貴崎轉交給我的信封，抽出裡面的信紙。一打開信紙，便看到她以端正的字體寫下給我的簡短訊息。

『抱歉，沒能好好向你道別。』

留言的開頭如此寫著。

『我真心把你看作我的朋友。就算你內心並不是這麼想、就算這一切純粹是我自作多情，我也要感謝你陪伴在我的身邊。過去一個月以來，因為祖母身體狀況不佳，令我內心感到相當不安。但是，多虧有你的陪伴，我才能夠鼓起勇氣面對自己必須承擔的責任。

說真的，其實我很希望能夠多當一陣子你的助手。雖然有點擔心你一個人是否沒問題，不過應該不會有事的，對吧？儘管我還沒有能力去拯救任何人，但至少我希望自己是一個「有救」的人。可以的話，希望你別忘記我。就此道別，珍重。』

我把信紙拋向副駕駛座，閉上雙眼。

我怎麼可能忘得了她啊，我心想。她曾經說過，既然會消失不見，不就等同於一開始就不存在嗎？事實並非如此。日子與味道一樣，就算過去也不會消失。

當我一閉上雙眼，耳朵只聽得到大海的聲音。我們在沒有道別的情況下，回到各自生活的世界。

終章

如此這般，本人失業了。多虧宅邸的高薪，我的生活才不會立即陷入困境。我偶爾會忍不住懷疑，在那棟宅邸裡度過的時間不過是南柯一夢。隨著太陽不斷地東升與西沉，我離過去越來越遙遠。現在的新生活相當忙碌，也多虧如此，我才沒有時間意志消沉。

我曾經經過宅邸附近一次，但沒有繞過去。從車窗望出去的景色相當美麗。在沿著海岸線道路奔馳的車子裡，可以看到逐漸染上色彩的山林樹木與光輝燦爛的大海。微風輕巧地撫過沙灘。

每每都是在邂逅如此令人感慨萬千的景色時，會讓我憶起千和。在某個層面上，現在的我已經不會感到寂寞了。從那一天起，我再也沒有見到她一面。然而，我們之間有著一層無法冠上任何名堂的關係，聯繫著彼此。每每回憶起過往，我的內心就會湧起這個感覺。同時，也替在即將到來的凜冬面前裹足不前的我，帶來了莫大的勇氣。

她在這個世界上的某個角落。只要知道這一點就夠了。我並不會想去見她。只不過，在我內心總有個擔心當初是自己多管閒事的愧疚感。

秋天一晃眼就過去了，冬天已經來臨。雖然我還是沒有重新找正職的工作，但偶爾會在朋友的餐廳裡幫忙。廚房果然才是我該待的地方。

就在原本緗緊的心情逐漸緩和下來時，有朋友邀請我去新開幕的店裡擔任主廚。我在和老闆碰面前，先去參觀了正在裝潢的店面。裝潢中的店面位於私鐵沿線的商店街外圍。

那裡不是餐廳而是一間酒吧，儘管位於地下室的店面讓人有些猶豫，但工作待遇並不差。

參觀完裝潢中的店面後，我打算繞一下周邊環境，便朝車站的反方向走去。半路發現一座小公園，裡面設有長椅、玩沙區與一兩個簡單的遊樂設施。

我在長椅坐下打算稍作休息，口袋裡的手機突然響了起來。陌生的電話號碼令我猶豫了一下，但隱約有一種必須儘快接電話的感覺，我終究還是按下了通話鍵。

「不好意思，突然打電話給你。別來無恙。」

電話裡傳來的是一道令人懷念的熟悉嗓音。雖然年邁卻相當清晰、貫穿力十足。這隱約有點裝腔作勢的語氣，是貴崎的註冊商標。我們以睽違半年的生疏語氣，互相問候。

「貴崎先生您近來如何？」我如此詢問貴崎。

「我現在還在宅邸。」

「是嗎？」

他應該還在整理夫人留下來的工作吧。只有他有能力處理那些工作。

「你呢？」

「目前正在找工作。雖然以前曾經迷惘過一陣子，不過在宅邸工作之後，我發現果然還是料理相關的工作最適合我。」

「那真是再好不過了。」貴崎說。「……你這幾天能夠過來一趟嗎？」

「去宅邸嗎？」

「嗯，是的。想要請你品嘗一道料理。」

想要請我品嘗料理？

睽違半年到訪的街上，已經洋溢著春天的氣息。不曉得從哪裡傳來小鳥的歌聲、萬里無雲的透明天空，以及有些歲月的氣息。斜坡兩側是成排的櫻花樹，淺色的花瓣忽左忽右地輕舞著，朝地面而去。

溫柔的春風輕撫過我的臉頰。

察覺到自己像以往一樣打算從後門進去時，我忍不住苦笑。我搔著頭繞到正面的玄關，穿過正門。當我一按下玄關門旁的電鈴，貴崎立刻從屋內探出頭來。

「好久不見。」

「看到貴崎先生您氣色很好，我就放心了。」

我跟第一次來到宅邸時一樣，穿過玄關門。明明只離開半年，卻有一種睽違許久的懷舊心情。玄關的掛鐘用規律的節奏一步一步地刻劃著時間。

我就這樣懷抱著一股難以言喻的心情，在貴崎的帶領下來到餐廳。連接著餐廳的日光室，一如那天充滿春天的陽光。

「現在回想起來，這還是我第一次坐在這裡。」

聽到我邊坐邊這麼說，貴崎露出有些難為情的笑容。他今天對待我的態度，並不是服務生的彬彬有禮，而是包含了與舊同僚之間的親切感。

「您要我品嘗的是什麼料理？」

「請稍等一下。我馬上去準備。」

「貴崎先生您要煮嗎？真是令人期待呀。」

我半開玩笑地這麼說，貴崎則是微笑以對。接著，離開了房間。

宅邸裡莫名地安靜。我暗忖，不曉得文森現在怎麼樣了。想必有人在負責照料那隻忠心耿耿的狗吧。

等了好一會兒之後，貴崎端著放有料理的托盤回到餐廳。接著，他把托盤放在餐車上，並將湯盤擺在我面前。現在回想起來，這也是我第一次被他服務。

放在我面前的是平凡到極點的濃湯。

「這個是什麼？」

貴崎只是輕輕點頭，沒有多說什麼。理解到他是在暗示我先品嘗，於是我拿起湯匙舀了一口。喝進嘴裡的瞬間，立刻感受到一股濃郁的土壤香味傳來。這絕對不是什麼奢華的風味，但擁有陽光晒過的暖意。

這味道很像我之前在這裡製作過的法式家常濃湯，但甜味比我煮的那道湯更加強烈，顏色也帶著一抹紅。最大的相異處，就在於香味。眼前的湯品飄出一股預告著夏季即將來臨的橘子香。

就是這個味道，我心想。

這就是那一天，母親煮給我喝的湯。

下一刻，沉封的記憶突然鮮明地甦醒過來。無論是從窗戶看到的海景，以及穿著圍裙的母親側臉，一切都變得鮮明起來。接著，一股感傷情懷突然襲向我的心頭，但這道湯讓我免受悲傷的折磨。吃到美味的料理，心情自然就不會悲傷。

「這是胡蘿蔔與橘子吧。」

甜味強烈不全然是馬鈴薯的關係，多少是因為加了胡蘿蔔的緣故。聽到我這麼說，他緩緩點頭。

「胡蘿蔔搭配橘子，可以說是相當常見的組合。即使是討厭胡蘿蔔的人，只要聞到橘子的香氣就吃得下去。即便是討厭胡蘿蔔的小孩子，想必也喝得下這碗濃湯吧。如果身為人母的話，看到這個情景也會忍不住喃喃地說『終於敢吃了』。」

聽到貴崎的說明，讓我忍不住在意起製作這道料理的人。從料理端上桌到我吃下肚之前，我都認為是他煮的。但是，這個味道——

「你有一個好母親呢。為了讓你克服不敢吃的食物，下了不少苦心。不過，你會討厭胡蘿蔔也無可厚非。」

「這是為什麼？」

「奧古斯特・埃斯科菲耶留下來的食譜中，有一道名為『維希胡蘿蔔』的料理。你知道製作方式嗎？」

「當然。所謂的『維希地區風格的胡蘿蔔』就是用奶油、水、鹽、砂糖蒸煮胡蘿蔔而成的料理。」

面對我的回答，貴崎卻是搖了搖頭。

「非常遺憾，你的答案只能算尚可，還不到完全正確的地步。煮這道料理的關鍵在於，不能只用一般的水，必須使用維希地區富含重碳酸鹽的水源才行。比如說，如果拿煮『石頭湯』的高硬度水來製作這道料理的話，蔬菜就會變硬、甜味也出不來，更別說還會加重胡蘿蔔的味道。但是，使用維希出產的水就能煮出柔軟並帶有甜味的胡蘿蔔。這道料理似乎是使用礦泉水煮成的。」

貴崎將裝了水的杯子放在桌上。我一口氣喝光那杯水。他剛才說「似乎是使用了礦泉水」——果然這道料理不是出自貴崎之手。當下我立刻明白烹煮出這道料理的人是誰了。

「請等一下。製作這道料理的是——」

貴崎微微一笑，並搖了搖頭。看來他不打算告訴我，於是我起身朝廚房走去。我走過熟悉的走廊後，再穿過擺門。

陽光灑落的廚房裡，呈現出一幅彷彿某個古老夢境的景致。然而，身穿廚師服坐在廚房一隅的椅子上、正在閱讀文庫本的女孩子身影，並非夢境裡的元素。

「千和。」

我一喊出聲，她立刻從書本中抬起頭來。

「我沒有打算再見你一面的說。」

雖然她臉上浮現有些困擾的表情，最後還是有點難為情地笑了。廚師服仍然一如往常地不適合她，但那抹笑容果然還是美極了。從庭院傳來狗狗文森的吠聲。

嚴格說起來，她製作的湯或許與我母親所煮的湯並不相同。但是，那種事情一點都不重要。對我來說，真實才是最重要的。正如同夫人曾經說過「食譜會隨著時間的推移，一點一滴地變得更加美味可口」。

「湯的味道如何？」

我思索了一下，腦海中只浮現相當簡短的評語。

「很美味。」因為從我口中迸出的這句話，實在太過普遍，於是我趕緊補充說「大概是目前為止我喝過最美味的湯。」

「你也太誇張了吧。」千和帶著苦笑輕輕斥責我，但我搖了搖頭。我絕對沒有誇大其辭。她煮的湯將我從內疚中拯救出來。或許，真正美味的料理是有人特地為自己所作的料理吧。外面的廚師烹煮出來的料理，絕對不可能勝過這道料理。

料理裡包含著人們的意念，我確實地感受到她傾注在料理中的心意。而我也將這容易隨著時間變化的瞬間，永遠地保留在我心裡。

我用雙手撐著不鏽鋼製的工作檯面，環視廚房。一切仍舊維持在那一天的狀態。銅鍋置之不理的話，日子久了就會褪色，或許是貴崎磨亮的吧。

千和說她打算離開這裡，去國外留學一陣子。

「就這樣不告而別似乎對你有點過意不去。我想知道自己到底想做什麼、想成為什麼樣的人，或許去到遠方就能夠看得更清楚吧。」

失去夫人的悲傷已在不知不覺間轉而平靜。正在準備踏上旅程的她，已經不是當初那個被稱為公主殿下的小女生了。人們只有接受命運，才能一點一滴地變堅強。

「……這棟房子怎麼辦？」我向她提出一直耿耿於懷的問題。

「既然是外婆留下來的遺物，我當然希望能夠繼續保留下去。更何況，還有貴崎先生在，不會有問題的。還是……我哪裡都別去，就這樣待在這裡？從這裡通勤去學校似乎也沒那麼麻煩。這麼一來，你會願意繼續在這裡工作嗎？」

千和說完之後，從椅子上站了起來。接著，用左手順好頭髮，定定地望著我。那道充滿信賴感的視線，彷彿一隻手輕輕地在我臉頰上稍作停留。

「別開玩笑了。既然妳都下定決心了，就勇敢地去吧。」

「是嗎？也是啦。我到底在說什麼傻話啊。」

千和如此說完之後，垂下頭。

「我會慢慢等的。」

當我這麼一說，她立刻抬起頭來。從她臉上的表情很難猜測出她在想什麼。我伸出手輕輕地碰觸她的頭。一股柔順的溫暖觸感殘留在我的手掌心。

「再見嘍。」

「下次見。」

如此說的她露出一抹溫柔的笑容。無論去到哪裡，只要不忘記那個笑容，她就一定不會有問題的。悲傷的心情也能夠藉由美味的料理撫平，喜悅的心情則會因為身邊的人而加倍。春風從開了一條小縫的窗戶吹了進來。從樹葉縫隙間灑落的陽光籠罩著四周。總有一天，我們一定會再見面的——在能夠治癒世間所有悲傷的湯之王國。

嬉文化

湯之國的公主

（原名：スープの国のお姫様）

作者／樋口直哉　插畫／PieroRabu　譯者／林宜錚
執行長／陳君平　榮譽發行人／黃鎮隆
協理／洪琇菁　國際版權／黃令歡、梁名儀
執行編輯／呂尚燁　美術編輯／李政儀
企劃宣傳／楊玉如、洪國瑋、施語宸
出版／城邦文化事業股份有限公司　尖端出版
台北市中山區民生東路二段一四一號十樓
電話：（〇二）二五〇〇七六〇〇　傳真：（〇二）二五〇〇二六八三
E-mail：7novels@mail2.spp.com.tw
發行／英屬蓋曼群島商家庭傳媒股份有限公司城邦分公司　尖端出版
台北市中山區民生東路二段一四一號十樓
電話：（〇二）二五〇〇—七六〇〇（代表號）
傳真：（〇二）二五〇〇—一九七九
中彰投以北經銷（含宜花東）／楨彥有限公司
電話：（〇二）八九一九—三三六九
傳真：（〇二）八九一四—五五二四
雲嘉經銷／智豐圖書股份有限公司　嘉義公司
電話：（〇五）二三三—三八五二
傳真：（〇五）二三三—三八六三
南部經銷／智豐圖書股份有限公司　高雄公司
電話：（〇七）三七三—〇〇七九
傳真：（〇七）三七三—〇〇八七
一代匯集／香港九龍旺角塘尾道六十四號龍駒企業大廈十樓B&D室
電話：（八五二）二七八三—八一〇二
傳真：（八五二）二七八二—一五二九
馬新經銷／城邦（馬新）出版集團　Cite(M)Sdn.Bhd.
E-mail：Cite@cite.com.my
法律顧問／王子文律師　元禾法律事務所
台北市羅斯福路三段三十七號十五樓
二〇一七年一月一版一刷
二〇二二年五月一版六刷

郵購注意事項：
1. 填妥劃撥單資料：帳號：50003021戶名：英屬蓋曼群島商家庭傳媒(股)公司城邦分公司。2. 通信欄內註明訂購書名與冊數。3. 劃撥金額低於500元，請加附掛號郵資50元。如劃撥日起 10～14日，仍未收到書時，請洽劃撥組。劃撥專線TEL：(03) 312-4212 ・ FAX：(03) 322-4621。E-mail：marketing@spp.com.tw

國家圖書館出版品預行編目資料

湯之國的公主 / 樋口直哉 著 ; 林宜錚 譯 .
--初版. --臺北市：尖端出版,
2017.1 面 ; 公分. --(嬉文化)
譯自:スープの国のお姫様
ISBN 978-957-10-7026-1(平裝)

861.57　　105018819